아르센 뤼팽 전집 1

괴도 신사 뤼팽

Arsène Lupin

아르센 뤼팽 전집 **1**

괴도 신사 뤼팽 | 모리스 르블랑

Arsène Lupin, Gentleman Cambrioleur | 심지원 옮김

황금가지

차례

아르센 뤼팽, 체포되다

그건 정말 이상한 여행이었다. 어쨌거나 시작은 상쾌했는데 말이다. 나로서는 그보다 더 좋은 조건으로 여행을 해본 적이 없었다. 유럽과 미국 사이, 대서양을 횡단하는 프로방스 호는 빠르고 안락했으며, 선장은 누구보다도 부드러운 사람이었다. 또한 그곳에는 가장 세련된 상류사회 사람들이 모여 있었다. 사람들은 금세 친해져 서로 어울리게 되었고, 다양한 오락거리들도 준비되어 있었다. 우리는 마치 무인도에라도 온 것처럼, 세상과 떨어져 우리끼리만 남아 있고, 할 수 없이 서로 가까워질 수밖에 없는 것 같은 야릇하고도 달콤한 느낌을 받았다.

그리고 우리는 정말로 서로 가까워졌다.

바로 전날까지만 해도 서로 알지 못했던 사람들이 끝없는 하늘과 망망대해 사이에 던져져, 며칠 동안 가장 내밀한 사생활을 공유하게 되었다. 으르렁대는 바다와 무시무시하게 돌진해 오는 파도, 평화롭게 잠들어 있는 듯 보이는 음흉한 바다에 사람들이 함께 맞서는 와중에서 생기는 뜻밖의 사건에 대해 생각해 본 적이 있는가?

사실 그 생활은 삶의 극적인 축소판과 같다. 그것은 삶의 온갖 파란과 위대함, 단조로움과 다채로움을 모두 갖추고 있다. 시작되는 순간에 이미 끝이 보이는 이런 짧은 여행을 열광적으로 즐기고, 거기에서 강렬한 쾌락을 얻는 이유는 바로 그 때문일지 모른다.

그런데 몇 해 전부터 대서양 횡단 여행에 무언가 이상한 느낌이 더해졌다. 바다에 떠다니는 우리의 작은 섬이 떠나왔다고 믿은 그 세상에 여전히 속해 있는 것이다. 다시 말하자면, 어떤 끈 같은 것이 남아 있어서 대서양 한가운데서 조금씩 풀어지는 것 같다가도, 조금씩 다시 이어지곤 했다. 그 끈은 바로 무선전신이었다. 다른 세계에서 오는 신호! 그 신호를 통해 아주 신기한 방법으로 그곳의 소식을 받을 수 있게 되었다. 눈에 보이지 않는 메시지가 빈 철사줄을 따라 미끄러져 지나간다는 식의 상상도 이제는 할 수가 없다. 무선전신의 신비는 훨씬 더 불가사의하고 훨씬 더 시적이기까지 한 것이다. 바람의 날개만이 이 새로운 기적을 설명해 줄 수 있을 테니까 말이다.

이렇게 해서 처음 얼마 동안은 먼 곳의 어떤 목소리가 우리를 앞서거니 뒤서거니 따라오는 듯했다. 그 목소리는 때때로 우리 중 한 명에게 저 멀리에서 몇 마디 말을 속삭여 주었다. 내게도 두 친구가 말을 건네왔다. 또 열 명, 스무 명의 다른 사람들이 그 먼 거리를 뛰어넘어 우리 모두에게 각각 슬프거나 즐거운 작별 인사를 보내왔다.

그런데 폭풍우가 치던 이튿날 오후, 프랑스 해안에서 8백 킬로미터 정도 멀어졌을 때, 우리 배는 무선전신으로 다음과 같은 전보를 받았다.

〈아르센 뤼팽 승선. 1등실. 금발 머리. 오른쪽 팔에 상처. 혼자 여행. 가명은 R…….〉

바로 그때, 어두운 하늘에 요란한 천둥소리가 울렸다. 전파가 끊어졌고 전보의 나머지 내용은 도착하지 못했다. 그래서 우리는 아르센 뤼팽이 사용하는 가명의 첫 글자밖에 알 수가 없었다.

다른 종류의 소식이었더라도, 분명히 전신국 직원이나 사무장, 선장은 조심스럽게 비밀을 지키려고 애썼을 것이다. 더구나 이것은 가장 엄격한 비밀 엄수를 요하는 종류의 사건이었다. 그런데 어떻게 소문이 퍼졌는지, 그 유명한 아르센 뤼팽이 우리 가운데 숨어 있다는 사실을 그날로 모두 알게 되었다.

우리들 중에 아르센 뤼팽이 있다니! 몇 달 전부터 모든 신문 기사마다 잡히지 않는 이 도둑의 대단한 솜씨에 대해 떠들고 있는데! 최고의 형사, 노련한 가니마르조차 이 수수께끼 같은 인물과 파란만장한 사투를 벌였던 일이 생생한데! 동에 번쩍 서에 번쩍하면서 성이나 살롱 같은 곳에서만 활동하는 괴도 신사 아르센 뤼팽! 어느 날 밤, 그는 쇼르만 남작의 집에 침입했다가 빈손으로 떠나면서 자기 명함에 이런 글귀를 남겨놓기도 했다.

〈가구들이 진품으로 바뀌면 다시 오겠소. 괴도 신사, 아르센 뤼팽.〉

그는 또 운전사에서 테너 가수로, 마권업자에서 명문가의 자제로, 청년이었다가 노인으로, 마르세유의 외판원, 러시아 의사, 스페인의 투우사까지 수천 가지 변장에도 능했다.

대서양을 횡단하는 배라는 비교적 제한된 공간에서도 서로들 계속해서 마주치게 되는 1등실의 좁은 구역이나 식당, 살롱, 흡연실에서 아르센 뤼팽이 왔다갔다하고 있는 것을 생각하면! 이 사람이 아르센 뤼팽일 수도 있고……, 아니면 저 사람……, 내 옆자리에 앉은 사람이나 같은 선실을 쓰는 사람이…….

다음날 넬리 언더다운 양이 소리쳤다.

「어제와 같은 스물네 시간이 다섯 번이나 더 계속되겠군요. 정말 참을 수가 없어요! 그 사람이 빨리 잡혔으면!」

그리고 내게 말을 건넸다.

「보세요, 앙드레지 씨. 당신은 벌써 선장과 꽤 친해진 듯한데 뭐 귀담아 들을 만한 소식 좀 없으세요?」

넬리 양의 마음에 들기 위해서라면 나는 무엇이든 알고 싶었다. 아름다운 여인들은 어디에 있든 곧 가장 눈에 띄는 자리를 차지하게 되는 법인데 넬리 양이 바로 그랬다. 여인들의 아름다움은 그들의 재산만큼이나 눈부시게 빛난다. 그리고 그들은 열렬한 추종자들, 열광적인 팬들을 거느린다.

넬리 양은 파리에서 프랑스 인 어머니 손에서 자랐고, 지금은 시카고의 백만장자인 아버지를 만나러 가는 길이었다. 그리고 친구인 저랜드 여사와 동행중이었다.

처음부터 나는 장난삼아 넬리 양의 애인이 되어보려고 하는 축에 끼었다. 그런데 여행중 급속히 친밀해지면서 그녀의 매력은 곧 나의 마음을 흔들어놓았다. 그녀의 커다란 검은 눈동자와 마주칠 때면, 장난삼아 하는 연애라기에는 내 마음이 너무나 떨렸다. 그녀도 분명히 호감을 가지고 나의 찬사를 받아들였다. 나의 재치 있는 말에 웃어주었고 내 이야기에도 관심을 보였다. 드러내보이지는 않았지만 나의 열의에 호의적으로 답해 주고 있었다.

나를 불안하게 할 만한 경쟁자는 단 한 사람뿐이었다. 그럴듯한 외모에, 우아하고 신중한 청년. 넬리 양은 때때로 파리 사람 특유의 내 시원시원한 유머보다 그 청년의 과묵한 유머를 좀더 선호하는 것처럼 보였다.

넬리 양이 나에게 질문을 던졌을 때, 그 청년도 마침 그녀를 둘러싸고 있는 숭배자들 속에 끼어 있었다. 우리는 갑판 위 흔들의자에 기분 좋게 앉아 있었다. 전날의 폭풍우가 가신 뒤라 하늘은 더욱 맑았다. 더없이 감미로운 한때였다.

나는 넬리 양에게 대답했다.

「글쎄요, 저도 확실히 아는 건 없습니다, 넬리 양. 하지만 아르센 뤼팽의 개인적인 적수인 노형사 가니마르처럼 우리가 직접 조사를 해봐도 좋지 않을까요?」

「아, 그건 좀 지나친 생각이시네요」

「왜요? 그 문제가 그렇게 복잡한 겁니까?」

「아주 복잡하죠」

「그건 당신이 문제를 풀 수 있는 열쇠들을 잊고 계시기 때문입니다」

「어떤 열쇠들이오?」

「첫째, 뤼팽은 R자로 시작하는 이름을 쓰고 있습니다」

「그건 별것 아닌 특징이네요」

「둘째, 그는 혼자 여행하고 있습니다」

「그걸로 알 수 있을까요?」

「셋째, 그는 금발입니다」

「그래서요?」

「그러니까 승객 명단을 보면서 한 사람씩 지워나가기만 하면 되는 겁니다」

나는 내 주머니 속에 들어 있던 명단을 꺼내어 쭉 훑어보았다.

「우선, 이름에 우리의 주목을 끄는 첫 글자를 가진 사람은 열세 명뿐이군요」

「열세 명뿐이라고요?」

「예, 1등실에서는 그렇습니다. R자로 시작하는 사람 열세 명중에서 보다시피 아홉 명은 부인이나 아이들, 하인과 함께입니다. 그러면 혼자인 사람은 넷이 남지요. 라베르당 후작과……」

넬리 양이 말을 끊었다.

「그는 대사관의 비서예요. 제가 알아요」

「그리고 로손 소령……」

「그분은 제 삼촌이에요」

누군가가 말했다.

「다음은 리볼타 씨……」

「접니다」

우리 중 한 명이 소리쳤다. 그 사람은 이탈리아 인이었는데, 얼굴이 온통 검은 수염으로 멋지게 덮여 있었다.

넬리 양이 웃음을 터뜨렸다.

「저분은 금발이 아니시네요」

내가 다시 말을 이었다.

「그러면 이 리스트에 남은 마지막 사람이 범인이라는 결론을 내릴 수밖에 없겠습니다」

「말하자면?」

「다시 말하면 로쟁 씨 말입니다. 누구 로쟁 씨를 아시는 분 있습니까?」

모두들 말이 없었다. 그때 넬리 양이 조용히 앉아 있는 한 젊은 신사에게 말을 걸었다. 그는 늘 넬리 양 곁에 붙어 있어 내 마음을 졸이게 하던 그 사람이었다.

「저, 로잰 씨, 대답 안 하세요?」

모두의 시선이 그에게로 향했다. 그는 금발이었다.

고백하자면, 나는 속으로 충격을 조금 받았다. 우리를 짓누르고 있는 어색한 침묵으로 보아 다른 사람들도 마찬가지로 숨을 죽이고 있다는 것을 알 수 있었다. 이 신사의 행동으로 볼 때 그를 의심한다는 건 불가능했기 때문에 더 더욱 말이 되지 않는 상황이었다.

「왜 대답하지 않느냐고요? 내 이름, 혼자 여행중이라는 특징, 머리카락 색깔 등에 비추어 나도 이미 비슷한 생각을 했고 똑같은 결론에 도달했기 때문입니다. 결국 나를 체포해야 한다는 생각이 드는군요」

말을 할 때 그 사람의 표정은 아주 이상했다. 얇은 입술은 반듯한 두 줄의 선처럼 더 가늘어지고 창백해졌으며 눈에는 핏발이 섰다.

물론 그는 농담으로 말한 것이었다. 하지만 우리는 그의 외모와 태도를 보고 매우 놀랐다. 넬리 양이 천진난만하게 물었다.

「하지만 당신에게는 상처가 없잖아요?」

「맞아요. 상처가 빠졌군요」

그가 말했다.

그러고는 신경질적으로 소매를 걷어 팔을 드러내보였다. 불현듯 어떤 생각이 머리에 떠올랐다. 넬리 양과 눈이 마주쳤다. 그 사람은 왼팔을 보여주었던 것이다.

내가 그 사실을 분명히 지적하려고 할 때, 다른 사건이 터져서 우리의 주의를 빼앗았다. 넬리 양의 친구인 저랜드 여사가 우리에게 달려왔던 것이다.

저랜드 여사는 얼이 빠져 있었다. 모두 그녀 주위에 몰려들어 열심히 돌본 끝에 가까스로 그녀는 더듬더듬 말할 수 있게 되었다.

「내 보석, 내 진주……! 전부 훔쳐갔어요……!」

그 후에 알게 되었지만 전부 훔쳐간 것은 아니었다. 더욱 신기한 점은 골라갔다는 사실이었다!

도둑은 조잡한 보석들은 건드리지 않고 별 모양의 다이아몬드, 둥그런 루비 펜던트, 목걸이, 팔찌의 일부 등 가장 세련되고 귀중한 것들만 가져갔다. 부피는 가장 작게, 값은 가장 비싸게 나가는 것들만 훔쳐간 모양이었다. 탁자에는 회중시계들이 나뒹굴고 있었다. 우리 모두 그것을 바라보았다. 보석이 빠져버린 그 시계들은 마치 아름다운 색으로 빛나던 꽃잎을 다 떼어버린 꽃 같았다.

이런 일을 벌였다는 건 저랜드 여사가 차를 마시고 있는 시간에, 그러니까 벌건 대낮에, 그것도 사람들이 자주 드나드는 복도에서 선실의 문을 부수고 들어가 모자 상자 깊숙이 숨겨둔 작은 가방을 찾아 그것을 열고 골라갔다는 말이 된다!

우리들 사이에서 〈아!〉 하는 외마디 소리만이 새어나왔다. 이 도난 사건이 알려지자 모두들 똑같은 생각을 했다. 아르센 뤼팽의 짓이다. 사실 이것은 뤼팽 식의 복잡하면서 신비스럽고 불가사의하고도 합리적인 수법이었다. 보석이 박혀 있는 장신구를 통째로 가져갔다면 공간을 많이 차지해서 숨기기 어려웠을 것이다. 하지만 진주, 에메랄드, 사파이어들이 각각 작은 조각으로 떨어

14

져 있으면 일이 얼마나 간단해지는가!

저녁 식사 시간에 로쟁의 양쪽 옆에는 아무도 앉으려 하지 않았다. 그리고 밤에는 그가 선장에게 불려갔다는 이야기를 듣게 되었다.

우리는 모두 그가 체포된 거라 믿었고, 정말 안심했다. 그제야 한숨 돌릴 수 있었던 것이다. 그날 밤 우리는 게임을 하고 춤을 추며 즐겼다. 특히 넬리 양은 놀랄 만큼 즐거워 보여서, 로쟁의 달콤한 말을 이제는 기억조차 못하는 것 같았다. 그녀의 우아함은 내 마음을 완전히 사로잡았다. 자정 무렵, 잔잔한 달빛 아래 나는 그녀에게 변함없는 애정을 맹세했는데 그녀도 내 감정이 싫지만은 않은 듯했다.

그런데 다음날, 로쟁이 증거 불충분으로 풀려났다는 사실을 알고 우리는 아연실색할 수밖에 없었다.

그는 보르도의 부유한 상인의 아들로 흠잡을 데 없는 서류를 제출했다. 게다가 어느 쪽 팔에도 상처의 흔적 같은 건 없었다.

이미 로쟁에게 등을 돌린 사람들은 이렇게 소리쳤다.

「서류 때문이라고? 출생 증명서 때문에? 하지만 아르센 뤼팽이라면 그런 것쯤 얼마든지 만들어낼 수 있을 거라고! 상처 같은 건 처음부터 생기지도 않았을 거야……. 아니면 벌써 흔적을 지워버렸거나!」

그러자 도난 사건이 일어난 시간에 로쟁은 갑판을 거닐고 있었다는 반박이 나왔고 그것은 사실로 증명이 되었다. 그러나 이에 대해 사람들은 이렇게 반박했다.

〈아르센 뤼팽 같은 대단한 도둑이 꼭 사건 현장에 있으라는 법이 있느냐?〉

게다가 이런 괴상한 이유들은 다 제쳐놓더라도, 한 가지 사실에 대해서는 아무도 반박할 말이 없었다. 혼자 여행하면서 금발이고 R로 시작하는 이름을 가진 사람이 로쟁 말고 또 누가 있단 말인가? 로쟁이 아니라면 전보에서 가리키는 사람이 대체 누구란 말인가?

점심 시간을 앞두고 뻔뻔스럽게도 로쟁이 우리 쪽으로 다가오자, 넬리 양과 저랜드 여사는 자리에서 일어나 가버렸다. 그를 무서워하는 기색이 역력했다.

그리고 한 시간쯤 후에는 배의 승무원과 선원, 선실의 모든 승객들 사이에 손으로 직접 쓴 공문이 나돌았다. 아르센 뤼팽의 가면을 벗기거나 잃어버린 보석을 가지고 있는 사람을 발견한 자에게 루이 로쟁 씨가 1만 프랑의 상금을 후사한다는 내용이었다.

로쟁은 선장에게도 선언했다.

「이 도둑놈을 잡는 데 아무도 도와주지 않는다면 내가 직접 그를 잡아 혼내주겠소」

로쟁 대 아르센 뤼팽, 사람들 사이에 퍼지고 있는 말대로라면 아르센 뤼팽 대 아르센 뤼팽의 대결이었다. 그러니 흥미로울 수밖에 없었다!

대결은 이틀 동안 계속되었다.

로쟁이 사방으로 돌아다니면서 승무원들 틈에 섞여 이것저것 꼬치꼬치 캐묻는 모습이 보였다. 돌아다니는 그의 그림자는 밤에도 눈에 띄었다.

선장도 나름대로 총력을 다했다. 그는 프로방스 호 전체를 갑판에서 바닥까지 구석구석 샅샅이 조사했다. 수색은 모든 선실로 확대되었는데, 물건들이 꼭 범인의 선실에만 있으라는 법은 없는 만큼 어찌보면 당연한 조치였다.

넬리 양이 나에게 물었다.

「결국에는 뭔가 나오겠죠, 그렇지 않아요? 그가 아무리 교묘한 마술을 부린다 해도 다이아몬드나 진주 같은 물건들을 보이지 않게 할 재주는 없을 테니까요」

「아뇨, 그럴 수 있습니다. 그러니까 우리가 몸에 지니고 있는 모든 것, 모자 안쪽이나 웃옷 안감 등을 전부 조사해야 할 겁니다」

그리고 그녀에게 내가 가지고 다니는 9×12 사이즈의 코닥 카메라를 보여주었다. 나는 그것으로 계속해서 그녀의 여러 모습을 찍고 있었다.

「이 정도 크기의 사진기 속에도 저랜드 여사의 보석들을 충분히 감출 수 있을 것 같지 않습니까? 사진을 찍는 척하면서 감쪽같이 속이는 거죠」

「하지만 증거를 남기지 않는 도둑은 없다고 들었어요」

「한 사람 있지요. 그가 바로 아르센 뤼팽입니다」

「어떻게요?」

「어떻게냐고요? 그는 자기가 하려고 하는 도둑질만 생각하는 게 아니라 자기를 노출시킬지 모르는 모든 상황들을 꼼꼼히 고려하기 때문입니다」

「처음에는 자신만만하셨잖아요」

「하지만 시금은 그의 솜씨를 봤으니까요」

「그래서 당신 생각은요?」

「제 생각에는 시간 낭비입니다」

짐작대로 이 조사에선 아무것도 나오지 않았다. 이러한 모두의 노력에도 불구하고, 조사가 벌어지고 있는 가운데 또다른 일이 일어났을 뿐이다. 오히려 선장의 시계까지 도둑맞은 것이다.

불같이 화가 난 선장은 범인을 찾는 데 배로 열심이었고, 이미 여러 번 심문했던 로잰을 한층 더 주의 깊게 감시했다.

그런데 정말 재미나게도 그 시계는 다음날 부선장의 칼라 사이에서 나왔다.

이 놀라운 사건들은 도둑이지만 예술가이기도 한 아르센 뤼팽의 익살스러움을 보여주었다. 그는 물론 자신의 고급 취향과 타고난 적성에 따라 일을 진행시켰지만 그저 재미삼아 하기도 하는 모양이었다. 마치 무대에 올려놓은 연극을 즐기는 연출가처럼 자기가 상상해 낸 재치 있는 대사와 장면을 보며 무대 뒤에서 큰소리로 웃고 있는 것이다.

그는 정말로 자기 분야의 예술가였다. 침울한 얼굴로 끝까지 포기하지 않는 로잰을 볼 때, 그리고 이 수수께끼 같은 인물의 1인 2역을 생각할 때 감탄하지 않을 수 없었다.

그런데 여행이 끝나기 이틀 전날 밤, 한 당직 사관이 갑판의 가장 어두운 구석에서 새어나오는 이상한 신음소리를 들었다. 다가가 보니 어떤 남자가 쓰러져 있었다. 얼굴은 아주 두꺼운 스카프로 덮여 있고 손목은 가는 끈으로 묶인 채였다.

사관은 끈을 풀고 그를 일으켜 상처를 돌보아주었다.

그 남자는 로잰이었다.

로잰이 조사를 다니던 중에 당한 것이다. 범인은 그를 쓰러뜨리고 지갑을 훔쳐갔다. 그의 웃옷에는 이런 명함이 꽂혀 있었다.

〈나, 아르센 뤼팽은 로잰 씨의 1만 프랑을 감사히 받겠소.〉

사실 도둑맞은 그 지갑에는 1천 프랑짜리 지폐 스무 장이 들어 있었다.

18

물론 사람들은 이 희생자가 스스로 공격당한 듯이 꾸민 것이라고 험담했다. 하지만 자기 자신을 그런 식으로 묶을 수도 없을 뿐더러 명함에 남겨진 필체가 로잰의 필체와는 확실히 달랐다. 오히려 배에서 발견된 오래된 신문에서 본 아르센 뤼팽의 필체와 꼭 닮았다는 것이 확인되었다.

그러니까 결국 로잰은 아르센 뤼팽이 아니었다. 로잰은 그저 보르도 상인의 아들 로잰이었을 뿐이다! 그리고 이 일로 아르센 뤼팽의 존재는 더 확실해졌다. 이 얼마나 가공할 사건인가!

사람들은 불안에 떨었다. 자기 선실에서도 감히 혼자 있지 못했고 좀 멀리 떨어진 곳에 가는 모험은 꿈도 꾸지 못했다. 서로 믿을 수 있는 사람들끼리 조심스럽게 무리를 지어 다녔다. 또 한편으로는 본능적인 경계심이 가장 가까운 사람들 사이도 갈라 놓았다. 따로 떨어져 있는 사람만 경계할 상황이 아니었다. 이제 모든 사람이 곧……, 아르센 뤼팽이었다. 우리의 상상력은 지나치게 부풀어올라 그에게 불가사의하고 무한한 힘을 부여했다. 우리는 그가 아무도 상상해 본 적이 없는 사람으로 변장할 수 있다고 생각했다. 이번에는 저 훌륭한 로손 소령으로, 다음번에는 저 고상한 라베르당 후작으로 변할 수 있을 것만 같았다. 심지어 이제 이름의 첫 글자에도 집착하지 않게 되었고 부인이 있거나 아이가 있거나 하인이 있거나 간에, 우리가 알고 있는 어떤 사람으로도 변장할 수 있을 것이라 여기게 되었다.

첫번째 전보 이후로는 아무 소식도 없었다. 적어노 신장온 우리에게 아무 말도 하지 않았는데, 이런 침묵이 물론 우리를 안심시켜 주기 위한 조치는 아니었다.

여하튼 마지막 날은 한없이 길게 느껴졌다. 모두들 또 어떤 나

뻔 일이 생길까 노심초사하고 있었다. 이번에는 도둑질로 끝나지 않을 것이다. 단순한 공격으로 끝나지 않을지도 모른다. 더 큰 범죄가, 살인이 일어날지도 모른다. 아르센 뤼팽이 사소한 좀도둑질 두 건으로 만족한다는 것은 있을 수 없었다. 공권력을 완전히 무력하게 만들고 이 배의 절대적인 주인이 된 그는 원하기만 하면 무엇이든 할 수 있었다. 사람들의 재산과 목숨은 모두 그의 손에 달려 있었다.

고백하건대 나에게는 사실 달콤한 시간이었다. 그 시간 덕에 나는 넬리 양의 신뢰를 얻을 수 있었기 때문이다. 본래 불안해하는 성격인데다 그동안 일어난 사건들에 충격을 받아 그녀는 자연스럽게 내 곁에서 안전하게 보호받기를 원하게 되었다. 나는 이런 그녀를 지켜주는 게 즐거웠다.

나는 아르센 뤼팽에게 감사하는 마음이었다. 그가 바로 우리를 가깝게 해준 장본인이 아닌가? 내가 그토록 행복한 꿈에 젖을 수 있었던 것도 다 그의 덕이 아닌가? 사랑의 꿈과 좀더 현실적인 다른 꿈도 있었다. 솔직히 고백하자. 우리 앙드레지 집안은 푸와티에 지방의 훌륭한 가문이지만 지금은 좀 영락했다. 배우자의 힘을 빌려 자기 가문의 잃어버린 영예를 되찾으려 하는 것이 신사답지 못한 일은 아니라고 생각한다.

내가 느끼기에 이런 꿈이 넬리 양의 기분을 상하게 하는 것 같지는 않았다. 미소 짓는 그녀의 눈동자는 내가 그 꿈을 꾸도록 허락해 주었고, 부드러운 그녀의 목소리는 내게 희망을 가지라고 말해 주었다.

마지막 순간까지 우리는 난간에 팔을 괸 채 함께 서 있었다. 미국 대륙의 해안선이 우리 앞으로 미끄러져 지나갔다.

조사는 이미 중단되었다. 우리는 기다리고 있었다. 1등실에서부터 이주민들이 우글거리는 3등실까지, 해결되지 않은 그 수수께끼가 풀리게 될 최후의 순간을 기다리고 있었다. 누가 아르센 뤼팽이었을까? 아르센 뤼팽은 어떤 이름으로, 어떤 가면 속에 숨어 있을까?

마침내 최후의 순간이 왔다. 앞으로 백 년을 더 살아도 나는 그 순간의 아주 세세한 작은 부분까지 결코 잊을 수 없을 것이다.

「안색이 안 좋으시네요, 넬리 양」

맥 없이 내 팔에 기대 있는 넬리 양에게 내가 말했다.

그녀가 대답했다.

「당신은 어떻고요, 어머! 다른 사람처럼 보일 정도예요!」

「생각해 보세요. 정말 흥미진진한 순간입니다. 넬리 양, 당신 곁에서 이 순간을 맞는 게 행복합니다. 때때로 당신과의 추억이 떠오를 겁니다……」

그녀는 듣고 있지 않았다. 숨이 가쁘고 흥분되어 보였다. 배에서 내리는 다리가 놓여졌다. 승객들이 내리기 전에 먼저 세관원과 제복을 입은 사람들, 화물 담당원 등이 배에 올라탔다.

넬리 양이 중얼거렸다.

「항해중에 아르센 뤼팽이 사라져버렸다고 해도 놀라지 않을 것 같아요」

「그는 명예를 더럽히느니 죽음을 택했을 겁니다. 체포되느니 차라리 대서양 한가운데로 뛰어들었겠죠」

「농담 마세요」

그녀는 짜증을 냈다.

갑자기 나는 전율을 느꼈다. 그리고 그녀에게 말했다.

「다리 끝에 서 있는 키 작고 나이 든 남자 보이십니까?」

「황록 색 프록코트를 입고 우산을 들고 있는……?」

「그 사람이 가니마르입니다」

「가니마르?」

「예, 그 유명한 형사 말입니다. 꼭 자기 손으로 아르센 뤼팽을 잡겠다고 맹세했다지요. 아! 이제 알겠습니다. 바다 이쪽에서는 정보를 보내주지 않았던 겁니다. 가니마르가 와 있었으니까요. 그는 누가 자기 일에 끼어드는 걸 좋아하지 않거든요」

「그럼 아르센 뤼팽이 정말 잡힐까요?」

「어떻게 알겠습니까? 가니마르도 그를 본 적이 없을 겁니다. 변장을 한 모습밖에는 말이죠. 아르센 뤼팽이 사용하고 있는 이름을 모르는 한……」

「아! 체포되는 장면을 볼 수 있었으면!」

그녀가 말했다. 여자들의 호기심이란 약간 잔인한 데가 있다.

「기다려봅시다. 아르센 뤼팽은 분명히 자기의 적수가 나타난 것을 이미 알아차렸을 겁니다. 그리고 배에서 제일 마지막으로 내리는 사람들 틈에 섞여 나가려고 할 거예요. 그때쯤에는 저 노인의 눈도 피로해졌을 테니까요」

하선이 시작되었다. 가니마르는 무심히 우산에 기대어 선 채 양쪽 난간 사이로 우르르 밀려나가는 사람들에게는 별로 주의를 기울이지 않았다. 배에 타고 있던 한 사관이 뒤쪽에 서서 가끔씩 그에게 정보를 제공해 주는 게 보였다.

라베르당 후작, 로손 소령, 이탈리아 인 리볼타 씨가 차례로 내려갔다. 또 수많은 다른 사람들……, 그리고 로잰 씨가 다가가고 있었다.

가엾은 로잰! 지난번 사고에서 생긴 상처도 아직 회복되지 않은 것 같은데!

넬리 양이 말했다.

「아무래도 저 사람인 것 같아요. 어떻게 생각하세요?」

「가니마르와 로잰이 같이 있는 모습을 사진으로 찍으면 재미있겠는데요. 제 사진기로 좀 찍어주십시오. 저는 짐이 너무 많아서요」

그녀에게 사진기를 건네주었다. 하지만 이미 한발 늦어서 사진은 찍지 못했다. 로잰이 그냥 통과한 것이다. 사관이 몸을 기울여 가니마르의 귀에 대고 무어라 중얼거렸다. 하지만 가니마르는 가볍게 어깨를 으쓱할 뿐이었다. 그리고 로잰은 지나갔다.

세상에, 그렇다면 누가 아르센 뤼팽이었단 말인가?

「맞아요. 도대체 누구죠?」

넬리 양이 큰소리로 말했다.

이제 남은 사람은 스무 명 정도밖에 되지 않았다. 그녀는 이 스무 명 안에도 그가 없는 게 아닐까 은근히 걱정하며 한 사람, 한 사람 자세히 바라보았다.

내가 말했다.

「더 이상 기다릴 수 없겠습니다」

그녀가 먼저 앞으로 나갔다. 나는 그 뒤를 따랐다. 그런데 열 발짝도 채 못 가서 가니마르가 우리를 막아섰다.

「무슨 일이죠?」

내가 소리쳤다.

「잠깐만요, 선생. 뭐가 그렇게 급하십니까?」

「저는 저 아가씨와 동행중입니다」

그가 좀더 강압적인 목소리로 다시 한번 말했다.

「잠깐이면 됩니다」

그리고 내 얼굴을 찬찬히 뜯어보더니 눈을 뚫어지게 바라보며 말했다.

「아르센 뤼팽, 그렇지?」

나는 웃음을 터뜨렸다.

「아니오. 나는 그냥 베르나르 드 앙드레지입니다」

「베르나르 드 앙드레지는 3년 전, 마케도니아에서 죽었어」

「베르나르 드 앙드레지가 죽었다면 나는 이미 이 세상 사람이 아니겠군요. 그런데 그렇지가 않습니다. 여기 내 서류가 있어요」

「이 서류는 그 사람의 것이지. 자네가 어떻게 그것을 손에 넣었는가 기꺼이 설명해 줄 수도 있어」

「하지만 말도 안 돼요! 아르센 뤼팽은 R로 시작하는 이름을 사용해서 배에 탄 거 아닙니까?」

「그래, 그것도 자네의 속임수였지. 저쪽 편에서 일부러 잘못된 정보를 흘린 거야! 여보게, 자네 능력이 대단하더군. 하지만 이번에는 행운의 여신이 고개를 돌렸어. 자, 뤼팽. 정정당당한 태도를 보이지 그러나」

나는 잠시 망설였다. 그가 나의 오른팔을 탁 쳤다. 나는 고통스런 비명을 질렀다. 그 전보의 내용이 가리키고 있던 대로 아직 다 아물지 않은 상처를 때린 것이다.

이제 포기해야 했다. 나는 넬리 양 쪽을 돌아봤다. 그녀는 얼굴이 하얗게 질린 채 비틀거리며 듣고 있었다.

넬리 양의 시선이 나와 마주쳤다가, 내가 건네주었던 코닥 카메라 쪽으로 내려갔다. 그러고는 기분 나쁜 몸짓을 보였다. 그녀가 한순간에 모든 것을 깨달았다는 인상, 아니 확신이 들었다. 그렇다. 가니마르에게 잡히기 전에 신중하게 미리 그녀에게 맡겨 두었던 그 작은 물건의 움푹한 곳에, 검은 가죽으로 된 좁은 틈 사이, 바로 거기에 로쟁의 2만 프랑과 저랜드 여사의 진주, 다이 아몬드가 모두 들어 있었다.

아! 가니마르와 두 부하에게 둘러싸여 있는 그 긴장된 순간에, 맹세컨대 나는 아무것에도 관심이 없었다. 나 자신의 체포나 사람들의 적의에 찬 시선 같은 건 아무래도 좋았다. 내 관심사는 오직 내가 맡긴 물건을 그녀가 어떻게 할 것인가 하는 것뿐이었다.

결정적인 물증을 남길지도 모른다는 걱정을 하게 되리라고는 꿈에도 생각지 못했는데 말이다. 넬리 양이 이 증거물을 경찰에 넘길 것인가?

그녀가 나를 배신할 것인가? 나를 버릴 것인가? 나에게 가차 없는 적이 될 것인가, 아니면 한 여자로서 옛정을 생각해 자기도 모르게 관대해지고 동정심을 갖게 되어 경멸하는 마음이 조금은 누그러질 것인가?

그녀가 내 앞을 지나갔다. 나는 한마디도 하지 않고 고개만 숙여 인사했다. 그녀는 내 코닥 카메라를 손에 든 채 다리를 향해 걸어갔다.

아마 사람들이 보는 앞에서 내게 돌려 줄 수는 없겠지. 하지만 한 시간쯤 후에는 받을 수 있으리라고 생각했다. 그런데 다리 중 간까지 걸어간 그녀는 실수인 척하며 카메라를 부두와 배 사이, 바 다에 빠뜨려버렸다.

그리고 그녀가 멀어져 갔다.

그녀의 아름다운 뒷모습이 사람들 속에 사라져 가면서 내 시야에 잠깐 들어왔다가는 다시 자취를 감추었다. 이제 다 끝났다. 영영 끝나 버린 것이다.

슬프고 또 애처로운 마음에 젖어 한동안 움직일 수가 없었다.

「어쨌든 좀더 솔직하지 못했던 게 유감스럽군」

한숨 섞인 내 말에 가니마르는 놀라는 듯했다.

여기까지가 어느 겨울날 저녁 아르센 뤼팽이 내게 들려주었던 체포담이다. 언젠가 얘기하게 되겠지만, 아르센 뤼팽과 나는 어떤 우연한 사건으로 관계를 맺게 되었다. 우정이라고 말할 수 있을까? 그렇다. 나는, 그가 나에 대해 어느 정도 우정을 느끼고 있으며 바로 그 우정 때문에 때때로 불시에 나를 찾아오곤 한다고 감히 생각한다. 고요한 내 작업실에, 그는 젊음의 쾌활함과 열정적인 삶의 빛, 유쾌함을 가져다준다. 그에게 운명은 항상 호의와 미소만을 보내니 말이다.

그를 묘사한다? 그럴 수 있을까? 나는 아르센 뤼팽을 스무 번이나 봤지만 스무 번 모두 다른 사람으로 내 앞에 나타났다. 아니, 스무 개의 거울이 같은 사람의 모습을 각각 다르게 변형시켜 비춰주는 것 같았다. 그 모습들은 각기 다른 독특한 눈과 얼굴, 고유한 몸짓, 체격, 성격을 지니고 있다.

〈저 자신도 제가 누구인지 더 이상 모르겠습니다. 거울 속의 저를 알아볼 수가 없지요.〉

그것은 물론 농담이고 역설이지만, 그의 무한한 능력과 인내심, 화장술, 얼굴의 비례를 변형시키고 이목구비의 균형까지 깰 수 있는 놀랄 만한 재능을 알지 못한 채 그를 만나는 사람들에게는 진실이기도 하다.

〈왜 외모가 한 가지로 정해져 있어야 하지요? 왜 늘 똑같은 사람이 될 위험성을 피하면 안 되는 겁니까? 제가 한 일들이 저를 나타내기에 충분한데 말입니다.〉

그리고 약간 오만한 투로 분명히 말했다.

〈누구도 '아르센 뤼팽이 여기 있다'고 확신할 수 없다는 건 잘된 일이죠. 중요한 점은, '이것은 아르센 뤼팽이 한 일이다'라고 모두가 외친다는 사실입니다.〉

나는 바로 그 아르센 뤼팽이 한 일, 그가 겪은 일을 쓰고자 한다. 어느 겨울날 저녁, 고요한 내 작업실에서 그가 기꺼이 내게 털어놓았던 그 은밀한 얘기를……

감옥에 갇힌 뤼팽

쥐미에주와 생방드리유의 폐허 사이를 걸으면서 말라키라는 중세풍의 이상한 작은 성을 알아보지 못하는 사람은, 센 강가를 모르는 사람만큼이나 관광객 자격이 없는 사람이다. 그 성은 강 한복판의 암석 위에 거만하게 자리를 잡고 있으며 아치형의 다리로 길과 연결되어 있다. 음침한 작은 탑의 아랫부분은 화강암이 받치고 있는데, 이 거대한 괴석은 어마어마한 대변동에 의해 어딘지 모를 산에서 떨어져 나와 여기에 던져진 듯했다. 주위에는 큰 강이 갈대 사이로 조용히 흐르고 물에 젖은 조약돌 위에서는 할미새들이 떨고 있다.

말라키 성의 역사는 그 이름만큼이나 거칠고 그 모습만큼이나 험악했다. 오직 전투와 포위, 공격, 약탈, 살육이 있을 뿐이었다. 코 지방 사람들은 밤이면 예전에 그곳에서 벌어졌던 범죄들을 떠올리며 몸서리친다. 성과 관련된 불가사의한 전설들이 전해

28

오고, 그 유명한 지하 통로에 대해서도 말들이 많았다. 그 지하도는 예전에 샤를 7세의 정부였던 아네스 소렐의 저택과 쥐미에주의 수도원에까지 이어져 있다고 한다.

전설적인 인물들과 강도들의 옛 은신처였던 이곳에 지금은 나탕 카오른 남작, 일명 사탄 남작이 살고 있다. 오래전 경매장 사건으로 갑자기 벼락부자가 된 후로 그는 이렇게 불렸다. 몰락한 말라키의 영주들은 빵 한 조각을 위해 조상 대대로 물려온 저택을 남작에게 팔아야만 했다. 남작은 가구, 그림, 도자기, 목제 조각 등 훌륭한 소장품들을 이곳에 들여놓았다. 그리고 나이 든 하인 셋을 두고 혼자 살았다. 그곳에 들어가 본 사람은 아무도 없었다. 이 성의 고풍스런 방들을 장식하고 있는 그의 소장품, 예를 들면 루벤스(16세기 독일의 화가——옮긴이)의 그림 세 점이나 바토(17세기 프랑스의 화가——옮긴이)의 그림 두 점, 장 구종(16세기 프랑스의 조각가, 건축가——옮긴이)의 의자 등 수많은 명품들을 감상해 본 사람은 하나도 없는 것이다. 이 물건들은 모두 부호들이 흔히 이용하는 공공 경매장에서 돈으로 빼앗아 온 것들이었다.

사탄 남작은 자신에게 닥칠지 모르는 위험보다는 자기의 보물들에 무슨 일이 생길까 봐 두려워했다. 그가 그 보물들을 모으는 데 쏟은 열정은 너무나 집요한 것이었고, 미술품 애호가로서 안목 또한 대단해서 가장 교활한 상인들조차 그를 속일 수는 없었나. 그는 그 보물들을 사랑했다. 구두쇠처럼 악착같이, 연인처럼 조심스럽게.

매일 해질 무렵이면, 다리 양쪽 끝과 현관 입구로 통하는 네 개의 강철 문이 닫히고 굳게 잠겼다. 아주 작은 충격에도 전기 경보 장치가 침묵을 깨도록 되어 있었다. 센 강 쪽은 걱정할 게 없었다. 깎아지른 듯한 바위가 솟아 있기 때문이었다.

9월 어느 금요일. 평소처럼 다리 중간에 우체부가 나타났다. 그리고 늘 그렇듯이 남작이 육중한 문을 조금 열어주었다.

남작은 몇 년 전부터 보아온 이 명랑한 얼굴과 비웃는 듯한 농부의 눈을 마치 처음 보는 사람인 양 꼼꼼히 살펴보았다. 남자가 웃으며 말했다.

「또 접니다요, 남작님. 다른 사람이 제 옷과 모자를 쓰고 왔을까 봐서요?」

「누가 알아?」

카오른이 중얼거렸다.

우체부는 신문 한 뭉치를 건네주면서 덧붙였다.

「오늘은 다른 것도 있습니다, 남작님」

「다른 것?」

「편진데……, 등기로 왔네요」

남작은 친구도 없었고 자기에게 관심을 가져주는 사람도 하나 없이 혼자서만 지냈기 때문에 편지 같은 걸 받아본 적이 없었다. 그에게 이것은 나쁜 징조처럼 보였고 불안하게 느껴지는 게 당연했다. 그만의 은신처인 이곳으로 편지를 보낸 수수께끼 같은 인물은 누구일까?

「서명을 해주셔야 합니다요, 남작님」

그는 투덜거리며 서명을 했다. 그러고 나서 편지를 든 채 우체부가 길모퉁이로 사라질 때까지 기다렸다가, 이리저리 몇 발자국 서성인 끝에 다리 난간에 기대어 봉투를 뜯었다. 모눈종이로 된 편지지가 한 장 들어 있고 상단에는 손으로 쓴 주소가 적혀 있었다. 파리, 상테 감옥. 서명을 들여다보았다. 아르센 뤼팽. 까무러

칠 듯 놀란 그는 편지를 읽어 내려갔다.

남작님께

당신네 집 두 응접실 사이를 연결하는 복도에는 필립 드 샹페뉴 (17세기 프랑스의 화가——옮긴이)의 그림이 한 점 걸려 있지요. 매우 훌륭한 그림이오. 내 마음에 쏙 들었소. 당신이 가진 루벤스나, 바토의 작은 그림 역시 내 취향이오. 오른편 응접실에서는 루이 13세 시대의 찬장과 보베 지방의 태피스트리, 자콥의 서명이 있는 제1제정풍의 원탁, 르네상스 시대의 여행용 상자가 눈길을 끌더군요. 왼쪽 응접실에서는 보석으로 장식된 진열장 전체와 미니어처들이 흥미롭소.

이번에는 유통시키기 쉬운 이 정도 물건들로 만족하겠소. 그러니 이것들을 잘 포장하여 1주일 내에 바티뇰 역, 내 이름 앞으로 발송해 주기 바라오(운송료는 발송자 부담으로 하시오). 그렇지 않으면 9월 27일 수요일 밤에서 28일 목요일 사이에 내가 직접 그것들을 옮기겠소. 물론 그때는 위에 적힌 물건들만으로 만족하지 않을 것이오.

당신의 평화를 깬 점 사과드리며, 삼가 경의를 표하오.

아르센 뤼팽

추신——특히, 바토의 그림 중 큰 것은 보내지 마시오. 경매장에서 3만 프랑이나 지불하고 구하셨지만 그것은 모사품일 뿐이오. 진품은 총재정부 시대에, 요란한 파티가 있던 어느 날 저녁 바라스가 불태워버리고 말았소. 가라의 미간행된 회고록을 참조하면 알 수 있을 것이오.

　루이 15세풍의 시계 줄에도 관심 없소. 그것도 진품인지가 의심스럽거든.

이 편지는 카오른 남작의 마음을 어지럽혔다. 누군가 다른 사람이 보낸 편지였더라도 몹시 겁을 먹었을 것이다. 그런데 바로 아르센 뤼팽의 서명이 있는 것이다.

　남작은 매일 열심히 신문을 읽었고, 도둑질이나 살인 사건에 관한 한 바깥 세상에서 무슨 일이 일어나는지 모두 알고 있었으므로 이 악독한 도둑의 업적에 대해서도 빠짐없이 알고 있었다. 물론 뤼팽이 미국에서 그의 적수 가니마르에게 붙잡혀 정말로 감옥에 투옥되었다는 것도, 소송이 얼마나 힘들게 진행중인지도 익히 아는 바였다. 하지만 모든 것이 결국 그가 원하는 대로 되리라. 더구나 그림이나 가구의 배치 등, 성에 대해서 정확한 지식을 가지고 있다는 사실은 정말 위험한 징조였다. 아무도 본 사람이 없는데 누가 그에게 정보를 줬단 말인가?

　남작은 눈을 들어 말라키 저택의 험한 외관과 가파른 지지대를 바라보았다. 깊은 강물이 사방을 둘러싸고 있었다. 그는 어깨를 으쓱했다. 아니야, 분명 아무 위험도 없어. 나의 수집품들이 있는 금단의 성역에는 이 세상 누구도 들어올 수가 없어.

　아무도……. 하지만 아르센 뤼팽이라면? 아르센 뤼팽에게 문이나 다리, 벽 같은 것들이 의미가 있을까? 아르센 뤼팽이 목표를 이루고자 한다면 인간이 고안해 낸 가장 훌륭한 장벽이나 가장 교묘한 대비책이 무슨 소용이 있을까?

그날 저녁, 그는 루앙의 검사장에게 편지를 썼다. 협박 편지를 동봉하면서 보호와 지원을 요청했다.

곧바로 답장이 왔다. 편지에 거명된 아르센 뤼팽이라는 자는 현재 상태 감옥에 수감되어 엄중한 감시를 받고 있으며, 편지를 쓰는 것도 불가능하기 때문에 어떤 사기꾼의 수작인 게 분명하다는 내용이었다. 논리적으로나 상식적으로나 모든 게 그 사실을 증명해 주고 있기는 하지만 남작은 지나치리만큼 신중을 기해 전문가에게 필적 감정을 의뢰했다. 그런데 전문가가 단언하기를, 확실히 매우 비슷하기는 하지만 바로 그 수감자의 필체는 아니라는 것이었다.

〈확실히 비슷하기는 하지만〉. 남작의 머릿속에는 이 무시무시한 세 마디 구절만이 울려퍼졌다. 그것은 어떤 의혹을 인정하는 말처럼 보였고 검찰이 개입해야 할 만한 이유가 되기에 충분하다고 느껴졌다. 그의 두려움은 점점 더해 갔다. 그는 뤼팽의 편지를 끊임없이 읽고 또 읽었다. 〈내가 직접 그것들을 옮기겠소.〉 게다가 9월 27일 수요일 밤에서 28일 목요일 사이라는 정확한 날짜 지정까지!

의심 많고 말이 없는 그는 하인들에게도 비밀을 털어놓지 않았다. 그들이 아무리 충성스러울지라도 때로는 유혹에 빠질 수 있는 것이기 때문이다. 하지만 이번에는 몇 년 만에 처음으로, 다른 사람에게 말을 하고 조언을 구해야 할 필요가 있음을 느꼈다. 지방검사에게는 거절을 당했고, 자기 힘만으로는 지킬 수 없을 거라고 생각한 그는 파리까지 가서 좀 노련한 형사에게 도움을 청해 볼 참이었다.

그렇게 이틀이 흘러갔다. 사흘째 되는 날 신문을 읽다가 그는 기쁨에 떨었다. 《레베이유 드 코드벡》에 다음과 같은 짤막한 기사가 실려 있었다.

영광스럽게도 경찰청의 베테랑, 가니마르 수사반장을 우리 지방에 모신 지 곧 3주가 되어 간다. 가니마르 형사의 가장 최근의 쾌거는 아르센 뤼팽 체포이며, 이 일로 그는 전 유럽에 명성을 떨치게 되었다. 현재는 낚시를 즐기며 오랜 피로를 풀면서 쉬고 있다.

가니마르라니! 카오른 남작이 찾던 협력자가 바로 여기에 와 있는 것이다. 뤼팽의 계획을 좌절시키는 데 간계에 능하고 참을성 많은 가니마르보다 더 좋은 사람이 누가 있겠는가?

남작은 망설이지 않았다. 코드벡의 작은 마을은 성에서 6킬로미터 정도 떨어져 있었는데 그는 구원의 희망에 잔뜩 부풀어 그 거리도 가볍게 뛰어넘었다.

수사반장의 주소를 알아내기 위해 몇 번 시도해 보았지만 실패하고, 강변 중앙에 있는 신문사 사무실을 찾아갔다. 거기에서 그 기사를 쓴 기자를 만날 수 있었다. 기자는 창가로 다가가더니 소리쳤다.

「가니마르요? 강둑을 쭉 따라가면, 손에 낚싯대를 들고 있는 사람을 만나게 될 겁니다. 우리도 그곳에서 서로 처음 알게 되었거든요. 우연히 그의 낚싯대에 새겨진 이름을 보았죠. 보세요, 저기 산책길 나무 아래 있는 키 작은 노인입니다」

「프록코트에 밀짚모자를 쓰신 분 말이오?」

「맞습니다. 말이 별로 없고 무뚝뚝한 괴짜 쪽에 가깝더군요」

잠시 후, 남작은 그 유명한 가니마르에게 다가가 자기를 소개
하고 대화를 나눠보려고 애썼다. 하지만 결국 성공하지 못하고
솔직히 문제를 털어놓고 자신의 상황을 설명했다.

가니마르는 자기가 노리고 있는 고기에서 시선을 떼지 않은 채
꼼짝 않고 듣기만 했다. 그러고는 남작을 향해 고개를 돌려 매우
딱하다는 듯이 머리부터 발끝까지 위아래를 훑어보았다.

「선생, 남의 물건을 훔치려 할 때 그 사실을 미리 알린다는 건
결코 일상적인 일이 아니지요. 특히 아르센 뤼팽이라면 그런 식
의 실수는 저지르지 않을 겁니다」

「하지만……」

「선생, 믿어도 좋소. 선생의 말이 사실이라는 일말의 의심이라
도 든다면, 나는 친애하는 뤼팽을 감옥에 처넣는 기쁨 때문에 다
른 일은 아무것도 생각지 못할 겁니다. 하지만 불행히도 이 친구
는 이미 감옥에 갇혀 있단 말입니다」

「만약 그가 빠져나온다면……?」

「상테 감옥에서는 그 누구도 빠져나올 수 없습니다」

「하지만 그라면……」

「그도 다른 사람과 마찬가지지요」

「그래도……」

「그래요. 그가 빠져나온다고 칩시다. 그렇다면 더 잘됐지요.
내가 다시 붙잡고 말 테니까 말입니다. 안심하고 푹 주무시면서
기다리시지요. 그리고 더 이상 내 잉어들을 쫓지 말아주십시오」

대화는 끝났다. 남작은 태평한 가니마르 덕분에 조금은 안심이
되어서 집으로 돌아왔다. 그리고 자물쇠를 더 꼼꼼히 점검하고
하인들을 몰래 감시했다. 그러면서 이틀이 흘렀고, 남작도 결국

괜한 두려움에 떨었다고 거의 확신하기에 이르렀다. 그렇다. 정말 가니마르가 말한 것처럼, 자기가 도둑질을 하겠다는 사실을 예고하는 사람은 없다.

그 날짜가 다가왔다. 27일의 전날인 화요일 아침까지 특별한 사건은 아무것도 없었다. 그런데 세시에 한 아이가 벨을 울렸다. 아이는 전보를 가지고 왔다.

〈바티뇰 역에 소포가 도착하지 않았더군. 내일 저녁을 기대하시오. 아르센.〉

다시 한 번 미칠 듯한 불안이 엄습했다. 아르센 뤼팽의 요구에 따라야 하는 게 아닐지 스스로 자문해 볼 정도였다.

그는 당장 코드벡으로 달려갔다. 가니마르는 같은 장소에서 접는 의자에 앉아 낚시를 하고 있었다. 남작은 한마디 말도 하지 않고 전보를 내밀었다.

「그래서요?」

형사가 말했다.

「〈그래서요〉? 바로 내일이라고요!」

「뭐가 말입니까?」

「불법침입! 내 소장품을 약탈해 갈 거요!」

가니마르는 낚싯대를 내려놓고 그를 향해 몸을 돌렸다. 그리고 팔짱을 낀 채 참을 수 없다는 듯이 소리쳤다.

「아, 그래서 내가 그 바보 같은 얘기에 신경을 쓸 거라고 생각하시는 겁니까?」

「9월 27일 밤에서 28일 사이에 성에 와주는 수당으로 얼마면 되겠소?」

「한푼도 필요 없습니다. 나를 좀 내버려두시오」

36

「가격을 좀 정해 주시오. 나는 부자요. 엄청난 부자라고」

갑작스런 제의에 당황한 가니마르는 좀더 차분히 말을 이었다.

「나는 휴가차 여기에 와 있는 겁니다. 지금은 그런 일에 끼어들 자격도 없어요」

「아무도 모를 거요. 내 무슨 일이 있어도 비밀을 지키리다」

「허 참, 아무 일도 일어나지 않을 거라니까」

「이봐요. 3천 프랑, 이 정도면 되겠소?」

형사는 담배를 깊이 빨아들였다. 그리고 깊이 생각하더니 꽁초를 내던지고 말했다.

「좋습니다. 그렇지만 솔직히 말하는데 쓸데없이 당신 돈만 낭비하는 것이오」

「그런 건 상관없소」

「그러면……, 결국 또 그놈의 뤼팽이군! 그의 명령을 따르는 졸개들이 있는 게 분명하오. 당신 하인들은 믿을 만합니까?」

「물론……」

「그들을 너무 믿지 맙시다. 내 동료 두 명에게 전보를 보내겠소. 그러는 편이 더 안전할 거요. 지금은 일단 이곳을 떠나십시오. 우리가 함께 있는 게 눈에 띄지 않도록 말입니다. 그리고 내일 아홉시쯤 봅시다」

다음날은 이르센 뤼팽이 예고한 그날이었다. 카오른 남작은 갑옷과 무기를 꺼내 무장했다. 그리고 말라키 주변을 산책했다. 그의 인상에 남을 만한 수상쩍은 일은 전혀 없었다.

저녁 여덟시 반쯤 그는 하인을 모두 나가도록 했다. 하인들은 성 끄트머리, 길가에 접한 건물 옆쪽의 좀 후미진 곳에 살았다.

혼자 남게 되자 그는 조용히 네 개의 문을 열었다. 잠시 후, 점점 다가오는 발소리가 들렸다.

가니마르는 자신을 도와줄 두 사람을 소개했다. 황소 같은 목에 억센 손을 가진 크고 건장한 청년들이었다. 그리고 그는 몇 가지 설명을 요구했다. 집의 구조를 파악하고 나자, 문제의 응접실로 들어올 수 있는 입구를 주의 깊게 모두 막아버렸다. 벽을 면밀히 조사하고 태피스트리를 들어보기도 했다. 그러고 나서 두 경찰을 중앙 복도에 배치했다.

「실수 없이 해야 한다, 알겠나? 잠이나 자려고 여기까지 온 게 아니야. 조금이라도 수상한 일이 있으면 현관 쪽으로 난 창문을 열어 나를 부르도록. 강 쪽에도 주의를 기울여야 한다. 10미터 높이에 달하는 거대한 절벽도 그자에게는 아무것도 아닐 것이다」

가니마르는 경찰들을 남겨둔 채 문을 잠그고, 열쇠를 가지고 나와서 남작에게 말했다.

「이제 우리도 자리로 가야죠」

그는 오늘 밤 지낼 방을 미리 골라두었다. 그것은 두 개의 출입구 사이, 두꺼운 성벽 안에 만들어놓은 방으로 전에는 감시병이 쓰던 곳이었다. 한쪽에는 다리를 내다볼 수 있는 구멍이, 다른 한쪽에는 현관을 향한 구멍이 뚫려 있었다. 구석에는 우물이 있었다.

「남작님, 분명히 이 우물이 지하로 통하는 유일한 입구라고 했지요? 그리고 오래전부터 늘 막혀 있었다고요?」

「그렇소」

「그렇다면 아르센 뤼팽 혼자만 아는 또다른 입구가 존재하지 않는 한, 걱정하실 것 없습니다」

그는 의자 세 개를 나란히 늘어놓고 그 위에 편안히 드러누워서 파이프에 불을 붙이고 한심하다는 듯 말했다.

「남작님, 이런 초보적인 일을 하려니, 내가 보초를 서야 하는 이 집이 너무 작게 느껴지는군요. 한 층이라도 더 지어 크게 만들고 싶은 마음이 간절하답니다. 우리들의 친구 뤼팽에게 오늘의 얘기를 한다면 배꼽을 잡고 웃을 겁니다」

　남작은 웃지 않았다. 귀를 쫑긋 세운 채, 점점 더 커지는 불안감을 안고 침묵 속을 살폈다. 때때로 우물 위로 몸을 기울여 그 커다란 구멍 속에 초조한 눈길을 던지기도 했다.

　열한시, 열두시, 한시가 울렸다.

　남작이 갑자기 팔을 흔드는 바람에 가니마르는 소스라쳐 깨어났다.

「소리 들었소?」

「예」

「뭐죠?」

「내가 코 고는 소립니다」

「아니, 아니오. 잘 들어보시오……」

「아! 정말이군요. 저건 자동차 경적 소립니다」

「그렇다면 혹시?」

「그렇다고 뤼팽이 자동차로 당신의 성문을 부수고 들어올 리는 없지요. 지, 그러니 당신 자리로 가십시오, 남작님. 나는 잘 겁니다……. 영광스럽게도 꿈나라에서 다시 한 번 초대해 주었거든요. 안녕히 주무십시오」

　위험 신호는 그것뿐이었다. 가니마르의 잠을 다시 깨울 일은 없었고, 남작도 규칙적으로 울리는 그의 코 고는 소리밖에 아무

소리도 듣지 못했다.

새벽에 그들은 그 작은 방에서 나왔다. 서늘한 물가에서 아침을 맞이할 때의 차분한 평화로움이 성을 에워싸고 있었다. 카오른의 얼굴은 기쁨으로 빛났고 가니마르는 여전히 조용했다. 그들은 계단을 올라갔다. 아무 소리도 들리지 않았다. 수상한 점도 없었다.

「내가 뭐라 그랬습니까, 남작님? 정말 이 일을 맡지 말았어야 했는데……. 나 자신이 부끄럽습니다」

그는 열쇠를 들고 복도로 들어갔다.

경찰 둘은 의자 위에서 팔을 늘어뜨린 채 몸을 구부리고 잠들어 있었다.

「빌어먹을!」

형사가 투덜거렸다.

그와 동시에 남작이 비명을 질렀다.

「내 그림……! 내 찬장……!」

그는 중얼거리며 숨을 헐떡였다. 손으로는 텅 비어버린 자리와 허옇게 드러난 벽을 더듬었다. 그곳에는 뾰족한 못이 솟아 있고 이제는 필요 없어진 줄만 덩그러니 걸려 있을 뿐이었다. 바토도 사라지고 루벤스도 도둑맞았다! 태피스트리도 떼어갔다! 진열장 속의 보석도 군데군데 비어 있었다.

「루이 16세 시대의 촛대……! 다이아몬드 샹들리에……! 12세기의 성모 마리아상……!」

그는 놀라고 절망해서 이리저리 뛰어다녔다. 물건을 샀을 때의 가격을 불렀다가, 손해액을 계산했다가, 숫자를 되풀이했다가, 알아들을 수 없는 말을 중얼거리며 문장을 끝맺지도 못하는 등, 모

40

든 게 엉망진창이었다. 그는 분노와 고통으로 미친 듯이 발을 구르며 부들부들 떨었다. 완전히 파멸해서 권총으로 머리를 쏠 일밖에 남아 있지 않은 사람 같았다.

가니마르가 자기와 마찬가지로 당황하는 모습을 보였다면 그나마 위로가 되었을 것이다. 그런데 남작과는 반대로 형사는 꼼짝도 하지 않았다. 그는 마치 굳어버린 듯이 보였는데 그래도 멍한 눈은 주위를 살피는 중이었다. 창문은? 닫힌 채로군. 문의 자물쇠는? 손대지 않았어. 천장에 틈이 생기지도 않았고 바닥에도 구멍이 없다. 모든 것이 정상이었다. 도둑질은 냉철하고 합리적인 계획에 따라 질서정연하게 진행되었음이 분명했다.

그는 망연자실하여 중얼거렸다.

「아르센 뤼팽……, 아르센 뤼팽……」

그리고 갑자기 두 경찰들에게로 뛰어갔다. 분노가 그를 흔들어 깨운 듯했다. 그는 격렬하게 그들을 밀어젖히면서 욕설을 퍼부었다. 하지만 그들은 깨어날 생각도 하지 않았다!

「제기랄, 설마……?」

그리고 그들에게 몸을 기울여 주의 깊게 살펴보았다. 그들은 분명히 자고 있었으나 자연스럽게 잠들어 있는 게 아니었다.

그가 남작에게 말했다.

「누군가 이들을 재운 것입니다」

「누가?」

「허! 물론 그 작자요! 아니면 그의 졸개들이거나……. 어쨌든 그의 지시를 받은 겁니다. 이 솜씨는 분명 그의 수법입니다. 그 작자다운 특징이 뚜렷이 드러나거든요」

「그렇다면 나는 망했소. 어쩔 수 없단 말이오?」

「어쩔 수 없습니다」

「정말 가증스럽고 끔찍한 일이군」

「소송을 제기하십시오」

「그래봤자 무슨 소용 있겠소?」

「소용이 있지요. 어쨌든 노력은 해봐야 합니다. 법원에 가면 뭔가 방법이 있을 겁니다」

「법원이라고! 하지만 당신이 직접 보지 않았소. 자, 보시오. 어떤 흔적을 찾거나 뭐라도 발견할 수 있을지 모르는 지금도 당신은 꼼짝 안 하고 있잖소」

「아르센 뤼팽이 한 짓에서 무언가를 발견한다고요! 이보세요, 남작님. 뤼팽은 절대로 아무것도 남기지 않습니다. 그의 사건에 우연 같은 건 없어요. 미국에서 나에게 잡힌 것도 일부러 그런 것이 아닌가 생각될 정도요」

「그러면 내 그림과 다른 모든 것을 포기해야 한다고! 하지만 그가 훔쳐간 것은 내 소장품들 중에서도 백미요. 그것들을 되찾을 수만 있다면 거액의 돈을 지불하겠소. 어떻게 손을 써볼 도리가 없다면 그에게 직접 값을 부르라 하시오!」

가니마르는 남작을 뚫어지게 바라보았다.

「그것도 말이 되는군요. 그 말 뒤집지 않으실 거죠?」

「물론이오. 그러지 않을 거요. 그런데 왜?」

「좋은 생각이 있습니다」

「어떤 생각이오?」

「수사가 실패하면 다시 얘기합시다……. 그런데 한 가지, 이 일이 성공하길 바란다면 나에 대해서는 입을 꼭 다물고 계셔야 합니다」

그리고 소리를 죽여 조용히 덧붙였다.

「더구나, 사실 나도 할 말이 없으니까 말입니다」

두 경찰은 차츰 의식을 되찾았다. 최면에 걸렸다가 잠에서 깨어나는 사람들처럼 얼빠진 모습이었다. 그들은 놀라서 눈을 뜨고 어찌된 일인지 이해해 보려고 애썼다. 그러나 가니마르가 질문했을 때 그들은 어젯밤 일을 아무것도 기억하지 못했다.

「어쨌든 누군가를 봤을 거 아냐?」

「못 봤습니다」

「자네는 기억나나?」

「아니오」

「자네들 술 마신 거 아닌가?」

곰곰이 생각해 보더니 둘 중 한 사람이 대답했다.

「아, 저는 물을 조금 마셨습니다」

「이 물병에 든 물 말인가?」

「그렇습니다」

「저도 마셨습니다」

다른 경찰이 말했다.

가니마르는 물의 냄새를 맡아보고 맛을 조금 보았다. 특별한 맛이나 냄새는 나지 않았다.

그가 말했다.

「좋아. 우리는 시간만 낭비하고 있다. 어차피 아르센 뤼팽이 낸 문제는 5분 내에 풀 수 있는 것도 아니고. 빌어먹을! 하지만 맹세하건대, 반드시 내 손으로 그를 다시 잡아넣을 것이다. 두번째 판은 그의 승리군. 하지만 결승전에서 두고 보자고!」

그날 카오른 남작은, 상태 감옥에 수감중인 아르센 뤼팽을 가

중 절도죄로 고소했다.

헌병과 검찰관, 예심판사, 기자들, 그리고 들어와서는 안 되는 곳까지 슬그머니 기어 들어오는 호기심 많은 구경꾼들이 말라키 성에 들끓는 것을 보고 남작은 종종 소송을 건 것을 후회했다.

사건은 이미 여론을 흥분시켰다. 매우 특수한 상황에서 발생한 사건이기도 했고 아르센 뤼팽이라는 이름이 상상력을 더욱 자극하여, 근거 없는 온갖 얘기들이 신문 기사를 가득 채우고 대중들의 신임을 얻기도 했다.

《에코 드 프랑스》에 실린 아르센 뤼팽의 첫번째 편지(그 원본을 누가 넘겨주었는지는 아무도 알 수 없었다), 뻔뻔하게도 카오른 남작에게 닥쳐올 위험을 미리 알리고 있는 그 편지는 상당한 동요를 일으켰다. 곧바로 엄청난 해설들이 쏟아져 나왔다. 그 유명한 지하 통로의 존재를 상기시켰고, 검사국은 이에 영향을 받아 그쪽으로 조사를 추진해 나갔다.

성의 꼭대기에서부터 바닥 끝까지 수색했고 돌 하나하나를 탐문하듯 살폈다. 내장재와 굴뚝, 거울의 틀과 천장의 들보까지 샅샅이 검토했다. 또 횃불을 들고 예전 말라키 성의 영주들이 탄약과 식량을 쌓아놓았던 거대한 지하실을 조사하기도 했다. 심지어 암벽 깊숙한 곳까지 검사했지만 모든 게 허사였다. 지하 통로의 흔적 비슷한 것도 찾아볼 수 없었다. 비밀 통로 같은 건 존재하지 않았던 것이다.

이제 조사할 만한 곳은 다한 셈이다. 하지만 가구와 그림들이 유령처럼 사라져버릴 수는 없는 노릇이었다. 그것들은 분명 문이나 창문을 통해 빠져나갔을 것이다. 또 이를 훔쳐간 사람들 역시 그랬으리라. 이 사람들은 누구란 말인가? 그들은 어떻게 침입했는가? 그리고 어떻게 빠져나갔는가?

루앙 검사국은 자신들의 무능을 인정하고 파리 경찰의 도움을 청했다. 경찰청장인 뒤두이 씨는 강력계의 최정예 형사들을 파견했다. 그리고 몸소 이틀 동안 말라키 성에 머물렀다. 하지만 더 나은 결과는 얻지 못했다. 결국 그는 가니마르 형사에게 지시를 내렸다. 그는 종종 가니마르의 업적을 치하한 적이 있었다.

가니마르는 조용히 상관의 지시를 듣고 나서 고개를 끄덕이며 말했다.

「성을 수색하는 데만 몰두하느라 길을 잘못 든 것 같습니다. 해답은 다른 데서 찾아야 합니다」

「도대체 어디에서?」

「아르센 뤼팽한테서 찾아야죠」

「뤼팽한테서? 그렇다면 그의 활동을 인정한다는 뜻이군」

「예, 그렇습니다. 인정할 뿐 아니라 저는 확실하다고 생각합니다」

「이보게, 가니마르. 그건 말도 안 돼. 아르센 뤼팽은 감옥에 있다고」

「물론 아르센 뤼팽은 감옥에 있습니다. 감시를 받고 있다는 것도 인정합니다. 하지만 그가 발에는 쇠고랑을 차고 손에는 밧줄이 묶여 있고 입에는 재갈이 물려 있다고 해도 제 생각은 바뀌지 않을 겁니다」

「어째서 그렇게 고집을 부리지?」

「왜냐하면 오직 아르센 뤼팽만이 이러한 규모의 간계를 꾸밀 수 있고, 오직 그만이 그 술책을 성공으로 이끌 수 있기 때문입니다. 이번에 성공시켰듯이 말입니다」

「계속하게, 가니마르」

「사실입니다. 그러니 더 이상 지하 통로나 중심축이 있어 회전하는 돌 같은 것 따위의 터무니없는 것은 찾지 말도록 하십시오. 그 녀석은 그렇게 낡은 수법은 사용하지 않아요. 그는 적어도 지극히 현대적이거나 아니면 오히려 미래적인 사람입니다」

「그래서 자네의 결론은?」

「한 시간만 그와 함께 있을 수 있도록 허가해 주실 것을 요청합니다」

「그의 독방에서 말인가?」

「예. 미국에서 돌아오는 횡단 여행중에 우리는 좋은 관계를 유지했습니다. 감히 말씀드리자면, 그는 과감히 자신을 체포한 제게 묘한 호감을 느끼는 듯싶었습니다. 따라서 자기의 평판을 해치지 않고 저에게 정보를 줄 수 있다면, 쓸데없이 헛도는 수사의 짐을 덜어주는 데 주저하지 않을 것입니다」

가니마르가 아르센 뤼팽의 독방으로 안내되었을 때는 정오가 조금 지난 무렵이었다. 뤼팽은 침대에 누워 있다가 고개를 들고 기쁨의 탄성을 질렀다.

「아! 이거 정말 놀랍군요. 친애하는 가니마르 형사께서 여기까지 오시다니!」

「몸소 여기까지 왔지」

「내 스스로 선택한 이 은신처에서 지내며 바라는 것들이 여러 가지로 많지만……, 당신을 맞아들이는 것처럼 간절히 바란 건 없소」

「친절이 지나치군」

「아니오, 절대 그렇지 않소. 당신에게 최고의 경의를 표하오」

「자부심을 갖겠네」

「나는 언제나 그렇게 말해 왔소. 가니마르가 프랑스 최고의 형사이자 셜록 홈즈급이라고 말이오. 내가 얼마나 솔직한지는 잘 알고 계시지요? 그런데 당신에게 내드릴 것이라고는 이 딱딱한 나무 의자뿐이라서 유감이군요. 시원한 음료도 없고 맥주 한 잔도 없으니! 용서하시오. 나도 잠시 체류중인 처지라서」

가니마르는 미소 지으며 앉았다. 죄수는 기쁘게 말을 이었다.

「세상에! 신사 양반의 얼굴을 보며 눈을 쉴 수 있다니 얼마나 기쁜지 모르오. 내가 탈옥을 준비하지 않는지 확인하려고 하루에 열 번씩 조촐한 내 독방과 주머니를 뒤지는 염탐꾼들과 정보원들의 얼굴에는 정말이지 질렸거든. 정부가 나에게 이토록 주의를 기울이는 것은……」

「그건 정부가 옳아」

「그렇지 않아요! 작은 구석방에 나를 가만히 내버려두기만 한다면 행복하겠소!」

「다른 사람들의 세금으로 말이지」

「안 그렇소? 그럼 편할 텐데. 그런데 내가 너무 떠들고 있군. 당신도 바쁜 몸이신데 바보 같은 소리나 늘어놓고 말이오. 자 그럼, 가니마르. 영광스럽게도 여기까지 찾아주신 이유는 무엇이지요?」

「카오른 사건」

가니마르는 단도직입적으로 말을 꺼냈다.

「그만! 잠깐만요……, 사건이 한두 개가 아니라서……. 먼저 머릿속에서 카오른 사건에 관한 서류를 뒤져봐야 하거든요……. 아! 찾았다. 카오른 사건이라……, 센 강 하류, 말라키 성 말이군. 루벤스 두 점, 바토 한 점, 그리고 자질구레한 물건들 얘기로군요」

「〈자질구레한〉이라고!」

「그것들은 전부 정말 별볼일 없는 것들이오. 더 좋은 물건들이 있지. 하지만 당신이 그 사건에 관심을 가지고 있다면 그것으로 됐소. 자, 더 이야기해 보시오, 가니마르」

「우리의 수사가 어느 정도까지 진행되었는지 내가 직접 말해 줘야 하나?」

「그럴 필요 없지요. 나도 오늘 아침 신문에서 읽었소. 진척이 느리다고 감히 말씀드리고 싶군요」

「바로 그래서 자네의 친절에 호소하러 온 걸세」

「저야 분부대로 하겠습니다」

「우선, 그 사건은 자네가 지휘한 건가?」

「처음부터 끝까지」

「통지서와 전보는?」

「소생이 한 짓이지요. 어딘가에 영수증도 있을 겁니다」

아르센은 작은 목재 탁자의 서랍을 열었다. 그 탁자와 침대, 나무 의자가 이 독방에 있는 가구 전부였다. 그는 종이 조각 두 장을 꺼내어 가니마르에게 내밀었다.

가니마르가 외쳤다.

「그렇군! 하지만 자네는 엄중한 감시를 받고 있잖나. 또 사소한 일로도 수색을 받을 테고. 그런데 자네가 신문을 읽고 우체국 영수증을 모아두다니……」

「쳇, 이곳 사람들은 정말 멍청하단 말이오! 내 옷의 안감을 뜯어보거나 신발 밑창 같은 곳을 검사하고 감방 벽을 두들겨보기도 하지요. 하지만 아르센 뤼팽이 이토록 쉬운 장소에 숨겨둘 정도로 바보일 거라고 생각하는 사람은 아무도 없소. 나는 바로 그 점을 계산한 것이오」

가니마르는 재미있다는 듯이 탄성을 질렀다.

「정말 괴짜로군! 참 황당한 얘기야. 어디 더 들어보지」

「아! 아! 너무 성급하시는군요! 내 비밀을 전부 가르쳐주고 사소한 속임수들을 모두 드러내 보여주는 건 아주 심각한 일인데」

「자네의 호의를 믿은 게 잘못인가?」

「아니오, 가니마르. 그렇게 간청하신다면……」

아르센 뤼팽은 방 안을 두세 바퀴 성큼성큼 돌더니 멈춰서서 물었다.

「남작에게 보낸 편지에 대해 어떻게 생각하시오?」

「세간을 깜짝 놀라게 하고 즐기고 싶었겠지」

「아! 그래요? 세간을 깜짝 놀라게 한다! 그렇다면 당신을 너무 높이 평가했다고 말하고 싶군요, 가니마르. 나, 아르센 뤼팽이 그런 유치한 짓이나 하다니! 남작에게 편지를 보내지 않고도 성을 털 수 있었다면 내가 편지를 썼을까요? 당신을 포함해서 모두들 이 편지가 필수불가결한 출발점이었다는 것, 전체 기계를 움직이게 한 원동력이었다는 것을 깨달아야 할 거요. 자, 당신이 원하신다면 말라키 성 침입 사건을 함께 차근차근 풀어나가 봅시다」

「얘기하게」

「그러면 카오른 남작의 성처럼 엄중히 봉쇄되어 있고 굳게 닫힌 성이 있다고 칩시다. 그 성이 접근하기 어렵다고 해서 내가 그 안에 있는 탐스러운 보물들을 포기할까요?」

「물론 아니지」

「그럼 예전처럼 도적 무리의 선두에 서서 공격을 시도할까요?」

「그건 어린애 짓이지!」

「그럼 교활하게 몰래 숨어 들어갈까요?」

「그건 불가능해」

「방법이 하나 있지요. 내 생각엔 유일한 방법이오. 바로 그 성의 주인이 직접 나를 초대하게 하는 것이오」

「기이한 방법이군」

「그리고 얼마나 손쉬운 방법인지! 어느 날 주인이 그 유명한 도둑, 아르센 뤼팽이라는 자로부터 음모를 꾸미고 있음을 경고하는 편지를 받았다고 생각해 봅시다. 그는 어떻게 할까요?」

「그 편지를 검사에게 보내겠지」

「검사는, 〈편지에 거명된 아르센 뤼팽이라는 자는 현재 상태 감옥에 수감되어 있다〉는 이유로 그를 비웃고 말 겁니다. 순진한 그는 극심한 공포 때문에 지푸라기라도 잡으려 하겠죠. 그렇지 않습니까?」

「의심의 여지가 없네」

「그때 엉터리 신문에서 유명한 경찰이 이웃 마을에 휴양하러 와 있다는 기사를 읽는다면……」

「그 경찰에게 도움을 청하러 가겠군」

「바로 그렇소. 아르센 뤼팽은 이 필연적인 전개 과정을 예상하고 가장 솜씨가 좋은 한 친구에게 부탁했지요. 그는 코드벡에 가서 남작이 구독하는 신문인 《레베이유》의 기자와 관계를 맺고, 자기가 그 유명한 경찰 아무개 씨라는 정보를 흘리게 해두었다고 가정해 봅시다. 어떤 일이 일어나겠소?」

「기자는 《레베이유》에 그 유명한 경찰이 코드벡에 있음을 알리겠지」

「훌륭합니다. 그러면 두 가지 추측이 가능하지요. 하나는 카오른이라는 물고기가 낚시를 물지 않는 것이오. 이때는 아무 일도 일어나지 않겠지.요. 다른 하나는, 이게 더 그럴듯한 가설인데, 물고기가 파닥거리며 달려드는 것입니다. 이렇게 해서 불쌍한 카오른은 나와의 싸움에 오히려 내 친구의 도움을 청하게 된 것이지요!」

「점점 더 기이해지는군」

「처음에 가짜 경찰은 당연히 협력을 거절합니다. 거기에 아르센 뤼팽의 전보가 더해지죠. 남작은 공포에 휩싸여 다시 한 번 내 친구에게 간청하게 되고 자신의 안전을 지켜주는 대가로 보수를 제시하기까지 하죠. 위에 말한 친구는 제안을 받아들이고, 우리 편 두 놈을 더 데리고 갑니다. 그날 밤, 카오른이 자기의 보호자에게 오히려 감시를 받고 있는 동안, 이 두 친구는 상당한 양의 물건들을 창문으로 날라 끈을 이용해 특별히 빌려둔 작은 배에 싣는 겁니다. 아주 쉬운 일입니다. 식은 죽 먹기지요」

가니마르가 소리쳤다.

「솔직히 놀랍군. 그 대담한 발상과 기발한 계획에 대해서는 아무리 칭찬을 해도 끝이 없겠네. 그런데 그 정도로 남작을 유인하고 영향을 줄 수 있는 저명한 경찰의 이름은 아무래도 모르겠군」

「한 사람 있지요. 단 한 사람뿐이오」

「누구?」

「가장 유명한 경찰이자 아르센 뤼팽의 개인적인 적수, 간단히 말해서 가니마르 형사요」

「나라고!」

「예, 당신이지요, 가니마르. 재미난 점이 있어요. 당신이 돌아가서 남작에게 사건의 전말을 얘기하게 해보면, 결국 당신의 임무가 당신 자신을 잡는 것임을 알게 될 거요. 미대륙에서 나를 잡았듯이 말이오! 어때요? 아주 재미난 복수 아니오? 가니마르가 가니마르를 체포하게 하다!」

아르센 뤼팽은 정말로 즐거워했다. 화가 난 형사는 입술을 깨물었다. 그는 이런 장난에 익숙하지 않았다.

때마침 간수가 들어와서 가니마르는 마음을 가다듬을 여유가 생겼다. 그는 아르센 뤼팽의 청으로 특별히 동네 식당에서 차입한 식사를 가져왔다. 간수는 쟁반을 탁자에 내려놓고 나갔다. 아르센은 자리를 잡고 앉아 빵을 잘라서 두세 입 뜯어먹고 말했다.

「하지만 진정하시오, 가니마르. 거기까지 가지 않아도 돼요. 놀랄 만한 사실을 하나 알려주겠소. 카오른은 이제 막 소송을 취하할 참이오」

「뭐라고?」

「취하할 거라고 했소」

「그렇다면 지금 당장 경찰청장에게 가봐야겠군」

「그러고 나서는? 뒤두이 씨가 나와 관련된 일을 나보다 더 잘 알겠소? 당신은 가니마르가, 죄송합니다만 가짜 가니마르가 남작과 매우 사이가 좋다는 것을 알게 될 거요. 남작은 그에게 나와 타협을 하라는 아주 까다로운 임무를 맡겼지요. 남작이 아무 말도 하지 않고 있는 건 그 때문입니다. 그리고 현재, 남작은 막대한 돈을 이용해서 자질구레한 골동품들을 다시 손에 넣으려는 생각입니다. 물건을 되찾으면 고소를 취하하겠죠. 그러니까 이제 도난 사건은 없던 게 되지요. 따라서 검사국은 포기해야 할 거요」

가니마르는 아연실색하여 이 수감자를 바라보았다.

52

「그 모든 걸 어떻게 아는 거지?」

「방금 전에 기다리던 전보를 받았소」

「방금 전에 전보를 받았다고?」

「방금 전에요. 하지만 예의상 당신이 계신 자리에서 읽을 수 없었지요. 당신이 허락한다면……」

「나를 놀리는군, 뤼팽」

「이 달걀 꼭대기 부분을 조심스럽게 벗겨주시겠소? 당신을 놀리는 것이 아님을 직접 확인할 수 있을 거요」

가니마르는 반사적으로 그의 말을 따라, 칼끝으로 조심스럽게 달걀을 깨뜨렸다. 깜짝 놀라 비명이 새어나왔다. 빈 껍질 속에 푸르스름한 종이 한 장이 들어 있었다. 가니마르는 아르센의 청에 따라 그것을 펼쳐보았다. 그것은 전보, 아니 전보의 일부였다. 우체국 소인은 찢겨 있었다. 그가 읽어 내려갔다.

〈협정 체결. 10만 프랑 인수. 만사 순조로움.〉

「10만 프랑?」

가니마르가 말했다.

「그렇소. 10만 프랑! 얼마 안 되죠. 하지만 어쨌든 어려운 때니까……. 나도 그 정도의 막중한 비용이 들거든! 내 예산을 당신이 안다면……, 큰 도시의 예산과 맞먹는 정도라오!」

가니마르는 일어섰다. 기분 나쁜 감정은 사라졌다. 그는 잠시 동안 생각하더니 약점을 발견하려고 애쓰는 듯 한눈에 모든 것을 훑어보고 말했다. 그 어조에는 전문가의 감탄이 그대로 느러났다.

「자네 같은 사람이 널려 있지 않아서 다행이군. 그렇지 않으면 경찰은 폐업할 수밖에 없을 텐데 말이야」

아르센 뤼팽은 짐짓 겸손하게 대답했다.

「그럴 리가요! 나도 기분 전환이나 여가를 즐길 필요가 있었던 겁니다. 그 일은 감옥에 있을 때에나 성공할 수 있는 일이었으니……」

「뭐라고! 자네 자신의 재판, 변호, 예심, 이 모든 것들이 기분 전환 거리도 안 된단 말인가?」

가니마르가 외쳤다.

「예, 그렇습니다. 재판에는 참석하지 않기로 했거든요」

「아! 아!」

아르센 뤼팽은 침착하게 되풀이해서 말했다.

「나는 내 재판에 참석하지 않을 겁니다」

「정말인가?」

「이봐요, 내가 언제까지 이 축축한 건초 더미 위에서 썩을 거라고 생각하시는 거요? 이거 모욕적이군. 아르센 뤼팽은 자기가 좋을 때만 감옥에 머무르오. 그 이상은 단 1분도 안 돼요」

「그렇게 신중하다면 애초에 여기에 들어오지를 말지 그랬나?」

형사가 빈정거리는 어투로 반박했다.

「아! 조롱하시는 거군. 영광스럽게도 나를 체포하셨다 이거죠? 명심하시오, 존경하는 형사님. 결정적인 그 순간에 훨씬 더 나의 관심을 끄는 다른 일만 없었더라도 당신이든 누구든 아무도 나를 체포하지 못했을 거요」

「믿어지지 않는군」

「한 여자가 나를 바라보고 있었소, 가니마르. 그리고 나는 그 여자를 사랑했소. 자기가 사랑하는 여자가 자신을 바라보고 있다는 게 무슨 뜻인지 아시오? 장담하는데, 그 밖의 것들은 내게 전혀 중요치 않았소. 이게 내가 여기 있게 된 이유요」

「그 사실을 진작 나에게 알려주지 그랬나?」

「처음에는 잊고 싶었소. 웃지 마시오. 잠깐 동안이었지만 황홀한 연애였고 아직도 그 가슴 아픈 추억을 간직하고 있소. 그리고 그 후에는 내가 좀 의기소침해 있었단 말이오! 오늘날의 삶은 너무 들떠 있소! 어떤 때는 이른바 고독요법을 쓸 줄 알아야 하오. 그 요법에는 여기가 가장 효과적이지. 여기서는 엄격한 상태식 치료를 실시하거든」

가니마르는 가만히 지켜보고 있었다.

「아르센 뤼팽, 나를 조롱하는군」

뤼팽이 단언했다.

「가니마르, 오늘은 금요일이오. 다음주 수요일 오후 네시에는 페르골레즈 거리에 있는 당신 집에 담배를 피우러 가리다」

「기다리고 있겠네, 아르센 뤼팽」

그 둘은 서로 상대방의 올바른 가치를 알아주는 좋은 친구처럼 악수를 나누었다. 그리고 노형사는 문 쪽으로 향했다.

「가니마르!」

그가 돌아보았다.

「무슨 일이오?」

「가니마르, 시계를 깜빡하셨소」

「시계?」

「그렇소. 시계를 잃어버리셨는지 내 주머니 속에 있군요」

그는 그것을 돌려주며 사과했다.

「용서하시오. 나쁜 버릇이……. 내 것을 그리 했다 해서 당신 것을 빼앗는 건 말이 안 되겠지요. 저기 있는 구식 크로노미터 시계에 불평할 이유도 없고 내 필요를 충족시켜 주기에도 충분하니까 말이오」

그는 서랍에서 커다란 금시계를 꺼냈다. 시계는 두툼하고 보기
편했으며 묵직한 시계 줄 장식이 있는 것이었다.

가니마르가 물었다.

「그건 어느 주머니에서 나온 것이오?」

아르센 뤼팽은 시계에 새겨진 이름 첫 글자를 무심히 살펴보았다.

「〈J.B.〉라⋯⋯. 누군지 알게 뭐람. 아! 그래. 생각이 나는군.
쥘 부비에, 내 예심판사였소. 호감이 가는 인물이었지⋯⋯」

아르센 뤼팽, 탈옥하다

아르센 뤼팽이 식사를 마치고, 금색 띠를 두른 시가를 주머니에서 꺼내어 만족스럽게 살펴보고 있을 때 감방 문이 열렸다. 그는 아슬아슬하게 그것을 서랍 속에 던져넣고 탁자에서 떨어졌다. 간수가 들어왔다. 산책 시간이었다.

「기다리고 있었소, 친구」

늘 그렇듯이 뤼팽이 기분 좋게 소리쳤다.

그들은 밖으로 나왔다. 그들이 복도 모퉁이를 돌아 사라지자마자 이번에는 두 남자가 독방으로 들어와서 철저히 조사하기 시작했다. 한 사람은 디외시 형사였고 다른 하나는 폴랑팡 형사였다.

그들은 빨리 끝을 내고 싶었다. 의심의 여지가 없었다. 아르센 뤼팽이 바깥 세계와 내통하며 그의 친구들과 연락을 취하고 있음이 분명했다. 바로 전날에도 자기의 재판 담당 기자에게 보낸 글이 《그랑 주르날》에 실렸다.

요즘 나오는 기사들을 보면 나에 대해서 근거 없는 표현들을 쓰고 있는데, 내 재판이 시작되기 전에 한번 찾아가서 해명을 요구하리다. 경의를 표하며.

아르센 뤼팽

필체는 분명 아르센 뤼팽의 것이었다. 따라서 그가 편지를 주고받고 있다는 뜻이었다. 또한 그가 거만하게 예고했던 대로 조만간에 탈옥을 준비하고 있다는 반증이기도 했다.

더 이상 용납하기 어려운 상황이었다. 경찰청장 뒤두이 씨는 예심판사와 합의하여, 어떤 조처를 취해야 할지 교도소장에게 설명하기 위해 상태 감옥에 직접 찾아왔다. 그리고 도착하자마자 두 남자를 수감자의 독방으로 보낸 것이다.

그들은 포석을 하나하나 들어내고 침대를 떼어내는 등, 보통 이런 경우에 행하는 모든 조사를 실시했다. 그러나 결국 아무것도 발견하지 못했다. 그들이 수색을 포기하려고 할 때 간수가 헐레벌떡 뛰어와서 말했다.

「서랍을……, 탁자 서랍을 보세요. 제가 막 들어왔을 때 뤼팽이 그것을 밀어넣는 것 같았어요」

그들은 서랍을 살펴보았다. 디외지가 소리쳤다.

「이놈, 이번에는 우리 손에 잡혔다!」

폴랑팡이 말을 막았다.

「이봐, 잠깐만. 청장님이 면밀하게 조사할 거야」

「하지만 이 사치스런 시가는……」

「하바나산 시가는 내버려두고 청장님에게 알리자고」

잠시 후, 경찰청장 뒤두이 씨가 서랍을 검사했다.

58

우선은 《언론 정보》에서 오려 모아놓은, 아르센 뤼팽에 관한 신문 기사 뭉치를 발견할 수 있었다. 그리고 담배쌈지, 파이프, 아주 얇은 종이와 책 두 권이 더 나왔다.

제목을 들여다보았다. 한 권은 칼라일(1795-1881, 영국의 비평가이자 역사가——옮긴이)의 『영웅 예찬』 영국 판이었고 다른 한 권은, 1634년 레이덴(네덜란드의 도시——옮긴이)에서 출판된 『에픽테토스(로마 제정 시대의 스토아 철학자——옮긴이) 철학 입문』의 독일어 번역본인데, 그 당시 장정으로 꾸며진 아름다운 엘제비르 판본(16, 17세기 네덜란드의 유명한 인쇄업 집안의 이름에서 유래——옮긴이)이었다. 책장을 대강 넘겨보니 쪽마다 얼굴에 난 칼자국처럼 밑줄이 그어져 있고 주석이 달려 있었다. 그냥 상투적인 행위일까 아니면 책에 대한 열정을 드러내는 표지일까?

「이것들을 세밀히 조사해 봐야겠군」

뒤두이 씨가 말했다.

그는 담배쌈지와 파이프를 검사했다. 그러고 나서, 앞서 말한 금색 띠를 두른 시가로 옮겨갔다.

「이럴 수가! 이 친구 아주 형편이 좋군 그래. 헨리 클레이(19세기 미국의 정치가——옮긴이)나 되는 듯이 말이야!」

그는 소리치고 나서 흡연자의 무의식적인 습관으로 그것을 귓사에 가져가 딱딱 소리를 내보았다. 곧 탄성이 터져나왔다. 손가락에 힘을 주자 시가가 무드럽게 눌렸기 때문이다. 좀더 주의 깊게 살펴본 결과, 곧 담배 종이 사이에서 무언가 하얀 것을 발견할 수 있었다. 핀으로 조심스럽게 끄집어내 보니, 이쑤시개 정도의 두께밖에 되지 않게 돌돌 말린 아주 얇은 종이였다. 그가 펼쳐서 읽어보았다. 글씨는 가느다란 여자 필체였다.

닭장을 다른 것으로 바꾸었어요. 10 중 8은 준비되었어요. 바깥쪽 다리로 누르면 판이 완전히 세워져요. 매일 12에서 16 사이에 HP가 기다릴 거예요. 그런데 어디죠? 바로 답해 주세요. 당신의 친구가 항상 당신을 돌보고 있으니 안심하세요.

뒤두이 씨는 잠시 생각하더니 말했다.

「이 정도면 꽤 분명하군⋯⋯. 닭장⋯⋯, 여덟 칸이라⋯⋯. 12에서 16 사이라면 정오부터 오후 네시 사이⋯⋯」

「그런데 이 HP는 누가 기다린다는 뜻일까요?」

「여기서 HP는 자동차를 가리키는 게 틀림없어. HP는 호스 파워 Horse Power, 마력을 말하는 거야. 자동차 애호가들 용어로는 동력을 이렇게 나타내지 않나? 24HP는 24마력짜리 자동차라는 뜻이지」

그는 일어나서 물었다.

「수감자는 점심 식사를 마쳤나?」

「예」

「시가의 상태로 보아 그는 아직 이 메시지를 읽지 못했어. 아마 방금 전에 받은 것 같네」

「어떻게 받았을까요?」

「음식 속에 넣어 왔겠지. 빵이나 감자나 그런 것들 사이에⋯⋯」

「그럴 수는 없습니다. 그에게 사식을 허락한 것은 덫을 놓아 잡기 위해서였습니다. 하지만 우리는 아무것도 발견하지 못했어요」

「오늘 저녁 뤼팽의 답장을 찾아봐야지. 일단은 그가 이 방에 들어오지 못하도록 잡아두게. 내가 이것을 예심판사에게 가져가겠네. 예심판사가 내 의견을 따라준다면, 즉각 이 편지의 사진을 찍어두고, 한 시간 후에는 똑같은 시가에 쪽지 원본을 넣어 다른 물건들과 함께 서랍 속에 다시 돌려놓을 수 있을걸세. 수감자는 아무것도 눈치 채지 못하도록 해야 하네」

그날 저녁 뒤두이 씨는 어떻게 되었을까 하는 상당한 호기심을 느끼며, 디외지 형사와 함께 다시 상태 감옥의 사무실로 돌아왔다. 한쪽 구석의 난로 위에 접시 세 개가 놓여 있었다.

「그가 저녁을 먹었소?」

「예」

교도소장이 대답했다.

「디외지, 남아 있는 마카로니 조각들을 아주 잘게 부수어보게. 그리고 동그란 작은 빵도 뜯어보고……. 아무것도 없나?」

「없습니다」

뒤두이 씨는 접시와 포크, 숟가락을 조사하고 끝으로 칼을 살펴보았다. 칼은 규정에 따라 날이 둥근 것이었다. 그는 칼자루를 왼쪽, 오른쪽으로 돌려보았다. 오른쪽 편이 휘어지고 나사가 풀려 있었다. 칼 안쪽이 비어 있어서 종이를 넣는 케이스로 쓰였던 것이다.

그가 말했다.

「흥! 아르센 같은 놈치고는 좀 영리하지 못한 방법이군. 어쨌든 시간 낭비 말자고. 디외지, 자네는 이 음식을 가져온 식당을 조시하러 가게」

그리고 쪽지를 읽었다.

〈당신에게 맡기리다. HP는 매일 멀리서 뒤따르면 될 거요. 내가 앞서가겠소. 내 소중하고 멋진 친구, 곧 봅시다.〉

「자, 일이 순조롭게 되어가고 있는 것 같군. 우리 쪽에서 마무리만 잘하면 탈옥은 성공하고……, 공범을 잡을 수 있게 될 거요」

뒤두이 씨가 손을 비비며 소리쳤다.

교도소장이 반박했다.

「하지만 아르센 뤼팽이 교묘히 빠져나간다면요?」

「우리는 많은 인원을 동원할 거요. 그가 아무리 교묘한 솜씨를 부린다 해도 소용없지! 몽땅 잡아서, 우두머리가 입을 다문다면 그 무리의 다른 놈들이 말을 하게 만들 거요」

실제로 아르센 뤼팽은 별로 말을 하지 않았다. 예심판사인 쥘 보비에 씨가 몇 달 전부터 애를 쓰고 있지만 헛수고였다. 심문은 결국, 최고의 변호사 중 한 사람인 당발 씨와 판사 사이의 재미없는 토론처럼 되어버렸다. 더구나 그 변호사도 용의자에 대해 누구나 아는 정도밖에는 알지 못했다.

때때로 아르센 뤼팽은 예의상 이렇게 말을 하기도 했다.

「맞습니다, 판사님. 인정하오. 리옹 은행 강도 사건, 바빌론 가의 강도 사건, 위조 지폐 발행, 보험 증권 사건, 아르메닐 성, 구레 성, 앵블뱅 성, 그로슬리에 성, 말라키 성 침입 사건, 모두 소생이 한 짓입니다」

「좀 설명해 주겠소?」

「그래봤자 소용없어요. 나는 모든 것을 털어놓았습니다, 모든 것을. 당신이 생각하는 것보다 훨씬 더 많이 얘기했소」

싸우다 지친 판사는 할 수 없이 이 지루한 심문을 중단했다. 그런데 두 장의 쪽지를 중간에서 가로챈 후 심문이 재개되었다.

아르센 뤼팽은 낮 열두시면 어김없이 다른 많은 죄수들과 함께 죄수 호송차를 타고 상테 감옥에서 유치장으로 이동했다. 그리고 세시에서 네시 사이에 그곳에서 나와 상테 감옥으로 되돌아갔다.

그런데 어느 날 오후, 돌아가는 길에 특별한 상황이 발생했다. 다른 수감자들의 심문이 아직 끝나지 않아서 우선 아르센 뤼팽만 데리고 가게 된 것이다. 그는 혼자 차에 올랐다.

속칭 〈닭장 차〉라고 불리는 죄수 호송차는 중앙 통로를 중심으로 길게 둘로 나뉘어 있었다. 그리고 오른쪽, 왼쪽에 각각 다섯 칸씩 열 칸의 자리가 놓여 있었다. 이 자리들은 칸칸마다 칸막이가 쳐 있어서 매우 비좁을 뿐 아니라 나란히 앉은 다섯 명의 죄수가 서로 떨어져 있도록 고안된 구조였다. 경찰은 끝에서 통로를 감시했다.

뤼팽은 오른쪽 세번째 칸에 앉혀졌다. 차가 움직이기 시작했다. 그는 차가 오를로주를 떠나서 재판소 앞을 지나가고 있음을 깨달았다. 그리고 생미셸 다리 한복판에서 평소에 하듯이 칸을 구분하고 있는 금속판 위에 오른쪽 다리로 기댔다. 그러자 갑자기 어떤 장치가 작동되면서 바닥의 금속판이 서서히 벌어졌다. 뤼팽은 자신이 두 개의 바퀴 사이에 위치한 것을 확인했다.

그는 망을 보며 기다렸다. 차는 천천히 생미셸 대로로 접어들어 생제르맹 사거리에서 멈춰섰다. 그때 마침 짐수레를 끄는 말이 쓰러졌고 교통이 마비되었다. 삯마차와 합승마차들이 거리를 가득 메웠다.

아르센 뤼팽은 살짝 고개를 내밀었다. 다른 죄수 호송차가 그가 타고 있는 차와 나란히 정차해 있었다. 그는 머리를 더 들어올리고, 발로 커다란 바퀴살을 디디면서 땅으로 뛰어내렸다.

한 마차꾼이 뤼팽을 보고 갑자기 웃음을 터뜨렸다. 그리고 사람을 부르려 했다. 하지만 그의 목소리는 자동차들이 소란스럽게 다시 출발하는 소리에 묻혀버렸다. 아르센 뤼팽은 이미 멀리 가버린 뒤였다.

그는 몇 걸음 달려가다가 왼편 보도에서 몸을 돌려 거리를 빙 둘러보았다. 어디로 가야 할지 몰라 주위를 살피는 듯싶었다. 잠시 후, 아르센 뤼팽은 무언가를 결심했는지 주머니에 손을 넣고 산책 나온 사람처럼 무심히 큰길을 따라 올라갔다.

날씨는 좋았다. 상쾌하고 맑은 가을날이었다. 카페마다 사람들이 넘쳤다. 그도 한 카페 테라스에 자리를 잡고 앉았다.

그는 맥주 한 잔과 담배 한 갑을 주문했다. 단 몇 모금에 맥주를 다 비우고 조용히 담배 한 대를 피운 후 두번째 담배에 불을 붙였다. 그리고 마침내 자리에서 일어나면서 점원에게 지배인을 불러달라고 부탁했다.

지배인이 오자 아르센 뤼팽은 모든 사람이 들을 수 있을 만큼 큰 목소리로 말했다.

「죄송하지만 지갑을 잃어버렸습니다. 제 이름만 들으면 누구인지 아실 테니 며칠만 외상으로 해주셨으면 합니다. 저는 아르센 뤼팽입니다」

지배인은 장난이라고 생각하며 그를 쳐다보았다. 아르센이 다시 말했다.

「상테 감옥에 수감중인 그 뤼팽이오. 아니 지금은 탈옥중이지요. 이 이름이 당신에게 충분히 신뢰감을 줄 거라고 생각하는데요」

그리고는 상대방이 뭐라 말할 틈도 주지 않고, 웃고 있는 사람들 사이로 사라졌다.

그는 비탈진 수풀로 거리를 가로질러 생자크 거리로 접어들었다. 그리고 진열창 앞에 멈춰서기도 하고 담배를 피우기도 하면서 평온하게 그 길을 따라 걸었다. 포르루아이얄 대로에서 그는 방향을 정하고 상태 거리 쪽으로 곧장 걸어갔다. 곧 우중충한 감옥의 높은 담이 우뚝 나타났다. 담을 따라 걷다가 보초를 서고 있는 경비병 앞에까지 갔다. 그는 모자를 들어올리며 인사했다.

「여기가 상태 감옥인가요?」

「그렇소」

「내 독방에 다시 들어가고 싶은데……. 호송차가 나를 길에 남겨두고 떠났거든요. 그 일을 별로 악용하고 싶지 않아서……」

보초가 으르렁거리며 말했다.

「이봐요. 가던 길이나 계속 가시오. 당장 꺼져요!」

「아, 실례, 실례! 이 문으로 들어가는 게 내가 가던 길이란 말입니다. 아르센 뤼팽을 들여보내지 않는다면 당신, 큰코다칠 거요!」

「아르센 뤼팽이라고! 무슨 소릴 하는 거야?」

「신분증이 없는 게 유감이군」

주머니를 뒤지는 척하며 뤼팽이 말했다.

보초는 얼이 빠져서 그를 머리끝부터 발끝까지 훑어보았다. 그러고는 마치 귀신에라도 홀린 듯이 한마디도 하지 않고 벨을 울렸다. 철문이 살짝 열렸다.

잠시 후, 교도소장이 몹시 화가 난 척하면서 사무실까지 급히 달려왔다. 뤼팽은 빙그레 웃으며 말했다.

「이보시오, 교도소장님 나에게 약은 수를 쓰려 하다니. 뭐요? 교묘하게 짜고 호송차에 나만 태운다. 그리고 미리 그럴 듯하게 교통 체증을 일으키도록 준비해 둔다. 그러면 내가 부리나케 달아나서 내 동료들을 만날 것이다! 그래, 그래서 스무 명 가량의 경찰청 요원들을 동원해 걸어서 또는 마차나 자전거로 우리를 뒤쫓았소?

안 되지! 그랬으면 그들이 준비해 놓은 덫에서 살아서 빠져나올 수 없었겠지요. 어떻습니까, 교도소장님. 그렇게 되리라고 기대했겠죠?」

그는 어깨를 으쓱하고 말을 이었다.

「제발 내 일에 상관하지 말아주시오. 내가 정말 탈옥하려는 날에는 누구의 도움도 필요 없을 거요」

이틀 후, 《에코 드 프랑스》는 이 탈옥 시도에 대해 아주 복잡한 부분까지 상세히 실었다. 이 신문은 아르센 뤼팽의 무용담을 중계하는 공식적인 정보 제공자처럼 되어버렸다. 아르센 뤼팽이 그 신문의 주요 투자자라는 말도 있었다. 신문에는 수감자와 익명의 친구 사이에 주고받은 쪽지의 내용과 이 교신에 사용된 수법, 경찰의 묵인, 생미셸 대로의 산책, 수플로 카페 사건까지 모든 게 실렸다. 디외지 형사가 카페 점원을 조사했지만 아무 혐의도 발견하지 못했다는 것도 모든 사람이 알게 되었다. 게다가 놀랍게도 그를 이송했던 죄수 호송 차량이 완전히 가짜였다는 사실도 알려졌다. 감옥에서 늘 쓰이는 여섯 대의 차량 중 한 대를 뤼팽의 부하들이 바꿔치기해 놓은 것이었다. 이 사건은 그가 사용하는 수법이 얼마나 다양한지 보여주었다.

누구도 아르센 뤼팽의 다음 번 탈옥을 의심하지 않았다. 더구나 그가 직접 예고했다. 사건이 일어난 다음날 부비에 씨에게 한 대답이 이를 입증하고 있었다.

판사가 뤼팽의 실패를 비웃자 뤼팽은 그를 바라보며 냉정히 말했다.

「잘 들어두십시오. 이번 탈옥 미수는 내 탈옥 계획의 일부였다고 알아두는 게 좋을 겁니다」

「이해할 수가 없군」

판사가 냉소를 지으며 말했다.

「당신이 이해해 봤자 어차피 소용없습니다」

이 심문 내용은 《에코 드 프랑스》에 빠짐없이 실렸다. 심문 중에 판사가 뤼팽의 예심 사건으로 다시 돌아가려 하자 뤼팽은 권태로운 듯 소리쳤다.

「이런, 이런! 무슨 소용입니까? 이런 질문 같은 건 하나도 중요하지 않아요」

「뭐라고? 하나도 중요하지 않다고?」

「물론입니다. 나는 재판에 출두하지 않을 거니까 말이오」

「출두하지 않으시겠다……」

「예. 이미 정해진 얘기요. 내 결심을 돌이킬 수는 없습니다. 그 무엇도 내 뜻을 굽힐 수 없소」

비밀스럽게 진행해야 할 일을 매일 이렇게 드러내놓고 단언하는 것은 이해할 수 없는 일이었다. 이런 행동은 법원의 신경을 자극하고 당황하게 만들었다. 분명 아르센 뤼팽만이 아는 비밀이 있었다. 따라서 그 비밀을 누설하는 것도 아르센 뤼팽만이 할 수 있었다. 그런데 그는 어떤 목적으로 비밀을 공개하는 것일까? 왜?

결국 아르센 뤼팽의 감방을 옮기기로 했다. 어느 날 저녁, 그는 아래층으로 내려왔다. 판사는 예심을 매듭짓고 사건을 중죄기소부에 넘겼다.

그렇게 두 달이 흘렀다. 아르센은 거의 언제나 벽을 향해 몸을 돌린 채 침대에 누워 시간을 보냈다. 그는 방이 바뀌어서 낙심한 것 같았다. 그는 자기 변호사를 만나는 것도 거부했다. 간수들과 간신히 몇 마디 나눌 뿐이었다.

재판이 있기 전 2주 동안, 그는 다시 활기를 되찾은 듯 보였다. 공기가 좋지 않다고 불평을 해서 매일 아침 일찍, 감시인 두 명과 함께 운동장을 산책하게 했다.

하지만 대중의 관심은 사그라지지 않았다. 사람들은 매일 뤼팽의 탈옥에 관한 새로운 소식을 기다리고 있었다. 심지어 거의 탈옥을 바라기까지 했다. 이 인물의 재치 있는 말솜씨와 쾌활함, 다양한 모습, 천재적인 계략, 신비로운 삶은 그만큼 대중들의 마음을 사로잡았다. 아르센 뤼팽은 틀림없이 탈옥에 성공할 터였다. 그것은 불가피한 운명이었다. 탈옥이 이렇게 늦어지는 게 오히려 놀라울 정도였다. 파리 경찰청장은 매일 아침 비서에게 물었다.

「어때, 그는 아직 안 나갔나?」

「예, 청장님」

「그러면 내일이 되겠군」

재판 전날, 한 남자가 《그랑 주르날》의 사무실에 나타나서 재판 담당 기자를 찾더니 그의 얼굴에 명함을 내던지고 급히 가버렸다. 명함에는 이렇게 씌어져 있었다.

〈아르센 뤼팽은 항상 약속을 지킨다.〉

이런 상황하에 공판이 시작되었다. 군중이 벌떼같이 몰려들었다. 모두가 그 유명한 아르센 뤼팽이 재판장을 어떻게 요리하는지 미리 즐기고 싶어했다. 변호사와 재판관, 기자, 사교계 인사, 예술가, 사교계 부인들 등 파리 전체가 청중석으로 몰려왔다.

그날은 비가 내렸다. 밖은 어두워서 간수들이 아르센 뤼팽을 데리고 올 때 그를 잘 볼 수 없었다. 하지만 그의 침울한 태도와 자리에 넘어지듯 앉는 모습, 움직이지 않고 앉아 있는 무관심하고 수동적인 자세 등으로 보아 그에게 유리한 일이 벌어질 것 같지는 않았다. 변호사인 당발 씨는 이번 사건은 자기가 맡을 필요도 없는 일이라고 판단해서 불참했다. 대신 당발 씨의 조수 중 한명이 여러 번 그에게 말을 시켰다. 하지만 그는 고개를 젓거나 끄덕일 뿐 한마디도 하지 않았다.

서기가 기소장을 읽었다. 그러고 나서 재판장이 말했다.

「피고는 일어서서 이름과 나이, 직업을 밝히시오」

대답이 없자 그가 다시 말했다.

「당신의 이름은? 이름을 묻고 있잖소」

그러자 피고는 굵고 지친 목소리로 분명히 대답했다.

「보드뤼 데지레」

웅성거리는 소리가 들렸다. 재판장이 다시 말했다.

「보드뤼 데지레? 아! 이런! 또 새로운 변장이로군! 당신은 이미 여덟번째 다른 이름을 대고 있으므로 이 이름도 분명히 지어낸 것이겠지. 괜찮다면 그냥 아르센 뤼팽이라고 부르겠소. 그 이름으로 가장 잘 알려져 있으니 말이오」

재판장은 기록을 참조하면서 말을 이었다.

「온갖 노력을 했음에도 사실 우리는 당신의 신원을 확인할 수가 없었소. 당신은 과거가 전혀 없다는 독특한 사례를 우리 사회에 선보인 것이오. 우리는 당신이 누구인지, 어디에서 왔는지, 어디에서 어떤 시절을 보냈는지 모르고 있소. 간단히 말해서, 당신에 대해 아무것도 모르오. 당신은 3년 전 어느 날 갑자기 어딘지모를 세상에서 솟아났고, 뛰어난 지능과 정신적 타락, 부도덕성과 관대한 성품이 묘하게 혼합된 아르센 뤼팽이라는 인물임이밝혀졌소. 이전의 당신에 대해 가지고 있는 자료는 차라리 가설에 가까운 것이오. 8년 전, 마술사 딕슨 곁에서 일하던 로스타라는 자가 바로 아르센 뤼팽이었을 것이오. 혹은 6년 전 생루이 병원에 있는 알티에 박사의 실험실을 자주 드나들며, 세균학에 대한 기발한 가설과 피부병 분야의 대담한 실험으로 종종 교수를 놀라게 하던 러시아 학생이 바로 아르센 뤼팽이었을 수도 있소. 또한 아직 유술이라는 말이 쓰이기도 전에 파리에 그 일본식 도장을 세운 선생이 아르센 뤼팽이었고, 자전거 경주에서 그랑프리를 수상하고 1만 프랑을 탄 뒤 사라진 선수 역시 아르센 뤼팽으로 추측되오. 샤리테 백화점의 작은 천창을 통해 사람들을 구출해낸 후 바로 그 사람들의 돈을 털어간 사람 역시 아르센 뤼팽일 것이오」

재판장은 잠시 쉬었다가 결론을 내렸다.

「이런 사실은 전부 이 사회에 대항한 싸움을 치밀하게 준비하고 당신의 힘과 능력, 솜씨를 최고로 키우기 위한 체계적인 수련 과정일 뿐이었다고 짐작되오. 위 사항들을 전부 사실로 인정하시오?」

이 논고가 계속되는 동안 피고는 등을 구부리고서 팔을 늘어뜨린 채 다리를 꼬고 흔들고 있었다. 좀더 밝은 불빛에서 보니 그는 굉장히 마르고 볼은 움푹 패였으며 광대뼈가 유난히 튀어나와 있었다. 얼굴은 흙빛이고 붉은 반점이 대리석 무늬처럼 돋아 있었으며 수염이 듬성듬성 고르지 않게 나 있었다. 감옥 생활 때문에 상당히 늙고 시든 것처럼 보였다. 신문에 그토록 자주 실렸던 친근한 사진 속의 젊은이다운 얼굴이나 우아한 몸매는 찾아볼 수 없었다.

그는 자기에게 던진 질문을 제대로 듣고 있지 않았다. 재판장은 똑같은 질문을 두 번이나 반복했다. 그러자 그가 눈을 들고 곰곰이 생각하는 듯하더니 힘들게 중얼거렸다.

「보드뤼 데지레」

재판장은 웃기 시작했다.

「아르센 뤼팽, 당신이 어떤 방어 수단을 쓰기로 했는지 내가
제대로 이해하지 못했던 것 같소. 바보 흉내에다 책임 능력이 없
는 정신병자인 척하려는 것이라면 마음대로 하시오. 하지만 나는
당신의 허튼수작에 개의치 않고 바로 본론으로 들어가겠소」

그러고는 뤼팽에게 죄를 물어야 할 온갖 도난 사건, 사기, 위
조 행위 등을 세부적으로 파고들었다. 때때로 그가 피고에게 질
문을 던지기도 했지만 피고는 끙끙거리는 소리만 낼 뿐 한마디도
대답하지 않았다.

증인들의 증언이 이어졌다. 많은 증언이 쓸모없는 내용이었다.
좀 진지한 증언들도 있었지만, 이 모든 증언에는 서로 모순된다
는 공통점이 있었다. 공판은 오리무중에 빠졌다. 그런 와중에 가
니마르 형사가 안내되어 들어왔고 방청석의 관심이 되살아났다.

그러나 모두의 기대와 달리 이 노형사는 처음부터 실망을 안겨
주었다. 많은 공판을 거쳐 온 그가 주눅들었을 리는 없을 텐데도
어쩐지 초조하고 불안해 보였다.

그리고 눈에 띄게 이상한 태도로 여러 번 피고를 향해 눈을 돌
렸다. 그러면서 두 손으로 방청석 앞의 난간을 짚고 그가 개입했
던 사건들, 유럽을 가로질러 뤼팽을 쫓았던 일, 미국 대륙에까지
도착했던 일 등을 이야기했다. 사람들은 매우 흥미진진한 모험담
이라도 듣는 듯이 열중해서 들었다. 그런데 얘기가 끝나갈 즈
음, 아르센 뤼팽과 감옥에서 나눈 이야기를 암시하다가 멍하니
말을 흐리며 두 번이나 멈추었다. 뭔가 다른 생각에 사로잡힌 게

분명했다. 재판장이 그에게 말했다.

「몸이 불편하시면 증언을 중단하셔도 좋습니다」

「아니, 아닙니다. 단지……」

그는 하던 말을 멈추고 피고를 오랫동안 유심히 바라보고는 말했다.

「피고를 더 가까이서 살펴볼 수 있도록 허락해 주십시오. 미심쩍은 부분을 명확히 밝혀야겠습니다」

그는 피고에게 가까이 다가가, 좀더 주의 깊게 오랫동안 살펴보더니 방청석 난간 쪽으로 돌아섰다. 그리고 엄숙하게 잘라 말했다.

「재판장님. 여기 제 앞에 있는 남자는 아르센 뤼팽이 아닙니다」

말이 끝나자 쥐죽은 듯한 침묵이 이어졌다. 당황한 재판장이 먼저 소리쳤다.

「아니, 무슨 소릴 하는 거요! 당신 미쳤소?」

형사는 침착하게 단언했다.

「얼핏 보기에는 닮았다고 생각할 수 있습니다. 사실 비슷한 데가 있다는 것은 저도 인정합니다. 하지만 잠시만 주의 깊게 들여다보면 알 수 있습니다. 코, 입, 머리카락, 피부색……, 모든 게 아르센 뤼팽이 아닙니다. 그리고 이 눈! 그의 눈이 이렇게 술에 취해 있은 적이 있습니까?」

「그러면 자세히 설명해 보시오. 증인의 생각은 무엇이오?」

「제가 어떻게 알겠습니까! 그가 자기 대신 이 불쌍한 사람을 데려다놓고 우리가 이 사람에게 형을 내리도록 했겠지요. 이 사람이 공범자가 아니라면 말입니다」

예기치 못한 반전으로 흥분한 법정에서는 사방에서 외침과 웃음소리, 감탄이 터져나왔다. 재판장은 예심판사와 상태 교도소장, 간수들을 소집하고 공판을 일시 중단시켰다.

피고 앞에 다시 선 부비에 씨와 교도소장은 아르센 뤼팽과 이 남자의 이목구비가 거의 닮지 않았다고 선언했다.

재판장이 소리쳤다.

「그렇다면 이 남자는 대체 누구요? 어디서 왔단 말이오? 어떻게 해서 이 사람이 재판을 받게 된 것이오?」

상태 감옥의 두 간수가 불려 들어왔다. 놀랍게도 이들의 반응은 그 반대였다. 그들은, 자신들이 번갈아 가며 감시했던 이 죄수를 알아보았다.

재판장은 안도의 숨을 내쉬었다.

그런데 간수 중 한 명이 자신감 없는 태도로 말하는 것이었다.

「맞아요. 이 사람이 맞는 것 같습니다」

「뭐? 맞는 것 같다니?」

「그게……, 이 사람을 거의 보지 못했거든요. 이자를 넘겨받은 건 저녁때였고, 두 달 동안 이자는 항상 벽을 보고 누워 있었습니다」

「하지만 그 두 달 전에는?」

「아! 그 전에는 이 사람이 24호실에 있지 않았거든요」

교도소장이 그 점을 분명히 밝혀주었다.

「탈옥 미수 사건 이후 죄수의 감방을 바꾸었습니다」

「그렇다면 교도소장 당신은 두 달 전부터 한번도 그를 본 적이 없단 말이오?」

「볼 일이 없었습니다……. 얌전히 있었으니까요」

「그래서 이자는 당신 감옥에 넘겨진 그 죄수가 아니라는 거요?」

「예, 아닙니다」

「그럼 누구요?」

「드릴 말씀이 없습니다」

「우리 앞에 지금 죄수가 바뀌어져서 와 있소. 그 일은 아마 두 달 전에 일어났을 거요. 어떻게 설명하시겠소?」

「그런 일은 있을 수 없습니다」

「그럼 어떻게 된 거요?」

별수없이 재판장은 피고 쪽으로 돌아서서 부드러운 목소리로 물었다.

「피고, 어떻게 된 일인지 설명해 줄 수 있겠나? 자네는 언제부터 법원의 수중에 들어오게 되었나?」

이 친절한 목소리로 인해 보드뤼 데지레의 경계심이 누그러졌거나 분별력을 되찾은 듯했다. 그는 대답하려고 애썼다. 그리고 능숙하고 부드러운 질문에 마침내 몇 마디 문장을 끄집어내는 데 성공했다. 거기서 내린 결론은 이렇다. 두 달 전, 그는 유치장에 끌려왔다. 그리고 하룻밤과 아침나절을 그곳에서 보냈다. 그리고 풀려났는데 가진 돈이라고는 75상팀(프랑스의 화폐 단위——옮긴이)뿐이었다. 그런데 그가 법원 앞을 지나고 있을 때, 경비병 두 명이 팔을 붙잡더니 죄수 호송차로 데리고 가는 게 아닌가? 그때부터 그는 24호실에서 살게 되었다. 하지만 불행하지는 않았다. 식사도 잘 나왔고, 잠도 잘 잤고……. 그래서 그는 아무런 항의도 하지 않았다.

그럴듯한 말이었다. 사람들의 야유와 동요 속에, 재판장은 추가 조사를 위해 사건의 심리를 다음 공판으로 연기했다.

즉각 수사가 진행되어 죄수 명부에 기록되어 있는 사실을 확인했다. 8주 전에 보드뤼 데지레라는 자가 유치장에서 밤을 보냈다. 그는 다음날 풀려나서 오후 두시에 유치장을 떠났다. 그런데 그날 오후 두시에, 마지막 심문을 받은 아르센 뤼팽이 예심실에서 나와 죄수 호송차를 타고 떠났다.

경비병이 실수를 저지른 것일까? 닮은 점 때문에 착각을 일으켜서, 순간적인 부주의로 이 남자와 죄수를 바꿔치기하게 된 것일까? 그러려면 그들이 정말 지나치게 방심했어야 하는데, 그들의 근무 상황에서 이런 가정은 불가능했다.

어쩌면 사전에 바꿔치기가 계획된 것일까? 그런 일은 현장의 배치 때문에 거의 실현 불가능할 뿐 아니라, 그러면 보드뤼가 공범자여서 아르센 뤼팽을 대신하기 위해 일부러 잡힌 것이어야 했다. 우연한 만남과 엄청난 실수 등 오직 믿기 어려운 행운에만 의존해서 세운 이 계획이 도대체 어떻게 기적처럼 성공할 수 있었던 걸까?

보드뤼 데지레는 경찰서의 인체 감식과로 넘겨졌다. 그의 특징과 일치하는 범죄자 카드는 없었다. 게다가 그의 자취는 쉽게 찾을 수 있었다. 쿠르브브와, 아스니에르, 르발르와 등지에 그를 아는 사람들이 있었다. 그는 구걸로 먹고 살았으며 테른 성문 근처에 몰려사는 거지들의 작은 오두막집에서 잤다. 그러다가 1년 전 사라졌나.

아르센 뤼팽이 그를 고용한 것일까? 하지만 그렇게 믿을 민힌 근거가 아무것도 없었다. 또, 그렇다고 해도 뤼팽의 탈주에 대해서는 더 알아낼 수 없었다. 기적은 여전히 기적이었다. 수십 가지 가설로 이를 설명해 보려 했지만 모두 만족스럽지 못했다. 탈옥이라는 것만은 의심의 여지가 없었다. 그것도 불가사의하면서 놀라운 탈옥이었다. 대중들도 법원과 마찬가지로 뤼팽이 이 일을 오랜 기간 동안 준비해 왔음을 느낄 수 있었다. 그 동안의 모든 행동들이 서로 놀랍게 얽혀 있었고, 그 결말은 〈내 재판에 참석하지 않겠다〉라는 아르센 뤼팽의 오만한 예고를 확인시켜 주는 것이었다.

한 달 간 세밀한 수사를 벌였지만 수수께끼는 여전히 풀리지 않았다. 그렇지만 이 불쌍한 보드뤼라는 자를 언제까지나 붙잡아 둘 수는 없는 노릇이었다. 그를 재판한다면 웃음거리가 될 뿐이었다. 그에게 불리한 증거가 될 만한 것이 무엇이 있겠는가? 예심 판사는 그의 석방을 수락했다. 하지만 경찰청장은 그의 주변을 철저히 감시하기로 결정했다.

사실 그것은 가니마르의 생각이었다. 그가 보기에는 공범도 우연도 없었다. 보드뤼는 말하자면, 아르센 뤼팽이 비범한 솜씨로 연주하는 악기였다. 때문에 가니마르는 보드뤼를 풀어주면 그를 통해서 아르센 뤼팽이나 아니면 적어도 그의 부하들 중 누군가를 추적할 수 있을 것이라고 믿었다.

폴랑팡 형사와 디외지 형사가 가니마르와 함께하기로 했다. 그리고 안개가 자욱한 1월의 어느 날 아침, 보드뤼 데지레 앞에서 감옥 문이 활짝 열렸다.

그는 처음에는 좀 당황한 듯, 시간을 어떻게 써야 할지 모르는 사람처럼 휘청거리며 걸어갔다. 그리고 상테 거리와 생자크 거리를 따라 걷다가 고물상 앞에 이르자 웃옷과 조끼를 벗더니 조끼를 팔아 몇 푼을 받고는 다시 웃옷을 입은 뒤 가버렸다.

그는 센 강을 건넜다. 샤틀레에서 합승마차 한 대가 그를 지나쳐 갔다. 그는 그 마차를 타려 했으나 자리가 없었다. 번호표를 받으라는 차장의 말에 그는 대합실로 들어갔다.

그러자 가니마르는 옆에 있던 두 남자를 불러, 대합실에서 눈을 떼지 않은 채 급히 말했다.

「차 한 대를 잡게……. 아니, 두 대를 잡아. 그 편이 안전하겠군. 내가 자네들 중 한 명과 같이 가겠네. 우리는 그를 뒤쫓을 거야」

남자들은 명령을 따랐다. 하지만 보드뤼는 나타나지 않았다. 가니마르가 다가가 보았다. 대합실에는 아무도 없었다.

그가 중얼거렸다.

「내가 어리석었군. 다른 출구를 잊고 있었다니」

사실 대합실 안쪽에는 통로가 있어서 생마르탱 거리 쪽의 대합실과 통해 있었다. 가니마르는 서둘러 그곳으로 뛰었다. 마침 늦지 않게 도착해서, 바티뇰에서 식물원으로 가는 마차가 리볼리 거리 모퉁이를 막 돌고 있을 때 지붕 위 좌석에 앉아 있는 보드뤼를 발견할 수 있었다. 가니마르는 달려가서 마차를 따라잡았다. 하지만 다른 형사들은 곁에 없었다. 계속 혼자서만 추격해야 했다.

격분한 그는 절차도 무시하고 보드뤼의 목덜미를 붙잡을 태세였다. 이 바보 같아 보이는 자가 계획적으로 기발한 술책을 써서 자기와 두 보조 요원들을 떼어놓은 것은 아닐까?

그는 보드뤼를 바라보았다. 보드뤼는 지붕 위 좌석에서 졸고 있었다. 그의 머리는 좌우로 흔들렸다. 입이 약간 벌어져 있는 그의 얼굴은 놀랄 만큼 바보스러웠다. 아니다, 이 사람은 노장 가니마르를 속일 수 있는 적수가 못 됐다. 우연이 그를 도운 것이겠지. 그뿐이다.

갤러리 라파이예트 사거리에 도착하자 그 남자는 마차에서 뮈에트행 전차로 뛰어내렸다. 전차는 오스만 대로와 빅토르 위고 거리를 따라갔다. 보드뤼는 뮈에트 역 앞에까지 가서야 내렸다. 그리고 터덜터덜 불로뉴 숲으로 걸어 들어갔다.

공원 안에서 그는 이 길, 저 길을 왔다갔다하고 간 길을 되돌아왔다가, 또다시 멀어져 가곤 했다. 무엇을 찾는 걸까? 목적이 있는 걸까?

이렇게 한 시간을 빙빙 돌더니 몹시 지친 모습이었다. 그는 벤치를 발견하고는 그곳에 앉았다. 오테이유에서 멀지 않은 곳, 나무들로 가려진 작은 호숫가에 위치한 이 장소는 사람의 발길이 닿지 않는 곳이었다. 30분가량이 흘렀다. 초조해진 가니마르는 대화를 나눠보기로 결심했다.

보드뤼 곁에 다가간 가니마르는 담배에 불을 붙이고 지팡이 끝으로 모래에 동그라미를 그리다가 말했다.

「날씨가 따뜻하지 않군」

침묵이 흘렀다. 그러다가 이 침묵 속에 갑자기 웃음소리가 터져나왔다. 유쾌하고 행복한 웃음이었다. 한번 웃기 시작하면 멈추지 못하는 어린아이 같은 웃음이었다. 가니마르는 정말 두피가 떨어져 나가고 머리카락이 주뼛주뼛 서는 것 같았다. 이 웃음, 이 악마의 웃음을 너무나 잘 알고 있었던 것이다!

갑자기 그는 이 남자의 웃옷 깃을 움켜쥐었다. 그러고는 재판소에서 보았을 때보다 훨씬 더 깊이, 자세히, 난폭하게 그의 얼굴을 들여다보았다. 이 남자는 이미 그가 추적하던 그 사람이 아니었다. 그 사람이었지만 동시에 다른 사람이었다. 사실이었다.

그것을 인정하고 보니, 남자의 눈에서 강렬한 삶의 빛을 다시 발견할 수 있었고, 수척한 척 가면을 쓴 얼굴에 살을 붙여 다시 볼 수 있었으며, 상한 피부 아래에서 진짜 피부를 알아챔과 동시에, 실룩거리는 입버릇 때문에 달라 보였던 진짜 입매를 알아볼 수 있었다. 그것은 다른 사람의 눈, 다른 사람의 입이었다. 특히 그 표정은 날카롭고 생기가 넘치며 비웃는 듯하고 신랄하고 너무나 밝고 젊었다!

「아르센 뤼팽, 아르센 뤼팽……」

가니마르는 입속으로 중얼거렸다.

그리고 분노에 사로잡혀서 느닷없이 그의 멱살을 잡아 넘어뜨리려 했다. 적수는 상태가 좋아 보이지 않는 데 비해 가니마르는 쉰 살이나 먹었지만 아직 유달리 원기왕성했다. 뤼팽을 다시 잡아갈 수 있다면 얼마나 걸작이겠는가!

싸움은 곧 끝났다. 아르센 뤼팽이 가까스로 자신을 방어한 후 재빨리 반격을 가하자 가니마르는 곧 포기할 수밖에 없었다. 그의 팔은 마비되어 움직일 수 없이 늘어져 있었다. 뤼팽이 말했다.

「파리 경찰청에서 유술을 가르치셨으면 이 공격법을 일본어로 〈우데히시기(우리말로는 '팔가로누워꺾기'라고 한다 ── 옮긴이)〉라고 한다는 것을 당신도 아실 텐데 말입니다」

그리고 차갑게 덧붙였다.

「1초만 더 지났어도 당신 팔을 부러뜨리고 말았을 거요. 그랬어도 당할 만한 일을 당하는 겁니다. 당신 앞에서 스스로 모습을 드러내보였는데, 그토록 존경하는 오랜 친구인 당신이 어떻게 나의 신뢰를 이렇게 악용할 수가 있습니까! 그건 나빠요……. 도대체 어떻게 된 거요?」

가니마르는 침묵했다. 자기에게 책임이 있다고 느끼는 이번 탈옥은 그의 경력에 불명예스러운 오점으로 남을 게 분명했다. 자기의 증언이 법정에 파문을 일으키고 과오를 일으키게까지 한 것 아닌가? 희끗희끗한 수염 위로 눈물이 흘러내렸다.

「이런! 가니마르. 걱정하지 마십시오. 당신이 말하지 않았더라도 다른 사람이 말하도록 준비해 놓았을 겁니다. 이봐요. 내가, 보드뤼 데지레가 형을 받도록 가만히 있었겠소?」

가니마르가 중얼거리듯 말했다.

「그러면 그때 그 자리에 있었던 사람은 자넨가? 여기 있는 것도 자네고!」

「접니다. 언제나 제가, 오직 제가 있을 뿐이지요」

「그럴 수가 있는가?」

「아! 마술사가 될 것까지도 없는 일입니다. 그 친절한 재판장이 말했던 것처럼 이 모든 사건들을 준비하는 데 십여 년 정도로 충분했죠」

「하지만 자네의 얼굴과 그 눈은?」

「내가 18개월 동안 생루이 병원에서 알티에 박사와 함께 일한 것은 의술에 대한 열정 때문이 아니라는 사실을 당신도 익히 아실 겁니다. 나는 훗날 아르센 뤼팽이라는 자랑스러운 이름으로 불리게 될 자라면, 늘 똑같은 외모와 정체성이라는 평범한 법칙에서 벗어나야 한다고 생각했지요. 변하지 않는 외모라고요? 아니오, 그런 것은 원하는 대로 바꿀 수 있습니다. 파라핀 피하주사로 원하는 부위의 피부를 부풀게 할 수 있고, 피로갈롤산은 당신을 모히칸 족처럼 보이게 해줄 것이오. 애기똥풀 즙은 피부 발진과 종기를 일으켜 훨씬 훌륭한 효과를 볼 수 있습니다. 수염과 머리카락을 자라나게 하는 화학적 방법도 있고 목소리를 변조할 수 있는 방법도 있습니다. 이런 방법 외에 또 24호실 독방에서 2개월 간 살을 뺐지요. 게다가 입을 열 때마다 입술을 실룩거리고, 고개는 늘 한쪽으로 기우뚱해 있고, 등은 이렇게 굽어지도록 하기 위해 수천 번 연습을 되풀이했지요. 마지막으로 눈에 아트로핀 다섯 방울을 떨어뜨려 초점이 없고 얼빠진 눈동자를 연출한 겁니다. 그러니 결판이 난 셈이죠」

「간수들은 어떻게……」

「서서히 바뀌었으니까. 매일매일 조금씩 일어나는 변화를 알아챌 수는 없었던 겁니다」

「그러면 보드뤼 데지레는?」

「보드뤼라는 자는 실제로 존재하지요. 이 죄 없는 불쌍한 사람을 만난 건 작년입니다. 나와 닮은 데가 없지는 않았지요. 나는 언제 있을지 모르는 체포를 예상하고 그를 안전하게 보호해 두었습니다. 그리고 즉각 우리의 다른 점을 파악하는 데 열중했습니다. 가능한 한 나 자신에게서 그런 점을 줄이도록 말입니다. 그리고 내 친구들이, 그가 유치장에서 하룻밤을 보내도록 만들었지요. 나와 거의 같은 시각에 거기에서 나오도록 해서 나중에 우연의 일치를 확인하기 쉽게 만들기 위해서였습니다. 법원에서는 그의 행적을 발견할 수 있도록 해야 했지요. 그렇지 않으면 다시 내가 누구인지 의심했을 테니 말이오. 보드뤼라는 훌륭한 미끼를 제공하면 법원 쪽에서는 반드시, 알겠소? 반드시 그에게 덤벼들 것이고, 죄수가 바꿔치기된다는 것은 넘을 수 없는 난관임에도 자신들의 무지를 인정하기보다는 바꿔치기를 믿으려고 하게 되어 있지요」

「그랬지. 그건 사실이네」

가니마르가 중얼거렸다.

아르센 뤼팽이 소리치며 말했다.

「더구나 나는 굉장히 훌륭한 패를 쥐고 있었소. 처음부터 내가
조작해 놓은 카드였지요. 그것은 모든 사람들이 나의 탈옥을 기
대하고 있다는 점이었습니다. 당신들은 여기서 서투른 실수를 저
지른 것입니다. 당신을 포함해서 모든 사람들이 법원과 나 사이
의 흥미진진한 게임에 빠져들었지요. 내가 자유로워질 것이냐를
두고 벌어진 게임이었소. 그리고 또 한 번 당신들은 내가 허세를
부리면서 풋내기처럼 성공에 도취되어 있다고 생각했지요. 나, 아
르센 뤼팽을 그렇게 약하게 보다니! 카오른 사건 때와 마찬가지
로, 이번에도 당신들은 생각지 못했던 것입니다. 〈아르센 뤼팽이
탈옥하겠다고 공공연히 외치고 다니는 이상, 그렇게 외치고 다닐
만한 이유가 있는 것〉임을 말입니다. 제기랄, 탈옥을 하기 위해
서는 탈옥을 하지 않고서도……, 사람들이 미리 나의 탈옥을 믿
고 있어야 했다는 것을, 그것이 하나의 신조가 되고 절대적인 확
신이 되고 태양처럼 빛나는 진실이 될 필요가 있었다는 것을 좀
깨달으시오. 그리고 내 뜻대로 정말 그렇게 되었습니다. 〈아르센
뤼팽은 탈옥할 것이다, 아르센 뤼팽은 공판에 참석하지 않을 것
이다〉. 법정에서 당신이 일어나서 〈이 사람은 아르센 뤼팽이 아닙
니다〉라고 말했을 때, 그 점을 곧바로 믿지 않는 자가 있는 게 오
히려 이상한 상황으로 변한 거죠. 단 한 사람이라도 〈이자가 아르
센 뤼팽이라면?〉이라고 의심했다면 내가 졌을 거요. 결정적으로
당신이 내게 몸을 기울여 살펴볼 때, 내가 아르센 뤼팽이 아닐
거라는 생각만 갖고 있지 않았어도 됐을 텐데. 그랬다면 내가 아

무리 주의했어도 소용없었을 겁니다. 하지만 나는 침착하게 있었지요. 논리적으로나 심리학적으로 이런 간단한 생각을 할 수 있는 사람이 아무도 없었던 겁니다」

그는 갑자기 가니마르의 손을 붙잡았다.

「자, 가니마르. 상테 감옥에서 만나고 나서 나서 일주일 후, 내가 말했던 것처럼 오후 네시에 낭신 집에서 나를 기디리고 있었다는 사실을 인정하시지요」

「그럼 죄수 호송차에 대한 쪽지는 어떻게 된 건가?」

대답을 회피하면서 가니마르가 물었다.

「허풍이었지요! 사용하지 않는 오래된 차를 내 친구들이 대충 수리해서 바꿔치기한 다음, 내 탈옥에 쓰려 했습니다. 하지만 나는 특별한 상황의 도움 없이는 그것이 실현 불가능하다는 것을 깨달았습니다. 한편, 이 탈옥 시도 사건을 완성시켜서 커다란 광고 효과를 노릴 필요가 있다고 생각했지요. 대담하게 짜여진 첫번째 탈옥이 있었기에 두번째 탈옥 때, 이미 성공했던 탈옥의 효력을 볼 수 있었던 겁니다」

「그러면 그 시가는……」

「시가도 칼도 내가 속을 파놓았지요」

「그 쪽지는?」

「그것도 내가 썼지요」

「자네와 쪽지를 주고받은 그 익명의 여인은?」

「그녀와 나는 한 사람입니다. 나는 원하는 대로 필체를 바꿀 수 있어요」

가니마르는 잠시 생각하더니 반박했다.

「하지만 인체 감식과에서 보드뤼의 카드를 만들었을 때, 어떻게 그것이 아르센 뤼팽의 것과 일치한다는 것을 모를 수 있었단 말인가?」

「아르센 뤼팽의 카드가 존재하지 않기 때문이죠」

「무슨 소리!」

「아니면 적어도 그 카드가 잘못되었거나 말입니다. 이것이 바로 내가 가장 고심했던 문제입니다. 베르티용(1853-1914. 파리 경찰의 범죄 감식 반장 역임 ——옮긴이)식 인체 측정 시스템은 우선 시각적인 특징을 인정합니다. 아시다시피 이런 방법에 실수가 없을 수는 없겠지요. 그러고 나서 머리, 손가락, 귀 등의 치수를 측정합니다. 그것은 어떻게 해볼 도리가 없지요」

「그러면?」

「그래서 대가를 지불해야 했습니다. 미국에서 돌아오기 전에 이미 감식과의 한 직원에게 약간의 액수를 지불하고, 처음 인체 측정을 할 때 틀린 치수를 기록하도록 한 것입니다. 이렇게 해서 충분히 시스템을 빗나가게 할 수 있었지요. 카드는 원래 있어야 할 칸과는 전혀 다른 칸에 놓이게 되었고, 따라서 보드뤼의 카드는 아르센 뤼팽의 카드와 일치할 리가 없었던 것입니다」

또 침묵이 이어졌다. 한참 후 가니마르가 물었다.

「그러면 이제 자네는 어떻게 할 건가?」

뤼팽이 외쳤다.

「이제 쉴 겁니다. 영양 공급 식이요법도 하고 서서히 내 모습을 되찾아야겠지요. 보드뤼나 또는 다른 누군가가 되는 일, 셔츠를 갈아입듯이 개인적인 특성을 바꾸는 일, 외모와 목소리, 눈빛, 필체 등을 고르는 일은 정말 재미있습니다. 하지만 때로는 모든 면에서 자기 자신을 알아볼 수 없을 때가 있지요. 그럴 땐

아주 슬퍼집니다. 자기 그림자를 잃어버린 사람이 겪었을 바로 그 느낌일 거요. 이제 다시 나를 찾고 다시 내가 되어야지요」

그는 이리저리 서성거렸다. 흐릿한 어둠이 햇빛에 뒤섞였다. 그가 가니마르 앞에 멈춰섰다.

「이제 서로 더 할 말이 없는 것 같습니다만?」

형사가 대답했다.

「아니, 있네. 자네가 탈옥의 진실을 밝힐 것인지 알고 싶네. 내가 저지른 실수를……」

「아! 석방된 사람이 아르센 뤼팽이라는 것은 아무도 모를 겁니다. 내 주위에 신비한 어둠의 장막을 쳐두는 것이 내게도 이로우니 이번 탈옥은 거의 기적적인 것으로 생각되도록 밝히지 않고 놔둘 거요. 그러니 아무 걱정 마시고 안녕히 가십시오. 오늘 저녁에는 시내에서 식사를 하려고 하는데 그러려면 이젠 옷을 갈아입어야 할 시간이군요」

「휴식을 원하는 줄 알았는데!」

「아쉽게도 피할 수 없는 사교계의 의무라는 것이 있으니까요. 휴식 시간은 내일부터 가질 거요」

「그럼 저녁 식사는 어디에서 할 건가?」

「영국 대사관에서」

이상한 여행객

　그 전날 나는 내 자동차를 육로로 루앙까지 보냈다. 그리고 기차로 그곳에 가 자동차를 다시 찾아서, 거기서부터 센 강변에 살고 있는 친구들 집으로 가야 했다.

　그런데 파리에서 출발하기 몇 분 전, 신사 일곱 명이 내가 타고 있는 칸으로 몰려들었다. 그들 중 다섯은 담배를 피우고 있었다. 특급열차의 여행길이 아무리 짧다고는 하지만, 이런 사람들과 동행할 걸 생각하니 기분이 불쾌해졌다. 더구나 이 구형 객차에는 복도도 없었다. 그래서 나는 외투와 신문, 열차 시간표를 들고 옆 칸으로 몸을 피했다.

　그곳에는 부인이 한 명 타고 있었다. 나는, 그녀가 나를 보고 당황해하는 것을 놓치지 않았다. 그녀는 계단에 서 있는 한 남자에게 몸을 기울였다. 아마 역까지 그녀를 배웅하러 나온 남편인 모양이었다. 그는 나를 유심히 바라보았다. 그리고 마치 겁먹은 아이를 달래듯이 부인에게 미소를 지으며 낮은 목소리로 무어라 말했다. 아마도 나를 살펴본 결과 내게 호의적인 결론을 내린 듯 싶었다. 그러자 이번에는 그녀도 미소를 지어보였다. 무척이나 따뜻한 시선이었다. 내가 점잖은 신사이고, 6평방 피트짜리 작은 상자에 두 시간 동안 함께 갇혀 있어도 두려워 할 필요가 전혀 없을 거라고 판단한 모양이지.

남편이 그녀에게 말했다.

「여보, 섭섭해하지 말아주구려. 급한 약속이 있어서 기다릴 수가 없다오」

그리고 그녀를 다정하게 포옹한 뒤 그는 가버렸다. 부인은 창밖으로 조심스럽게 키스를 보내며 손수건을 흔들었다.

기적 소리가 울리고 기차가 흔들리기 시작했다.

바로 그때, 역무원이 항의하는데도, 문이 열리더니 한 사내가 우리 칸에 나타났다. 나와 함께 타고 있던 여인은 그때까지 선 채로 선반에 짐을 정리하고 있다가 깜짝 놀라 비명을 지르고 의자에 넘어졌다.

나는 결코 겁쟁이는 아니다. 하지만 솔직히 기차가 떠나기 직전에 일어난 이 난데없는 침입에 나 역시 마음이 편치 않았다. 자연스럽지가 않고 수상쩍은 냄새가 났다. 뭔가 있는 게 분명하다. 그렇지 않고는…….

하지만 새로 탄 사람의 모습과 태도는 그의 행동 탓에 생긴 나쁜 인상을 꽤 덜어주었다. 예절 바르고 우아하기까지 한 태도, 고상한 넥타이, 깨끗한 장갑, 생기 넘치는 얼굴……. 그런데 이 얼굴을 도대체 어디서 봤더라? 확실했다. 분명 그를 본 적이 있었다. 아니, 더 정확히 말하자면 그 느낌은 실물은 한번도 본 적이 없는

데 초상화만 여러 번 보았을 때, 그 초상화의 이미지에서 떠오르는 감상과도 같은 종류의 것이었다. 동시에 나는 아무리 기억하려고 애써 봐도 소용이 없음을 알았다. 그 기억은 너무나 불완전하고 어렴풋했다.

부인에게 다시 주의를 돌렸을 때 나는 그녀의 창백하고 당황한 모습에 깜짝 놀랐다. 두 사람은 같은 쪽에 앉아 있었는데, 그녀는 공포에 질려 옆에 앉은 사람을 바라보았다. 그녀가 부들부들 떨면서 의자 위, 무릎에서 20센티미터가량 떨어진 곳에 놓여 있는 작은 여행 가방을 향해 한쪽 손을 조심스럽게 뻗는 게 보였다. 그러고는 마침내 그것을 집어서는 신경질적으로 자기 쪽으로 끌어당겼다.

우리 눈이 마주쳤다. 나는 그녀의 눈에 불안과 걱정이 가득한 것을 보고 말을 걸지 않을 수 없었다.

「부인, 어디가 불편하십니까? 창문을 좀 열어드릴까요?」

그녀는 대답도 하지 않고 겁에 질린 몸짓으로 그 사람을 가리켰다. 나는 그녀의 남편이 그랬던 것처럼 미소를 지으며 어깨를 으쓱했다. 그리고 〈두려워할 것 없다, 내가 같이 있다. 게다가 이 신사 분은 위험한 사람인 것 같지 않다〉고 몸짓으로 설명했다.

그때 그 사람이 우리 쪽으로 몸을 돌려 머리끝에서 발끝까지 번갈아 우리를 살펴보더니, 구석에 깊숙이 몸을 기대고는 더 이상 움직이지 않았다.

침묵이 흘렀다. 그런데 부인이 들릴락 말락한 목소리로 내게 말을 거는 게 아닌가. 필사적으로 젖 먹던 힘까지 다 짜낸 듯했다.

「그가 이 기차에 탔다는 거 아세요?」

「누구 말입니까?」

「그 사람이오……, 그 사람……. 정말이에요」

「그 사람이라니, 누구 말씀이신지?」

「아르센 뤼팽이오」

그녀는 그 여행객에게서 눈을 떼지 않았다. 이 무서운 이름을 한 글자 한 글자 말할 때에는 내가 아니라 오히려 그 사람에게 말하는 것처럼 보였다.

그는 모자를 내려 코까지 덮었다. 마음의 동요를 숨기려는 행동이었을까, 아니면 단순히 잠을 잘 준비를 한 걸까?

나는 이렇게 반박했다.

「아르센 뤼팽은 어제 결석 재판에서 강제 노동 20년 형의 유죄 선고를 받았습니다. 그런데 조심성 없이 오늘 사람들 앞에 모습을 드러내는 짓을 저지를 리는 거의 없습니다. 또 신문에서도 올 겨울, 그가 상테 감옥에서 탈옥한 이후로 터키에 있다고 특필하지 않았습니까?」

부인은 우리의 동행이 들으라고 점점 더 의도적으로 되풀이해서 말했다.

「그는 이 기차에 있어요. 제 남편은 구치소 부소장이에요. 그리고 아르센 뤼팽을 찾고 있다고 우리에게 말해 준 사람은 이 역의 경찰이었어요」

「그건 이유가 될 수 없습니다……」

「역 광장에서 그를 봤어요. 그는 루앙행 기차의 1등석 표를 가지고 있었어요」

「그를 쉽게 찾았군요」

「그런데 사라졌어요. 대합실 입구에서 검표관은 그를 보지 못했어요. 우리는 그가 교외 열차용 승강장을 지나서 우리보다 10분

늦게 출발하는 급행열차를 탔을 거라고 생각했지요」

「그러면 거기서 잡을 겁니다」

「그런데 만약 마지막 순간에 이 열차에 뛰어올라서 여기, 우리 객차로 왔다면……, 그럴 수 있지 않아요……? 정말 확실하지 않아요?」

「그러면 여기에서 잡히겠지요. 역무원들과 경찰들이 그가 한 열차에서 다른 열차로 옮겨타는 것을 틀림없이 보았을 테고, 루앙에 도착하면 바로 그를 체포할 수 있을 겁니다」

「뤼팽을? 절대 아니에요! 그는 또 빠져나갈 방법을 찾을 거예요」

「그러면 그에게 즐거운 여행이나 되라고 기원해 주어야겠군요」

「하지만 그 사이에 그는 어떤 일이든지 할 수 있어요!」

「무엇을 말입니까?」

「제가 알겠어요? 무슨 일이 일어날지 모르죠!」

그녀는 매우 흥분해 있었다. 사실 이 상황이 어느 정도는 그렇게 흥분할 만한 것이기도 했다.

나는 마지못해 그녀에게 말했다.

「사실 우연히 몇 가지 사건들이 겹쳐 일어나긴 했습니다만 안심하십시오. 아르센 뤼팽이 이 열차의 어딘가에 있다고 해도 그는 아마 얌전하게 굴 겁니다. 새로운 적을 또 만들기보다, 자신에게 닥친 위험을 피할 생각밖에 못할 테죠」

내 말에도 그녀는 전혀 안심한 기색이 아니었다. 하지만 경솔해 보일까 봐 두려웠는지 그녀는 조용해졌다.

나는 신문을 펼쳐서 아르센 뤼팽의 재판에 대한 기사를 읽었다. 이미 모두 알고 있는 내용이어서 별로 재미는 없었다. 또 나는 피곤하기도 했다. 근래 들어 잠을 제대로 자본 적이 드물었다.

자연스레 눈꺼풀이 감기고 고개가 숙여지며 나는 잠에 빠져들었다.

「아니, 선생님. 주무시지 마세요」

부인이 화가 나서 신문을 빼앗고는 바라보았다.

내가 대답했다.

「물론 안 잡니다. 잘 생각은 조금도 없어요」

「이번이 마지막이에요」

「마지막……」

내가 되풀이해서 말했다.

그러고는 눈에 잔뜩 힘을 주고 하늘에 줄무늬를 그려넣는 구름과 스쳐가는 풍경을 바라보며 열심히 졸음과 싸웠다. 하지만 곧 모든 게 뒤죽박죽으로 흐려졌고 흥분한 부인과 졸고 있는 신사의 모습이 머릿속에서 지워져 갔다. 그리고 깊디깊은, 고요한 잠에 빠졌다.

곧 일관성 없는 가벼운 꿈이 그 고요함을 장식하기 시작했다. 아르센 뤼팽이라는 이름을 사용하는 어떤 자가 나타나 꿈의 많은 부분을 차지했다. 그는 등에 보물을 잔뜩 지고 지평선 쪽으로 가더니 벽을 지나, 성에서 가구들을 빼냈다.

하지만 그 형상은 더 이상 아르센 뤼팽이 아니었다. 그의 모습이 차츰 분명해졌다. 그가 내 쪽으로 다가오면서 모습이 점점 더 커졌고, 믿을 수 없을 만큼 날렵하게 객차에 뛰어오르더니 정확히 내 가슴 위로 떨어졌다.

생생한 고통 때문에 비명을 지르며 나는 잠에서 깼다. 그 남자, 그 여행객이 무릎으로 내 가슴을 짓누르며 목을 조르고 있었다.

모든 게 희미하게 보였다. 눈이 충혈되어 있었기 때문이다. 부인이 발작을 일으키고 한쪽 구석에서 부들부들 떨고 있는 게 보였다. 나는 저항하려고 하지도 않았다. 그럴 의지가 있다손 치더라도 그럴 만한 힘도 없었을 것이다. 관자놀이가 마구 뛰고 숨이 막혔다. 나는 숨을 헐떡거렸다. 1분 만 더 지나도 목이 졸려 죽을 터였다.

그 남자도 분명히 그것을 느꼈는지 목을 조르던 손에서 힘을 뺐다. 하지만 나를 다루는 데 소홀해진 것은 아니었다. 그는 오른손으로 끈을 끌어당겨 숙련된 솜씨로 내 양쪽 손목을 묶었다. 그 끈은 잡아당기면 더 죄어지도록 매듭을 지은 것이었다. 잠깐 사이에 그는 나를 꽁꽁 묶고, 입을 틀어막아 옴쭉달싹 못하게 만들었다.

그는 누구보다도 자연스럽고 쉽게 이 일을 마쳤다. 행동거지에서는 도둑질과 범죄의 대가이자 전문가다운 능숙함이 드러나 있었다. 산만하지 않고 오로지 냉정함과 대담함뿐이었다. 그리고 나는 미라처럼 끈으로 묶인 채 의자에서 꼼짝못하고 있었다. 나, 아르센 뤼팽이!

사실 우스웠다. 사태가 심각했음에도 이 우스꽝스럽고 재미있는 상황을 즐기지 않을 수 없었다. 아르센 뤼팽이 풋내기처럼 속았다니! 아르센 뤼팽이 다른 사람들처럼 지갑을 몽땅 털리고 패배한 희생자가 되다니 얼마나 굉장한 사건인가!

부인은 여전히 그대로였다. 그는 부인에게는 아예 주의를 기울이지 않았다. 양탄자가 깔린 바닥에 떨어져 있는 작은 가방을 주워서 그 안에 들어 있던 보석과 지갑, 금장식품, 돈을 꺼내는 것으로 만족했다. 부인은 부들부들 떨면서도 반지를 빼내어 그에게 내밀었다. 마치 그의 수고를 덜어주려는 것처럼 말이다. 그는 반지를 받고 그녀를 바라보았다. 그녀는 기절해 버렸다.

그러고 나서 그는 우리에게서 관심을 거두고는, 여전히 침착하고 조용한 태도로 자기 자리로 돌아가 담배에 불을 붙이고 수확한 보물들을 철저히 살펴보았다. 조사 결과, 매우 만족스러운 모양이었다.

나는 만족스럽지가 못했다. 부당하게 빼앗긴 1만 2천 프랑 얘기를 하는 것이 아니다. 그 유감스러움은 잠시 동안만 참으면 되었다. 1만 2천 프랑은 단시간 내에 내 손안에 되돌아올 거였다. 지갑 속에 들어 있던 중요한 설계도, 견적서, 주소록, 연락책 명단, 해를 끼칠 수 있는 위험한 편지 등도 역시 마찬가지였다. 이것보다 걱정스러운 문제가 있었다.

앞으로 어떻게 될 것인가?

알다시피 나는 아까 생라자르 역을 지나가면서 큰 동요를 일으켰고, 아직 그 일에서 헤어나지 못한 상태였다. 나는 기욤 베를라라는 이름으로 자주 어울리던 친구들 집에 초대를 받았는데 그 친구들은 나와 아르센 뤼팽의 닮은 점을 다정한 농담거리로 삼곤 했다. 그래서 나는 내 마음대로 변장을 할 수 없었던지라 사람들의 눈에 띄었던 것이다. 게다가 경찰 쪽에서는 한 남자가 급행열차에서 특급열차로 급히 달려가는 광경도 목격했다. 이 남자가 아르센 뤼팽이 아니라면 누구겠는가? 이렇게 됐으니 전보를 통해 통고를 받은 루앙 경찰서장이 수많은 경찰들과 역에 나와서 수상한 여행객들을 심문하고 모든 객차를 면밀히 검사할 게 뻔했다. 그러나 나는 이 모든 상황을 예상하고 있었고 별로 흥분하지도 않았었다. 루앙 경찰이 파리 경찰보다 더 예리하지도 않을 테니, 들키지 않고 통과할 수 있으리라고 확신했기 때문이다. 출구에서 태연하게 하원의원의 신분증을 보여주기만 하면 되지 않겠는가? 이미 생라자르 역에서도 검표관이 그걸 보고 전혀 의심을 하지 않았으니 말이다. 하지만 이제 상황은 확 뒤바꼈다! 나는 이제 움직일 수가 없었다. 평소의 실력도 써먹을 수 없게 되었다. 경찰서장은 한 객차에서 아르센 뤼팽 씨를 발견하겠지. 어떤 우연한 사건이 손발이 꽁꽁 묶여 양처럼 온순해지고 포장까지 다 된 뤼팽을 순조롭게 그에게 보내준 것이다. 사냥한 고기를 담은 광주리나 과일과 야채 바구니 같은 소포를 받을 때처럼 그는 물건을 받기만 하면 되는 것이다.

이렇게 유감스러운 결말을 피하기 위해서, 끈으로 돌돌 말려 있는 내가 할 수 있는 일이 무엇인가?

특급열차는 이제 베르농과 생피에르를 지나쳐 하나 남은 역인 루앙을 향해 쏜살같이 달렸다.

또다른 문제가 관심을 끌었다. 이번 관심은 좀 덜 직접적인 것이기는 했지만 어쨌든 이 전문가의 호기심을 불러일으켰다. 저 친구의 계획은 무엇일까?

루앙에서 그가 침착하게 기차에서 내리고 있을 때, 나는 혼자 남겨질 것이다. 하지만 저 부인은? 지금은 저렇게 얌전하고 공손하지만, 문이 열리자마자 소리를 지르고 난리를 피우며 도움을 요청할 텐데 말이다. 그 점이 궁금했다. 왜 그녀도 나처럼 옴짝달싹 못하게 해놓지 않는 걸까? 그렇게 하면 우리 둘에 대한 범행을 들키기 전에 여유 있게 사라질 수 있지 않을까?

그는 드문드문 떨어지기 시작한 비가 점점 굵은 사선을 그리고 있는 풍경에 눈길을 못박고 계속해서 담배를 피워댔다. 그러다 몸을 돌려서 내 열차 시간표를 집어들고 들여다보았다. 부인은 적을 안심시키기 위해 계속 기절한 척하려고 애썼다. 하지만 담배 연기 때문에 발작적으로 기침이 터져나와서 일을 그르쳐버렸다.

나는 몹시 불편하고 몸이 쑤셨다. 그리고 그 와중에서도 계획을 세우고 있었다.

퐁드라르슈, 오와셀……, 급행열차는 속도에 취해 즐겁게 달려가는 중이었다.

생테티엔에 다다랐을 때, 남자가 일어나서 우리 쪽으로 다가왔다. 그러자 부인은 그에게 답하듯이 곧바로 비명을 지르고는 정말로 기절해 버렸다.

그런데 이자의 목적은 무엇일까? 그는 우리 쪽 창을 내렸다. 이제 비는 맹렬히 쏟아지고 있었다. 그는 우산도 외투도 없어서 난감하다는 몸짓을 해보였다. 그리고 선반을 쳐다보았다. 거기에는 부인의 양산 겸용 우산이 있었다. 그는 그것을 집었다. 그리고 내 외투도 가져가 입었다.

기차가 센 강을 건넜다. 그는 바지를 걷고는 몸을 숙여 바깥쪽 문고리를 들어올렸다.

선로로 뛰어내리려는 것일까? 이 속도라면 분명히 죽고 말 것이다. 기차는 생트카트린 언덕에서 터널로 들어갔다. 남자는 문을 조금 열고 발로 첫번째 계단을 디뎌보았다. 정말 미친 짓이다! 어둠과 연기, 요란한 소음, 그 모든 것들 때문에 그런 시도는 말도 안 돼 보였다. 그런데 갑자기 기차가 느려졌다. 웨스팅하우스(미국의 종합 전기 기기 제조 회사, 1886년 설립——옮긴이) 회사의 터빈이 바퀴의 회전을 막았다. 속도가 잠깐 정상으로 돌아왔다가 다시 약해졌다. 보강 작업 때문에 며칠 전부터 이 부분에서는 기차가 천천히 지나가게 되어 있는 모양이었다. 남자는 그 사실을 알고 있었던 것이다.

그는 계단에 다른 발을 마저 내딛어 다음 칸으로 내려가서 평화롭게 사라져버리기만 하면 끝이었다. 우선 문고리를 제자리로 돌려놓고 문 닫는 것을 잊지 않고 말이다.

그가 사라지자마자 빛이 스며들어 연기를 더 뿌옇게 비추었다. 기차는 골짜기로 빠져나왔다. 터널을 한 번 더 지나면 루앙이었다.

정신을 차리자마자 부인은 제일 먼저 보석을 잃어버린 데 대해 한탄했다. 나는 눈빛으로 그녀에게 간청했다. 그녀가 알아듣고 숨막히던 입마개를 벗겨주었다. 그리고 끈도 풀어주려고 했다. 그러나 나는 그녀를 말렸다.

「아닙니다, 아니에요. 경찰이 있는 그대로 봐야 합니다. 이 불한당에 대한 진상을 경찰이 알아야 하니까요」

「비상벨을 울릴까요?」

「너무 늦었습니다. 그가 나를 공격할 때 그 생각을 하셨어야지요」

「하지만 그러면 저를 죽였을 거예요! 선생님, 제가 뭐라고 했어요. 그가 이 기차에 탔다고 했잖아요! 그의 사진을 봐서 난 금방 알아봤어요. 보세요, 그가 제 보석을 가지고 가버렸다고요」

「그를 다시 찾아낼 겁니다. 걱정 마십시오」

「아르센 뤼팽을 다시 찾는다고요! 절대 그럴 수 없어요」

「부인한테 달렸습니다. 잘 들으세요. 도착하자마자 문 쪽으로 가서 사람을 부르고 소란을 피우십시오. 경찰과 역무원들이 달려올 겁니다. 그러면 아르센 뤼팽이 어떻게 저를 공격했는지, 그가 어떻게 도망갔는지, 부인이 본 것을 간단히 이야기하십시오. 그의 인상착의도 자세히 얘기하셔야 합니다. 부인 소유였던 부드러운 펠트 모자와 우산, 허리 선이 있는 회색 외투……」

「그건 당신 거죠」

그녀가 말했다.

「제 거라뇨? 아, 아닙니다. 그건 그 사람 것이었습니다. 저는 외투를 가지고 있지 않았어요」

「그 사람도 기차에 오를 때 외투가 없지 않았나요」

「있었습니다. 있었고말고요. 아니면 누군가가 잊어버리고 선반에 놓고 내린 옷이었거나……. 어쨌든 그가 내릴 때는 외투를 입고 있었습니다. 그게 중요하죠. 허리 선이 있는 회색 외투입니다, 잊지 마십시오. 아, 제가 잊어버린 게 있군요. 처음에 부인의 이름부터 말씀하십시오. 부군의 지위를 알면 모든 사람들이 한층 열의를 보일 겁니다」

역에 도착했다. 그녀는 벌써 문 쪽으로 몸을 기울이고 있었다. 내 말이 그녀의 머릿속에 더 깊이 새겨지도록 좀더 힘 있게, 거의 강압적인 목소리로 말해 주었다.

「내 이름도 얘기하십시오. 기욤 베를라입니다. 필요한 경우에는 나와 알고 있는 사이라고 말씀하십시오. 그러는 편이 시간을 벌어줄 겁니다. 사전 조사는 신속히 처리해야 하니까요. 중요한 점은 아르센 뤼팽과 당신의 보석을 뒤쫓는 일이지요. 그렇지 않습니까? 부군의 친구, 기욤 베를라라고 하면 되겠군요」

「알겠어요, 기욤 베를라」

그리고 그녀는 벌써 사람들을 부르며 손짓 발짓을 했다. 기차가 멈추기도 전에 한 남자가 올라탔고, 여러 사람들이 그 뒤를 따랐다. 결정적인 시간이 온 것이다.

부인은 숨을 헐떡이며 소리쳤다.

「아르센 뤼팽, 그가 우리를 습격했어요! 내 보석을 훔쳐갔어요. 나는 르노 씨 아내예요. 남편은 구치소 부소장이고……, 아! 오빠가 여기 있군요. 조르주 아르델, 루앙 은행장이세요. 당신들도 아시겠지요」

그녀는 막 우리 쪽으로 온 한 젊은 남자와 포옹을 나눴다. 경찰서장이 그에게 인사했다. 그녀는 울먹이며 다시 말을 이었다.

「예, 아르센 뤼팽 짓이에요. 이분은 주무시고 있었는데, 그가 달려들어서 목을 졸랐어요. 베를라 씨는 남편 친구예요」

경찰서장이 물었다.

「아르센 뤼팽은 어디로 갔습니까?」

「센 강을 건넌 후 터널 속을 지날 때 기차에서 뛰어내렸어요」

「확실히 그 사람입니까?」

「예, 그렇고말고요! 분명히 그 사람을 알아봤어요. 생라자르 역에서도 본걸요. 부드러운 펠트 모자를 쓰고 있었어요」

「아닙니다……. 딱딱한 펠트 모자예요. 여기 이것처럼 말입니다」

경찰서장이 내 모자를 가리키며 정정했다.

「부드러운 모자였다니까요. 제가 장담해요. 그리고 허리 선이 있는 회색 외투를 입었어요」

르노 부인이 반복해서 말했다.

경찰서장이 중얼거렸다.

「사실 전보에도 검은 벨벳 깃에, 허리 선이 있는 회색 외투라고 씌어져 있긴 한데」

「맞아요. 검은 벨벳 깃이 달렸어요」

르노 부인이 의기양양해서 소리쳤다.

나는 안도의 한숨을 내쉬었다. 아! 그녀는 얼마나 용감하고 훌륭한 친구였던가!

그 사이 경찰들은 나를 풀어주었다. 나는 부러 입술을 세게 깨물어서 피를 흘렸다. 오랫동안 불편한 자세를 하고 얼굴에는 재갈 때문에 피 흘린 자국이 있는 사람이라면 누구나 그렇듯이, 나는 몸을 2자 모양으로 구부리고 입에 손수건을 댄 채 경찰서장에게 다 죽어가는 목소리로 말했다.

「아르센 뤼팽이었습니다. 의심의 여지가 없어요. 빨리 서두르면 그를 잡을 수 있을 겁니다. 내가 도움을 줄 수 있을 것 같습니다만⋯⋯」

경찰은 확인하는 데 쓰기 위해 우리 객차를 분리시켰다. 기차는 르아브르를 향해 다시 출발했다. 우리는 승강장을 가득 메운 구경꾼 무리를 지나 역장실로 안내되었다.

그때, 나는 망설이고 있었다. 어떻게든 핑계를 대고 빠져나와서 내 차를 다시 찾아 도망가는 게 옳지 않을까? 기다리는 것은 위험했다. 뜻밖의 사고가 일어난다거나, 파리에서 전보가 날아오기라도 하면 나는 끝장이었다.

그렇긴 하지만 그 도둑놈은 어쩌지? 익숙하지도 않은 지역에서 내 자신의 힘으로만 해결하려고 한다면 그를 잡는 것은 불가능하다.

나는 속으로 중얼거렸다.

〈흥! 해보자. 남아 있어 보는 거야. 이기기는 어렵지만 도박을 걸기에는 아주 재미있는 게임이군! 내기에 걸린 판돈도 그럴 만한 가치가 있고 말야.〉

경찰에서 일단 임시로 증언을 되풀이해 줄 것을 요청하기에 내가 소리쳤다.

「서장님, 아르센 뤼팽은 지금 우리보다 앞서가고 있단 말입니다. 마당에 내 차가 있는데 그것을 탈 수 있게 해주시면, 우리는······」

서장은 어렴풋한 미소를 지었다.

「나쁜 생각은 아니군요. 아주 좋은 생각입니다. 이미 그를 쫓고 있으니까요」

「아!」

「그렇소, 선생. 우리 경찰 두 명이 얼마 전에 벌써 자전거를 타고 출발했습니다」

「어디로 말입니까?」

「터널 출구지요. 거기에서 남아 있는 증거를 수집할 겁니다. 그리고 아르센 뤼팽의 흔적을 뒤쫓아 가야겠지요」

나는 어깨를 으쓱할 수밖에 없었다.

「당신네 경찰들은 어떤 증거도 수집할 수 없을 거요」

「왜 그렇습니까?」

「아르센 뤼팽은 터널을 빠져나갈 때 아무도 못보게 행동했을 겁니다. 그리고 첫번째 길까지 가서, 거기에서······」

「거기에서 루앙으로. 그러면 우리가 그를 잡을 것이오」

「그는 루앙으로 오지 않을 거요」

「그렇다면 그 부근에 머무를 테고, 우리는 확실히······」

「그는 근처에 머무르지 않아요」

「아, 아! 그럼 어디로 숨을까요?」

나는 시계를 꺼냈다.

「지금쯤 아르센 뤼팽은 다르네탈 역 근처를 배회하고 있습니다. 10시 50분, 그러니까 정확히 22분 후에 루앙 북역에서 아미앵으로 가는 기차를 탈 겁니다」

「정말 그렇게 생각하시오? 그런데 어떻게 그걸 다 아십니까?」

「그거야 간단하죠. 기차칸에서 뤼팽은 내 열차 시간표를 들여다봤습니다. 왜 그랬겠습니까? 그가 사라진 지점에서 멀지 않은 곳에 다른 노선이나, 그 노선상에 있는 다른 역이나 그 역에 정차하는 다른 기차가 또 있습니까? 좀 전에 내가 직접 열차 시간표를 찾아보았습니다. 그걸 보고 알았지요」

서장이 말했다.

「선생, 정말 기가 막힌 추리요. 대단한 능력이십니다!」

나는 너무나 확신에 차 있어서, 능숙한 내 솜씨를 드러내보이는 실수를 저지르고 말았다. 그는 깜짝 놀라서 나를 바라보았고, 그의 마음에 의심이 스치는 것을 느낄 수 있었다. 그러나 아주 잠깐이었다. 우편을 통해 보내온 사진이 너무 엉망이었기 때문에, 사진 속의 아르센 뤼팽의 모습과 바로 앞에 있는 나와는 너무 달라서 나를 알아볼 수 없었던 것이다. 어쨌든 그는 당황했고 막연히 초조함을 느꼈다.

한순간 침묵이 흘렀다. 무언가 불안하고 석연치 않은 마음에 우리는 말을 멈추었다. 나는 당혹스러움에 전율을 느꼈다. 행운이 내게서 등을 돌릴 것인가? 스스로 자제하면서 나는 웃기 시작했다.

「이런. 지갑을 잃어버리는 게 어떤 기분이며 다시 찾기를 얼마나 바라는지 당신은 이해할 수 없을 거요. 제게 당신 부하 둘만 붙여주실 수 있다면 그들과 제가 함께……」

「그래요! 부탁이에요, 서장님. 베를라 씨 말대로 해요」

르노 부인이 소리쳤다.

내 훌륭한 친구가 끼어들어 아주 결정적인 역할을 해준 것이다. 그렇게 영향력 있는 인사의 부인이 베를라라는 이름을 자연스레 발음하자 그 이름은 정말 내 이름이 되었고 확실한 신원 보증이 되었다. 털끝만치의 의심도 그 이름에 해를 끼칠 수 없었다. 서장이 일어났다.

「베를라 씨, 당신이 성공했으면 좋겠군요. 당신만큼이나 나도 아르센 뤼팽이 체포되기를 바란다오」

그는 나를 자동차 있는 곳까지 데려다주고 그의 부하 둘, 오노레 마송과 가스통 델리베를 소개했다. 내가 운전석에 앉고 그들은 뒷좌석을 차지했다. 정비공이 핸들을 돌려 시동을 걸어주었다. 잠시 후 우리는 역을 떠났다. 드디어 탈출한 것이다.

35마력이나 되는 모로 렙통을 타고 노르망디의 옛 도시 외곽도로를 달리면서, 솔직히 좀 오만해지지 않을 수 없었다. 엔진은 노래하듯 부르릉거렸다. 양쪽의 가로수들이 우리 뒤로 빠르게 사라져 갔다. 나는 자유로웠고, 위험에서도 벗어났다. 이제 두 명의 성실한 경찰 대표들과 함께 개인적인 사소한 사건만 해결하면 되었다. 아르센 뤼팽이 아르센 뤼팽을 찾아가는 것이다!

온건한 사회 질서 유지자, 가스통 델리베와 오노레 마송. 그대들의 원조가 내게 얼마나 값진 것이었는지. 그대들이 없었더라면 갈림길에서 여러 번 길을 잘못 택할 뻔했다. 그랬다면 나는 길을 잃고, 가짜 아르센 뤼팽은 빠져나갔을 것이다.

하지만 다 끝난 것은 아니었다. 끝나려면 아직 멀었다. 우선 그 작자를 잡고 빼앗긴 내 서류들을 도로 찾아야 했다. 게다가 절대로 내 동행인 둘이 이 자료에 대해 간섭하게 해서는 안 되는 일이었다. 그들을 이용하면서 동시에 그들과 별개로 행동하는 것, 이것이 내가 바라는 일이었으며 결코 쉽지 않은 목표였다.

우리는 기차가 지나간 지 3분 후에 다르네탈 역에 도착했다. 다행히도 검은 벨벳 깃에, 허리 선이 있는 회색 외투를 입은 한 남자가 정말로 아미앵행 기차표를 들고 2등실에 오르는 것을 볼 수 있었다. 경찰로서의 첫 등단은 확실히 성공적이었다.

델리베가 내게 말했다.

「기차는 급행열차라서 19분 후 몽테롤리에 뷔시에만 멈출 겁니다. 우리가 아르센 뤼팽보다 빨리 가지 않는다면 그는 아미앵까지 계속 가게 되고, 클레르에서 길이 갈라지니까 디에프로도 파리로도 빠질 수 있습니다」

「몽테롤리에까지 거리는 얼마나 되죠?」

「23킬로미터입니다」

「19분 안에 23킬로미터……. 우리가 아르센 뤼팽보다 더 빨리 도착할 수 있겠군요」

손에 땀을 쥐게 하는 시간이었다. 사랑스런 모로 렙통은 내 초조한 마음을 어느 때보다도 적극적으로 정확히 알아주었다. 마치 기어나 핸들의 매개 없이 자동차에게 직접 마음을 전달할 수 있듯이. 자동차와 나는 같은 욕망을 느꼈다. 내 자동차는 내 고집대로 하도록 동의했고 가짜에 대한 증오심을 이해해 주었다. 그 교활한 악당! 그를 이길 수 있을까? 아니면 그가 나의 권위를 한 번 더 농락할 것인가?

델리베가 외쳤다.

「오른쪽으로! 왼쪽으로! 직진!」

우리는 땅 위를 미끄러져 갔다. 이정표는 마치 우리가 다가가면 겁을 먹고 사라져버리는 작은 동물들 같았다. 그러다 어느 길모퉁이를 막 돌아섰을 때 갑자기 북부 급행열차가 내뿜는 연기가 회오리쳤다.

1킬로미터 정도는 기차와 나란히 경쟁을 벌였다. 결과가 확실한 불공정한 싸움이었다. 결승점에서 우리가 20마신(말의 코끝에서 궁둥이까지의 길이, 경마에서 말과 말 사이의 거리를 나타내는 단위로 쓰임——옮긴이) 차이로 승리를 쟁취했다.

3초 만에 우리는 2등실 승강 계단에 도착했다. 문이 열렸다. 몇 사람이 내렸으나 가짜는 그 속에서 보이지 않았다. 우리는 열차 칸을 조사했다. 역시 이 안에도 없었다.

내가 소리쳤다.

「제기랄! 우리가 나란히 지나갈 때 자동차 안에 타고 있던 나를 알아봤을 겁니다. 그래서 뛰어내린 거겠죠」

기관사의 말은 이런 가정을 더 확고히 해주었다. 역에서 2백미터쯤 떨어진 곳에서 한 남자가 흙더미 위로 굴러떨어지는 광경을 목격했다는 증언이었다.

「보세요. 저기……, 건널목을 건너는 저 사람이군요」

내가 뛰어나가자 다른 사람들도 뒤를 따랐다. 아니, 실은 내 뒤를 따른 건 한 명뿐이었다. 마솔은 확실히 빠르고 힘있는 친구였다. 그는 금세 우리를 앞질러 도망자에게 달려갔다. 그들의 사이가 금세 줄어들었다. 남자는 그가 쫓아오는 모습에 울타리를 뛰어넘어 급히 비탈길 쪽으로 기어올라 갔다. 그의 모습이 더 이상 보이지 않았다. 작은 숲 속으로 들어간 모양이었다.

작은 숲에 도착하자 마솔이 우리를 기다리고 있었다. 우리와 떨어지게 되면 위험해질지도 모른다고 판단했던 것이다.

그에게 내가 말했다.

「잘하셨소, 친구. 이렇게 달려온 끝이니 그 녀석도 숨이 턱에

찾을 거요. 그를 잡읍시다」

나는 도망자를 혼자서 잡을 수 있는 방법을 곰곰이 생각하면서 주위를 살펴보았다. 경찰까지 가면 불쾌한 여러 가지 조사를 마친 후에야 물건들을 돌려줄 테니, 내가 직접 되찾기 위해서였다. 나는 동료들에게 지시했다.

「아주 쉽습니다. 마솔, 당신은 왼쪽으로 가서 살펴보시오. 델리베, 당신은 오른쪽. 거기에서 작은 숲의 뒤쪽으로 난 길을 모두 감시하시오. 당신들한테 들키지 않고 빠져나가려면 여기 이 움푹한 길밖에 없을 겁니다. 내가 여기에 자리를 잡고 있겠습니다. 그 녀석이 나오지 않으면 내가 직접 들어가 보리다. 그래서 기필코 그 녀석을 오른쪽이나 왼쪽으로 몰고 가지요. 당신들은 기다리고 있기만 하면 됩니다. 아! 빼먹은 게 있군요. 비상시에는 총을 쏘아 알리시오」

마솔과 델리베는 각자 맡은 방향으로 멀어져 갔다. 그들이 사라지자마자 나는, 눈에 띄거나 소리가 들리지 않게 주의하면서 매우 조심스럽게 숲 속으로 들어갔다. 사냥을 위해 벌채를 금지한 울창한 덤불숲이었고 매우 좁은 오솔길들로 나뉘어 있어서, 덤불로 된 지하도를 지나는 것처럼 몸을 구부려야만 걸을 수 있었다.

그중 한 오솔길이 숲 속의 빈터로 이어져 있었다. 거기에는 축축한 풀 때문에 발자국의 흔적이 뚜렷했다. 나는 잡목림 사이로 살금살금 미끄러지듯 그 발자국을 따라갔다. 흔적은 작은 언덕 기슭에 이르렀다. 꼭대기에는 반쯤 무너진, 회칠을 한 오두막이 있었다.

〈틀림없이 저기 있어. 훌륭한 전망대를 골랐군.〉

이렇게 생각하면서 나는 건물 가까이까지 기어 올라갔다. 그가 있음을 알려주는 작은 소리가 났다. 실제로 열린 틈을 통해, 내 게 등을 돌리고 있는 그의 모습이 눈에 들어왔다.

나는 펄쩍 뛰어 그를 덮쳤다. 그는 손에 쥐고 있던 권총을 겨 냥하려고 애썼다. 하지만 나는 그럴 틈을 주지 않고 그를 땅에 넘 어뜨린 뒤, 그의 팔을 등 뒤로 꺾고 무릎으로 가슴을 짓눌렀다.

그리고 그의 귀에 대고 말했다.

「잘 들어, 애송이. 나는 아르센 뤼팽이다. 내 지갑과 부인의 작은 가방을 당장 내놓도록 해라. 그렇게 하면 경찰의 손에서 구 해주지. 그리고 내 친구들 사이에 끼워주겠다. 한마디만 해라! 찬 성이냐, 반대냐?」

「좋소」

그가 중얼거렸다.

「그래야지. 오늘 아침 네 솜씨는 아주 훌륭했다. 우리는 잘 통 할 거야」

나는 그를 일으켜주었다. 그런데 그는 재빨리 주머니를 뒤져 커다란 칼을 꺼내서 그것으로 나를 치려 했다.

「어리석은 녀석!」

나는 한 손으로 공격을 막으면서 다른 손으로 그의 경동맥을 세게 후려쳤다. 이른바 〈급소 가격〉이었다. 그는 나가떨어졌다.

지갑 속에 든 서류와 지폐를 되찾으면서, 나는 호기심으로 그 의 것도 꺼내보았다. 그의 앞으로 온 봉투에는 〈피에르 옹프레〉라 고 적혀 있었다.

나는 몸을 떨었다. 오테이유, 라퐁텐 거리의 암살자이자 델브 와 부인과 두 딸의 목을 자른 그 피에르 옹프레! 그에게 몸을 기 울여 들여다보았다. 그렇다. 기차칸에서 예전의 기억을 떠올리게 한 바로 그 얼굴이었다.

더 이상 지체할 수 없었다. 나는 1백 프랑짜리 두 장과 이렇게 쓴 명함을 봉투에 넣었다.

〈아르센 뤼팽이 좋은 동료였던 오노레 마솔과 가스통 델리베에게 감사의 표시로.〉

그리고 그것을 눈에 띄도록 방 한가운데에 르노 부인의 가방과 함께 놓았다. 나를 구해 준 이 훌륭한 친구 분에게 어찌 가방을 돌려주지 않을 수 있겠는가?

사실 고백하자면, 거기에서 조금이라도 흥미를 끄는 물건은 전부 내가 빼냈다. 결국 가방에는 바다거북 껍질로 만든 빗과 텅 빈 지갑만 남게 되었다. 얼마나 고약한 짓인가! 하지만 사업은 사업이다. 게다가 사실, 그녀의 남편이 하는 일도 그다지 명예롭지 못한 것이라서……

그 녀석 문제가 남아 있었다. 그가 정신을 차리기 시작했다. 어떻게 해야 할까? 나에게는 그를 구해 줄 자격도, 그를 처벌할 자격도 없었다.

나는 무기를 빼앗고 공중에 권총 한 발을 쏘았다. 그리고 생각했다.

〈다른 두 명이 올 거다. 이 녀석은 알아서 어떻게든 하라지. 자기 운명대로 되겠지.〉

그리고 나서 나는 움푹 패인 길을 따라 현장을 떠났다.

20분쯤 가니 지름길이 나왔다. 그를 추적하면서 봐두었던 길이었다. 그 길을 따라 내 자동차가 있는 곳까지 갔다.

네시에 나는 루앙의 친구들에게 전보를 보냈다. 예기치 못한 사고가 생겨서 어쩔 수 없이 방문을 미루어야겠다는 내용이었다.

우리끼리 얘기지만 그때쯤이면 틀림없이 그들이 내 정체를 알게 되어서, 방문을 완전히 그만두어야 된다는 생각에 몹시 두려웠다. 그들로서는 얼마나 잔인한 환멸을 맛보게 될 것인가!

여섯시에는 릴아당과 앙갱, 비노의 문을 지나 파리로 돌아왔다.

석간 신문을 보고 나는 경찰이 결국 피에르 옹프레를 잡는 데 성공했음을 알았다.

다음날, 재치 있는 광고에서 얻을 수 있는 이득을 중요시여겨, 내가 주관하고 있는 《에코 드 프랑스》는 깜짝 놀랄 만한 짧은 기사를 실었다.

어제 뷔시 부근에서 갖은 우여곡절 끝에 아르센 뤼팽이 피에르 옹프레를 체포했다. 이 라퐁텐 거리의 암살자는 파리에서 르 아브르로 가는 길에, 구치소 부소장의 부인인 르노 부인의 금품을 털었다. 아르센 뤼팽은 보석이 들어 있던 작은 가방을 부인에게 되찾아주었고, 극적인 체포 과정에서 그를 도왔던 두 경찰에게 후한 사례를 했다.

여왕의 목걸이

　드뢰 수비즈 백작부인은 1년에 두세 번, 오스트리아 대사관의 무도회나 빌링스톤 여사의 야회 같은 중요한 파티 때 그 하얀 어깨 위에 〈여왕의 목걸이〉를 걸었다.

　〈여왕의 목걸이〉는 전설적인 물건이었다. 왕관 세공업자인 보메르와 바생주가 뒤 바리 부인을 위해 만들었고, 로앙 수비즈 추기경이 프랑스 왕비 마리 앙투아네트에게 바치려고 했으나, 1785년 2월 어느 날 저녁에 사기꾼이었던 라 모트 백작부인, 잔 드 발로아와 그녀의 남편, 그리고 레토 드 빌레트가 공모하여 가로채서는 보석을 빼내었다.

　말하자면 목걸이의 틀만 진짜였다. 보메르가 정성스럽게 선택한 아름다운 보석들은 라 모트 씨 부부가 네 번에 걸쳐 난폭하게 뽑아내어 팔아치워서 흩어져버렸는데, 그 틀만은 아직 레토 드 빌레트가 잘 보존하고 있었다. 그리고 후에 이탈리아에서 그것을 가스통 드 드뢰 수비즈에게 팔았다. 가스통 드 드뢰 수비즈는 추기경의 조카이자 상속인이었는데, 로앙 게메네의 파산으로 인한 영향이 컸던 시기에 삼촌 덕에 파산을 면할 수 있었다. 그는 삼촌을 기념하기 위해 영국 보석상, 제프레스 손에 들어갔던 다이아몬드들을 다시 사들였고, 그보다는 값이 덜 나가지만 역시 원래 목걸이에 달려 있던 다른 다이아몬드들을 마저 사들여, 마침내 보메르와 바생쥬 손에서 처음 나왔을 때와 똑같은 모습으로 아름다운 〈여왕의 목걸이〉를 복원하기에 이르렀다.

드뢰 수비즈 집안 사람들은 1세기 동안 이 역사적인 보석을 자랑스럽게 여겨왔다. 여러 가지 상황으로 인해 재산이 눈에 띄게 줄어들었지만, 왕가의 소중한 기념물을 양도하느니 차라리 하인을 줄이는 쪽을 택했다. 특히 지금의 백작은 사람들이 보통 조상 대대로 물려온 저택에 애착을 갖듯이 이 유물에 집착했다. 그리고 신중을 기하기 위해 리용 은행의 금고를 임대해서 그것을 맡겨놓았다. 부인이 그 목걸로 치장을 하고 싶어하는 날에는 오후에 직접 그가 은행으로 가서 찾아오고 다음날 다시 직접 가져다놓았다.

사건은 세기 초까지 거슬러 올라간다. 그날 저녁, 카스티유 궁의 연회에서 백작부인은 정말 큰 인기를 얻었다. 크리스티앙 왕에게 경의를 표하기 위해 열린 그 축제에서 왕은 백작부인의 눈부신 아름다움을 알아보았다. 우아한 목덜미에 보석이 물결치고 있었다. 수천 개의 다이아몬드 결정이 빛을 받아 불꽃처럼 빛나고 반짝였다. 그녀가 아니고는 누구도 이런 부담스러운 장신구를 그토록 자연스럽고 기품 있게 소화할 수 없었다.

드뢰 백작은 포부르 생제르맹에 있는 오래된 저택으로 돌아오면서, 이 두 가지 성공을 깊이 음미하며 만족스러워 했다. 그는 부인이 자랑스러웠고, 4대에 걸쳐 집안을 빛내 주는 그 보석 역시 부인만큼이나 값진 존재였다. 부인은 좀 유치한 자만심을 느꼈다. 이는 그녀의 오만한 성격을 잘 드러내주는 것이었다.

그녀는 아쉬워하며 어깨에서 목걸이를 풀어 남편에게 내밀었다. 그는 마치 처음 보는 물건인 양 감탄하며 살펴보았다. 그러고 나서 추기경의 문장이 그려진 빨간 가죽 보석 상자에 그것을 넣고 옆에 있는 작은방, 일종의 골방 같은 곳으로 갔다. 그곳은 다른 방과는 완전히 동떨어져 있었고, 들어오는 유일한 입구는 그들의 침대 발치에 있었다. 그는 언제나 그랬듯이 높은 선반 위, 모자 상자와 속옷 더미 사이에 그것을 숨겨두었다. 그리고 방문을 닫은 후 옷을 벗었다.

다음날 그는 점심 시간 전에 리옹 은행에 들를 생각으로 아침 아홉시경에 일어났다. 그는 옷을 걸치고 커피를 음미하며, 요 근래 신경이 쓰이는 말 문제를 떠올렸다. 그리고 마구간으로 내려가 그 말이 뜰 안에서 걷고 뛰는 모습을 보여달라고 했다. 그러고는 부인 곁으로 돌아왔다.

부인은 방에서 나가지 않고 하녀의 도움을 받아 머리를 손질하고 있었다. 그녀가 말했다.

「나가세요?」

「그렇소. 그 일로」

「그래요. 신중해야 하니까요」

그는 작은방으로 들어갔다. 그리고 잠시 후, 전혀 놀라는 기색 없이 부인에게 물었다.

「여보, 당신이 목걸이를 가져갔소?」

그녀가 대답했다.

「뭐라고요? 아니에요. 아무것도 손대지 않았어요」

「당신이 다른 데에 놓았나 보군」

「말도 안 돼요……. 그 문은 열지도 않았어요」

그가 일그러진 표정으로 밖으로 나왔다. 그리고 겨우 알아들을 수 있는 목소리로 더듬더듬 말했다.

「당신이 하지 않았다고? 당신이 아니라고? 그러면……」

그녀는 작은방으로 달려가 남편과 합세했다. 그들은 상자를 바닥에 내던지고 쌓아놓은 속옷을 헤치면서 미친 듯이 방 안을 마구 뒤졌다. 백작이 되풀이해서 말했다.

「소용없소……. 이렇게 뒤져봐야 소용없어……. 바로 여기 선반 위에 놓아두었단 말이오」

「당신이 착각했을지도 몰라요」

「바로 여기 선반 위요. 다른 데가 아니라」

방이 어두웠기 때문에 그들은 촛불을 켰다. 그리고 마구 흩뜨려 놓았던 옷가지들과 물건들을 하나하나 전부 들어냈다. 하지만 작은방엔 아무것도 남지 않게 되었고, 결국 그들은 그 유명한 〈여왕의 목걸이〉가 사라졌다는 사실을 인정해야만 했다.

결단력 있는 성격의 백작부인은 쓸데없는 한탄으로 시간을 낭비하지 않고 경찰서장 발로르브 씨에게 알리도록 조치했다. 그들은 이미 그의 통찰력과 명민함을 높이 평가한 경험이 있었다. 상황을 자세히 파악하고 나서 그가 물었다.

「백작님, 분명히 밤중에 이 방을 지나간 사람이 아무도 없습니까?」

「확실합니다. 나는 잠귀가 무척 밝소. 더구나 이 방 문에는 빗장을 걸어놓지요. 오늘 아침 아내가 하녀를 불렀을 때 틀림없이 내가 빗장을 벗겼습니다」

「이 작은방으로 통하는 다른 통로는 없습니까?」

「전혀 없소」

「창문도?」

「창문이 있긴 하지만 막아놓았습니다」

「무슨 뜻인지 좀 봤으면 좋겠습니다만……」

백작이 수긍하며 불을 켰다. 막아놓았다기엔 좀 옹색한 조치였다. 긴 상자가 창문 높이의 반까지만 올라와 있는데다가 십자형 유리창에 정확히 닿아 있지도 않다는 사실을 발로르브 씨가 곧 확인시켜 주었다.

드뢰 씨가 반박했다.

「거기까지 닿아 있으면 충분합니다. 시끄러운 소리를 내지 않고는 목걸이가 담긴 상자를 옮겨놓을 수 없으니까요」

「이 창문은 어디로 나 있습니까?」

「안쪽의 작은 뜰을 향해 있소」

「이 위로 한 층이 더 있습니까?」

「두 층이 더 있소. 하지만 하인들 층에는 창살이 촘촘한 철창이 있어 안뜰로 넘어올 수 없습니다. 그래서 이렇게 빛이 안 드는 거요」

상자를 밀어내자 창문은 닫혀 있음이 확인되었다. 바깥에서 누군가가 들어왔다면 열려 있었을 것이다.

백작이 지적했다.

「우리 방을 통해 나가지 않았다면 말이지요」

「그 경우에는 아침에 이 방에 빗장이 걸려 있을 수 없었을 겁니다」

경찰서장은 잠시 깊이 생각하고 나서 백작부인 쪽으로 돌아섰다.

「부인, 부인께서 어제 저녁 그 목걸이를 했다는 것을 주위 사
람들도 알고 있었습니까?」

「물론이에요. 숨기지 않았어요. 하지만 우리가 그 목걸이를 이
작은방에 넣어두는 줄은 아무도 몰라요」

「아무도?」

「예. 아무도. 다만……」

「정확히 말씀해 주십시오, 부인. 이게 제일 중요한 문제입니다」

그녀는 남편에게 말했다.

「앙리에트 말이에요, 여보」

「앙리에트? 그녀도 다른 사람들과 마찬가지로 이렇게 자세한
사항까지는 모르오」

「정말 그렇게 생각하세요?」

「그 부인은 누구십니까?」

발로르브 씨가 물었다.

「기숙학교 친구예요. 어떤 노동자와 결혼하겠다고 해서 가족들
과 사이가 틀어졌지요. 남편이 죽고 난 후, 아들과 함께 우리집
에 들어왔어요. 제가 이 저택 안에 가구 딸린 거처를 마련해 주었
어요」

그리고 그녀는 난처해하며 덧붙였다.

「그 친구는 몇 가지 집안일을 좀 돕고 있어요. 손재주가 아주
많거든요」

「그녀는 몇 층에 거주합니까?」

「우리 층에요. 그리 멀지도 않아요. 이 복도 끝에……. 그리고

보니 그녀가 쓰는 부엌 창문이……」

「이 안뜰을 향해 열려 있군요. 그렇습니까?」

「그래요. 우리 창문 바로 정면이에요」

이 말이 끝나고 가벼운 침묵이 이어졌다.

그 뒤, 발로르브 씨가 앙리에트가 있는 곳으로 안내해 달라고 요청했다.

그들은 바느질을 하고 있는 그녀를 보았다. 그녀 곁에는 예닐곱 살 정도 되는 어린애가 책을 읽고 있었다. 그녀의 아들 라울이었다. 가구를 갖추어주었다는 게 고작 난로도 없는 방 한 칸과 부엌으로 쓰이는 골방이 전부인 초라한 거처라는 데 좀 놀라면서 경찰서장은 그녀를 심문했다. 전날 저녁, 그녀는 직접 백작부인의 옷을 입혀주면서 목에 목걸이를 걸어주었다.

그녀가 외쳤다.

「오, 하나님! 이런 일이 있을 줄이야!」

「전혀 모르시겠습니까? 짚이는 데라도 없으세요? 범인은 당신 방을 통해 지나간 듯싶은데요」

그녀는 자신이 의심받을 수도 있다는 사실은 꿈에도 생각지 못하는 듯, 그 말을 웃어넘겼다.

「하지만 나는 내 방을 떠난 적이 없었어요. 결코 밖에 나가지 않으니까요. 게다가 보지 못하셨나요?」

그녀는 골방의 창문을 열었다.

「보세요. 반대 편 창턱까지 3미터는 돼요」

「강도 사건이 창문을 통해 일어났을 거라는 가정을 검토중이라고 누가 얘기했습니까?」

「하지만 목걸이는 저 작은방에 있던 거 아닌가요?」

「그건 어떻게 아십니까?」

「알고말고요! 밤마다 저 방에 넣어둔다는 사실은 원래 알고 있었어요. 전에 제 앞에서 그런 얘기를 한 적이 있어요……」

그녀의 얼굴은 아직 젊긴 했지만 슬픔으로 많이 시든데다 온화함과 체념이 깃들어 있었다. 그런데 갑자기 위협을 당하기라도 한 것처럼 어렴풋이 불안한 표정을 지었다. 그리고 아들을 자기 쪽으로 끌어당겼다. 아이는 엄마의 손을 잡고 부드럽게 끌어안았다.

둘만 남자 드뢰 씨가 경찰서장에게 말했다.

「그녀를 의심하는 건 아니겠지요? 그녀는 내가 보증하오. 정직 그 자체요」

발로르브 씨가 단언했다.

「저도 같은 의견입니다. 다만 자기도 모르는 사이에 공범이 되었을 경우를 생각했던 것뿐이죠. 하지만 이런 가정도 포기해야겠군요. 그녀는 우리의 문제를 해결하는 데 전혀 도움을 주지 못하니 말입니다」

경찰서장은 조사를 좀더 깊이 진행시키지 않았다. 다음날부터 예심판사가 조사를 재개하고 보충해 나갔다. 하인들을 심문하고 빗장의 상태를 확인했으며, 작은방의 창문을 여닫는 실험도 해보고, 안뜰을 구석구석 수색했다. 하지만 모든 게 허사였다. 빗장에는 손댄 흔적이 없었다. 창문은 바깥쪽에서 열 수도 닫을 수도 없었다.

특히 앙리에트가 수사 대상이 되었다. 누가 뭐라 해도 결국 언제나 내부의 소행에 대해 재검토하게 마련이었다. 서장은 그녀의 생활을 세밀하게 파헤쳐서, 지난 3년 간 그녀가 외출을 한 적은 단 네 번뿐이었음을 확인했다. 그 네 번의 외출도 장을 보러 나간 것이었다. 사실 말이 친구지, 그녀는 드뢰 부인의 하녀이자 침모였다. 드뢰 부인이 그녀에게 매우 가혹했다는 사실을 다른 모든 하인들이 비밀스럽게 증언해 주었다.

일주일 후, 예심판사는 경찰서장과 같은 결론에 도달했다.

「사실 알아내지도 못했거니와 우리가 범인을 알 수 있다고 하더라도, 어떻게 범행을 저질렀는지에 대해서는 더 알아낼 수가 없을 것이오. 문과 창문이 모두 닫혀 있었다는 두 가지 난관이 양쪽에서 우리를 가로막고 있소. 이중의 수수께끼에 부딪힌 것이오! 누군가가 어떻게 침입할 수 있었는가? 그리고 이건 더욱 어려운 일인데, 어떻게 자기 뒤로 문에는 빗장을 걸어두고 창문은 닫아놓은 채 빠져나갈 수 있었는가?」

넉 달 간의 수사 끝에, 판사는 속으로 이렇게 생각했다. 드뢰 부부가 궁핍한 살림살이에 시달리다가 〈여왕의 목걸이〉를 팔아버린 것이다. 그는 사건을 기각했다.

값비싼 보석을 도난당한 사건으로 드뢰 수비즈 부부는 큰 타격을 입고 오랫동안 후유증을 앓았다. 이런 든든한 보석을 소유하고 있음으로써 유지되었던 신용을 잃게 되자, 채권자들은 더 까다로워졌고 대금업자들도 그들에게 호의적이지 않았다. 그들은 생살을 도려내는 아픔을 겪어야 했으며 재산을 포기하고 저당까지 잡혀야 했다. 간단히 말해서, 먼 친척으로부터 두 번이나 막대한 유산을 받지 않았더라면 완전히 파산했을 것이다.

그들은 귀족 가문의 대가 끊어지기라도 한 듯이 구는 사람들의 오만함에 상처를 입었다. 이상하게도 백작부인은 기숙학교의 옛 친구를 못살게 굴었다. 그녀는 친구에게 정말로 앙심을 품었고 공공연하게 그녀를 비난했다. 그리고 처음에는 하인이 사용하는 층으로 쫓아보내더니 갑자기 집에서도 그녀를 내쫓아버렸다.

그 후 특별한 사건 없이 세월이 흘렀다. 두 모자는 여기저기 떠돌아 다녔다.

그런데 그 당시에 있었던 딱 한 가지 사실은 짚고 넘어가야 한다. 앙리에트가 떠나고 몇 달 후, 백작부인은 그녀에게서 깜짝 놀랄 만한 편지 한 장을 받았다.

부인, 어떻게 감사의 말씀을 드려야 할지 모르겠습니다. 저에게 이것을 보내주신 분은 부인이시겠지요, 그렇죠? 분명히 부인입니다. 이 작은 시골 벽지의 제 은신처를 아는 사람은 부인 말고는 아무도 없으니까요. 혹시 제가 오해한 것이라면 죄송합니다. 그래도 어쨌든 지난날의 친절에 대한 감사의 뜻을 받아주세요……

무슨 말일까? 현재든 지난날이든 그녀에 대한 백작부인의 친절은 실은 부당한 대우에 지나지 않았다. 이 감사의 말은 무엇을 의미하는 걸까?

친구에게 급히 해명을 요구하는 편지를 보내자 답장이 왔다. 앙리에트가 봉투 겉면에 아무 표기도 없는 우편물을 하나 받았는데 1천 프랑짜리 지폐 두 장이 들어 있었다는 내용이었다. 답장에 동봉해서 보낸 봉투에는 파리 소인이 찍혀 있고, 일부러 위조한 것이 명백히 드러나는 글씨체로 받는 사람의 주소만 씌어져있었다.

그 2천 프랑은 어디에서 나온 걸까? 누가 보냈을까? 경찰에서 조사를 해보긴 했지만 이런 캄캄절벽 속에서 어떤 흔적을 쫓을 수 있겠는가?

118

그런데 열두 달 후에 똑같은 일이 또 일어났다. 그리고 세번째, 네번째……, 6년 동안 해마다 같은 일이 반복되는 것이었다. 달라진 점이 있다면 5년째와 6년째에는 금액이 두 배로 늘어났다는 점이었다. 덕분에 갑작스레 병을 얻었던 앙리에트는 적절한 치료를 받을 수 있었다.

또 주목할 점이 있었다. 지폐를 가격 표기 우편물로 보내지 않았다는 구실로 우체국에서 편지들 중 하나를 압류했었기 때문에, 마지막 두 장의 편지는 규정에 맞게 보내졌다. 하나는 생제르맹에서, 다른 하나는 슈렌에서 보낸 것이었다. 처음에는 앙케티, 다음에는 페샤르라는 발송자 서명이 있었다. 거기 적힌 주소는 가짜였다.

앙리에트는 6년 후에 죽었다. 수수께끼는 고스란히 남긴 채.

모든 사람들이 이 사건에 대해 말이 많았다. 사건 자체도 대중의 흥미를 자극하기에 충분했다. 18세기 말, 온 프랑스를 뒤흔들어 놓았다가 120년 후에 이토록 소동을 일으키는 목걸이의 운명은 정말 기묘한 것이었다. 하지만 이제부터 내가 말하려는 이야기는 아무도 모르고 있는 사실이다. 백작에게 비밀을 엄수할 것을 다짐한 몇몇 사람들과 주요 관계자들 빼고는 말이다. 언젠가는 그들이 약속을 잊어버릴 수도 있기 때문에 나는 비밀의 장막을 벗기는 데 아무런 양심의 가책도 느끼지 않는다. 이렇게 해서 사람들은 그 오랜 수수께끼의 비밀을 알게 됨과 동시에, 이 극적인 사건에 모호함과 신비로움을 더해 주었던, 그저께 아침 신문에 실린 편지에 대한 설명도 듣게 될 것이다.

그 편지가 신문에 실리기 닷새 전이었다. 드뢰 수비즈 씨 집에서 많은 손님들이 점심 식사를 하고 있었다. 손님들 중에는 그의 조카딸 둘과 사촌 여동생이, 남자 손님으로는 에사빌 재판장과 하원의원 보샤스, 백작이 시칠리아에서 알게 된 기사인 플로리아니, 이 모임의 오랜 친구인 루지에르 후작이 있었다.

식사가 끝나자 부인들은 커피를 내왔고 남자들은 응접실 안에서는 담배를 피워도 좋다는 허락을 받았다. 그들은 담소를 나누었다. 한 아가씨는 카드로 운수를 점쳐 보기도 했다. 이들은 어쩌다 보니 유명한 범죄들에 대한 얘기에까지 이르렀다. 그런데 얘기중에 루지에르 씨가 목걸이 사건을 상기시켰다. 그 사건은 드뢰 씨가 몹시 꺼려하는 대화 주제였다. 하지만 루지에르 씨는 항상 백작에게 짓궂게 굴 기회를 놓치지 않았다.

곧 활발한 토론이 벌어졌다. 모두들 자기 식으로 사건을 다시 심사했는데, 당연하게도 그런 가설들은 전부 앞뒤가 맞지 않고 하나같이 받아들일 수 없는 것들이었다.

백작부인이 플로리아니에게 물었다.

「당신은 어떻게 생각하세요, 기사님?」

「저요? 저는 아무 의견도 없습니다, 부인」

그 말에 사람들이 믿을 수 없다는 듯 가볍게 탄식했다. 바로 방금 전까지 이 기사는 팔레르모에서 사법관인 자기 아버지와 함께 관여했던 여러 가지 사건들에 대한 얘기를 아주 재미나게 늘어놓고 있었고, 거기서 이런 문제에 대한 그의 안목과 식견이 분명히 드러났기 때문이다.

그가 말했다.

「솔직히 더 훌륭한 전문가들이 포기한 사건을 해결한 적이 있긴 합니다. 하지만 그렇다고 해서 저를 셜록 홈즈처럼 여기는 건……. 더구나 무슨 일인지 이제 겨우 조금 알게 됐을 뿐이니 까요」

사람들은 집주인에게로 고개를 돌렸다. 그는 마지못해 간략히 설명했다. 기사는 얘기를 들으며 깊이 생각하기도 하고 몇 가지 질문을 던지기도 했다. 그러고는 중얼거렸다.

「이상하군요……. 언뜻 보기에는 추측하기에 어렵지 않을 것 같습니다」

백작은 어깨를 으쓱했다. 하지만 다른 사람들은 기사 주위로 몰려들었다. 그는 좀더 단정적인 어조로 말을 이었다.

「일반적으로 살인이나 강도 사건의 범인을 추적하려면 그 살인 이나 강도 사건이 어떻게 일어났는지 밝혀야 합니다. 제 생각에 이 사건의 경우, 이보다 더 쉬운 일은 없을 겁니다. 우리 앞에 여 러 가지 가능한 가설들이 아니라 단 한 가지 정확한 사실이 놓여 있기 때문입니다. 그 사실은 이렇습니다. 누구든 문이나 창문을 통해서만 방에 들어올 수 있다. 그런데 밖에서 문에 걸린 빗장을 열 수 없다. 따라서 창문으로 들어온 것입니다」

「창문은 닫혀 있었소. 분명히 닫혀 있는 것을 보았소」

드뢰 씨가 단언했다.

그 말에 개의치 않고 플로리아니가 계속했다.

「그러려면 부엌 난간과 창턱 사이에 다리나 판자, 사다리 같은 것을 놓기만 하면 됐겠지요. 보석 상자를……」

「하지만 창문은 닫혀 있었나고 하시 않았소」

백작은 참지 못하고 언성을 높였다.

이번에는 플로리아니도 대답을 해야 했다. 이런 무의미한 이의 에는 전혀 아무렇지 않다는 듯이 그는 아주 침착하게 대답했다.

「창문은 닫혀 있었다고 믿겠습니다. 그렇지만 위쪽에 작은 여 닫이 창이 있지 않습니까?」

「그걸 어떻게 아시오?」

「우선 그것은 당시의 저택이라면 어디에나 있는 법이지요. 그 리고 또, 그렇지 않고는 도난 사건을 설명할 수 없기 때문에 여 닫이 창이 있어야만 합니다」

「사실 하나 있긴 하오. 하지만 여닫이 창도 창문과 마찬가지로 닫혀 있소. 거기에는 아무도 신경조차 쓰지 않았소」

「그게 실수였습니다. 주의를 기울였다면 그 창이 열려 있던 걸 분명히 볼 수 있었을 텐데요」

「어떻게 열려 있단 말이오?」

「아래쪽 끝에 고리가 달린 철사가 매달려 있어서 그것으로 창 문을 열겠지요? 다른 분들도 모두 아실 겁니다」

「그렇소」

「그리고 이 고리는 십자형 유리창과 상자 사이의 공간에 늘어 져 있었습니다」

「맞소. 하지만 무슨 말인지 모르겠군……」

「자, 이렇습니다. 어떤 도구라도 있으면, 그래요, 갈고리가 있 는 쇠막대기라고 칩시다. 유리창에 난 틈으로 고리를 낚아채서 힘을 주어 열 수 있지요」

백작이 비웃었다.

「완벽하군! 훌륭하오! 모든 걸 아주 간단히 정리하시는군. 그 런데 한 가지 당신이 잊고 있는 게 있소. 유리창에는 틈이 없었다 는 사실이오」

「틈이 있었습니다」

122

「그랬다면 틈을 찾을 수 있었겠지요」

「유심히 들여다봐야 했습니다. 그런데 아무도 그러지 않았지요. 틈은 분명히 있어요. 시멘트에 접해 있는 유리창을 따라 물론 수직으로. 틈이 생기지 않는 건 현실적으로 불가능합니다」

백작이 일어섰다. 그는 매우 흥분한 듯했다. 신경질적인 발걸음으로 응접실 안을 성큼성큼 걸어다니던 그는 플로리아니에게 다가갔다.

「저 윗방은 그날 이후로 아무것도 달라지지 않았소. 아무도 그 작은방에 발을 들여놓지 않았으니까」

「그러면 제 설명이 사실과 일치하는지 백작님이 마음대로 확인해 보실 수 있겠군요」

「당신의 설명은 법원에서 조사하고 확인한 사실과 조금도 일치하지 않소. 당신은 아무것도 보지 못했고 아무것도 모르면서 우리가 본 것, 우리가 알고 있는 것과 전부 어긋나게 얘기하고 있소」

플로리아니는 백작의 노기를 전혀 눈치 채지 못하고 있었다. 그는 미소 지으며 대답했다.

「이런. 저는 단지 정확히 보려고 애쓸 뿐입니다. 그게 다예요. 제가 틀렸다면 제 잘못을 증명해 주십시오」

「더 이상 기다릴 것 없이……, 솔직히 말하지만, 자신만만한 당신의 단언은……」

드뢰 씨는 몇 마디 말을 우물우물 더 중얼거렸다. 그리고 갑자기 문으로 나가버렸다.

누구도 한마디도 하지 않았다. 정말 진실의 일부가 드러날 것처럼 모두들 초조하게 기다렸다. 침묵은 극도로 엄숙하기까지

했다.

마침내 백작이 다시 모습을 나타냈다. 그는 창백하고 이상하게 흥분해 있었다. 그리고 떨리는 목소리로 친구들에게 말했다.

「여러분들에게 용서를 구하는 바입니다. 저분이 밝혀낸 사실은 정말 뜻밖이었소. 나는 전혀 생각지도 못했……」

그의 부인이 다그쳐 물었다.

「어서 말씀해 보세요, 제발. 어떻게 된 거죠?」

그가 더듬더듬 말했다.

「틈이 있었소. 저분이 지적한 바로 그 장소에……, 유리창을 따라……」

그리고 갑자기 기사의 팔을 잡더니 명령하듯 말했다.

「자, 더 얘기해 보시오. 이제서야 당신이 옳았다는 것을 깨달았소. 하지만 아직 끝나지 않았지요. 대답해 보시오. 당신 생각에 따르면 그 다음에 어떻게 된 것이오?」

플로리아니는 부드럽게 팔을 빼고 잠시 후 말했다.

「좋아요. 저는 이렇게 추측했습니다. 드뢰 부인이 무도회에 참석하셨을 때 그 목걸이를 했다는 사실을 아는 녀석이, 두 분이 없는 동안 다리를 걸쳐놓았지요. 그 녀석은 창문을 통해 백작님을 지켜보았고 보석을 숨겨놓은 장소를 확인했습니다. 그리고 백작님이 나가자마자 유리창 틈을 뚫고 고리를 당긴 것입니다」

「그래요? 하지만 작은 여닫이 창과 창문 사이의 거리가 멀어서 그곳을 통해 창문의 손잡이까지 닿을 수는 없소」

「창문을 열지 않은 것은 녀석이 바로 그 작은 여닫이 창을 통해 들어왔기 때문입니다」

「말도 안 돼. 아무리 날씬한 사람이라도 거기로 들어올 수

124

없소」

「보통 사람이 아니니까요」

「뭐라고!」

「분명합니다. 창이 너무 좁아서 보통 사람이 지나갈 수 없다면 틀림없이 어린아이입니다」

「어린아이라고!」

「앙리에트에게 아들이 하나 있었다고 하지 않았습니까?」

「그렇긴 하오……. 라울이라는 아이였소」

「그 라울이라는 아이가 도둑질을 했을 가능성이 아주 크군요」

「무슨 증거라도 있소?」

「증거라? 증거가 빠질 수 없지요. 예를 들면……」

그는 입을 다물고 잠시 동안 생각했다. 그리고 다시 말했다.

「예를 들면, 그 다리 말입니다. 아이가 발판이나 받침대를 밖에서 가져왔다가 아무도 못 보게 도로 갖다놓았다고는 믿기 어렵습니다. 틀림없이 자기 마음대로 쓸 수 있는 무언가를 이용했을 겁니다. 앙리에트가 요리를 하는 부엌 겸 골방에는 냄비들을 놓을 수 있도록 벽에 달아놓은 선반이 있었지요?」

「내 기억으로는 선반이 두 개 있었소」

「그 판자들이 정말로 받침대에 고정되어 있는지 확인해야 합니다. 그렇지 않은 경우에는 아이가 그것을 하나씩 떼어냈다가 다시 걸어놓았다고 생각할 수 있겠지요. 그리고 아마, 화로가 있어서 그 화로용 갈고리를 발견할 수 있을 겁니다. 작은 여닫이 창을 여는 데 분명히 그것을 사용했겠지요」

백작은 한마디 양해도 없이 나갔다. 자리에 있던 사람들은 처음에 느꼈던, 알 수 없는 사실에 대한 초조함을 조금도 느끼지 않았다. 그들은 플로리아니의 예측이 맞을 거라고 확신했다. 이 남자에게서는 너무나 강한 자신감이 풍겨나와, 이런저런 사실로 추리를 하고 있는 것이 아니라, 사건을 얘기하면서 동시에 그 사건의 확실성을 입증하고 있는 것처럼 들렸다.

그래서 백작이 돌아와 이렇게 단언했을 때 아무도 놀라지 않았다.

「정말 어린아이오. 그 애였군. 모든 게 그 사실을 증명해 주고 있소」

「선반의 판자와 갈고리를 보셨나요?」

「보았소…… . 선반은 못이 빠져 있었고 갈고리도 있었소」

드뢰 부인이 소리쳤다.

「그 애였다니! 그 말은 그 애 어머니가 범인이었다는 뜻이 돼요. 앙리에트가 유일한 범인이에요. 그녀가 아들에게 시켰을 거예요」

기사가 단언했다.

「아닙니다. 그 어머니는 이 일에 아무 책임이 없습니다」

「그럴 리 없어요! 그들은 한 방에서 살았다고요. 아이가 앙리에트 몰래 그 일을 할 수는 없었어요」

「그들은 한 방에서 살았습니다. 하지만 모든 일은 옆방에서 일어났지요. 어머니가 잠든 밤에 말입니다」

백작이 말했다.

「그러면 목걸이는? 아이의 소지품에서 목걸이를 발견할 수 있었을 것 아니오?」

「이런, 죄송합니다! 아이는 밖으로 나갔었지요. 그날 오전, 백작님이 아이의 책상 앞에 불시에 나타났을 때 아이는 막 학교에

126

서 돌아왔던 겁니다. 법원에서 무고한 어머니를 상대로 정력을 낭비하는 대신 학교에 있는 아이의 책상 서랍 속, 교과서 사이를 수색했더라면 뭔가 더 알아낼 수 있었을 겁니다」

「좋소. 그러나 앙리에트가 매년 받았던 2천 프랑은 그녀가 공범이라는 훌륭한 증거 아니오?」

「공범자라면 두 분에게 그 돈에 대해 감사의 편지를 보냈을까요? 더구나 그녀는 감시당하고 있지 않았습니까? 한편 아이는 자유로웠고 이웃 마을까지 쉽게 달려갈 수 있었지요. 별볼일 없는 중개인과 거래를 해서 다이아몬드 하나, 아니 경우에 따라……, 파리에서 송금한다는 단 한 가지 조건으로 다이아몬드 두 개를 헐값에 그에게 넘겼습니다. 그렇게 해서 다음 해부터 그 일이 시작된 것이지요」

말로 설명할 수 없는 불안감이 드뢰 수비즈 부부와 손님들을 짓눌렀다. 플로리아니의 어조와 태도에는, 처음부터 백작의 신경을 자극했던 그 확신 말고도 다른 무언가가 있었다. 빈정거림 같은 것이었다. 호감과 우정을 가지고 우스개로 말하는 듯 꾸미긴 했지만 차라리 적의에 찬 빈정거림에 가까웠다.

백작은 억지로 웃는 척했다.

「처음부터 끝까지 대단히 기발한 설명이오. 아주 재미있군! 찬사를 보내오! 상상력이 정말 풍부하시군요!」

플로리아니가 더욱 진지하게 외쳤다.

「아니, 아닙니다. 제가 상상한 게 아니지요. 저는 상황을 있는 그대로 그릴 뿐입니다. 제가 밝히고 있는 대로 진행될 수밖에 없었습니다」

「당신이 어떻게 아시오?」

「백작님이 제게 말씀하신 사실로요. 시골 벽촌에서 살고 있는 어머니와 아이를 머릿속에 그려보았습니다. 어머니가 앓아눕자 아이는 보석을 팔아서 어머니를 구하기 위해, 적어도 마지막을 편하게 해드리기 위해 꾀를 짜냈겠지요. 결국 병이 이겼습니다. 어머니는 돌아가셨지요. 그리고 수년이 흘렀습니다. 아이는 장성했고 어른이 되었습니다. 여기서부터는 자유롭게 상상의 나래를 펼치겠습니다. 이렇게 가정해 봅시다. 그는 어른이 된 후에, 어린 시절에 살았던 장소에 다시 돌아가야겠다고 생각합니다. 그런데 다시 돌아와서 사람들이 자기 어머니를 의심하고 비난하는 것을 보게 됩니다……. 극적인 사건들이 전개되었던 옛집에서 이런 대화를 나눌 때의 짜릿한 재미를 생각해 보신 적 있으십니까?」

그의 말이 초조한 침묵 속에 잠시 동안 울려퍼졌다. 드뢰 부부의 얼굴에는 무슨 말인지 이해해 보려고 애쓰는 기색이 역력했다. 동시에, 이해하게 되는 게 두렵고 불안했다. 백작이 중얼거렸다.

「그래서 당신은 누구요?」

「저요? 백작님이 팔레르모에서 만난 기사, 플로리아니지요. 친절하게도 벌써 여러 번 식사에 초대해 주시지 않았습니까?」

「그럼 그 얘기는 무엇이오?」

「아! 아무것도 아닙니다! 제가 장난 좀 친 것뿐이에요. 그가 아직 살아 있다면 말입니다. 앙리에트의 아들이 직접, 자기가 유일한 범인이었고 어머니가 불행했기 때문에, 그나마 생계를 유지하게 해준 하인 자리마저 잃을지 몰랐기 때문에, 불행한 어머니를 보기가 괴로웠기 때문에 그런 일을 저질렀다는 얘기를 두 분께 할 때 어떤 기쁨을 느낄지 상상해 보려고 한 겁니다」

128

그는 억눌린 감정을 드러내며 반쯤 일어나서 백작부인에게 몸을 기울였다. 더 이상 의심할 게 없었다. 플로리아니는 바로 앙리에트의 아들이었다. 그의 태도, 그의 말, 모든 것이 이를 명백히 입증해 주었다. 게다가 그 사실을 알리려는 게 분명 그의 뜻이고 목적이 아닌가?

백작은 망설였다. 이 대담한 인물에게 어떤 태도를 취할 것인가? 크게 떠벌려 스캔들을 일으킬 것인가? 옛날에 도둑질을 했던 자의 정체를 폭로할 것인가? 하지만 너무 오래전의 일이었다. 그리고 누가 어린아이가 범인이었다는 허무맹랑한 이야기를 믿겠는가? 아니다. 이 상황의 진정한 의미를 모르는 척하면서 그냥 받아들이는 편이 낫다. 백작은 플로리아니에게 다가가 쾌활하게 말했다.

「당신의 소설 같은 얘기는 아주 재미있고 신기한 얘기였소. 정말 감동적이군. 그런데 당신 얘기에 따르면, 모든 아들들의 모범이 될 그 훌륭한 젊은이는 어떻게 되었소? 그가 계속해서 그 길로 잘 나갔기를 바라오」

「물론입니다」

「그랬겠지. 등장부터 그 정도였으니. 마리 앙투아네트가 탐내던, 그 유명한 여왕의 목걸이를 여섯 살 때 훔치다니」

플로리아니가 백작의 농담에 가세하여 이렇게 지적했다.

「게다가 그 일로 인해 조금도 불편을 겪지 않고 말입니다. 아무도 유리창의 상태를 검사해 볼 생각을 하지 못했고, 창턱이 너무 깨끗하다는 점을 알아차리지 못했지요. 두껍게 쌓인 먼지 위에 남아 있는 흔적을 지우기 위해 창턱을 깨끗이 닦아놓았는데 말입니다. 그 나이의 어린아이가 그 정도로까지 머리를 쓰도록 만든 뭔가가 있었다는 것을 인정하시지요. 그게 그렇게 쉬운 일입니까? 갖고 싶다고 손만 뻗으면 됩니까? 물론 아이는 갖고 싶어했……」

「그리고 손을 뻗었소」

「두 손을」

기사가 웃으며 다시 말했다.

전율이 흘렀다. 자칭 플로리아나라는 이 사람의 인생에는 어떤 비밀이 숨겨져 있는 걸까? 이 모험가는 얼마나 이상야릇한 존재인가! 여섯 살에 이미 천재적인 도둑이었고, 지금은 자극을 추구하는 세련된 호사가로서, 아니면 고작 과거의 원한을 풀기 위해서 희생자의 집을 찾아와 맞서고 있는 것이다. 대담하고 미친 듯한, 그러면서도 방문객으로서의 신사다운 예의를 모두 차리고 있는 이 인물!

그는 작별 인사를 하려고 일어서서 백작부인 쪽으로 다가갔다. 그녀는 뒤로 물러날 뻔했으나 간신히 참았다. 그가 미소지었다.

「저런! 부인, 겁을 먹었군요! 제가 짓궂은 장난을 너무 심하게 친 겁니까?」

그녀는 자신의 감정을 억누르면서, 약간 빈정거리며 그와 똑같이 거침없이 대답했다.

「전혀 아니에요, 기사님. 이 착한 아들의 전설 같은 얘기는 오히려 아주 흥미로웠답니다. 내 목걸이가 그토록 화려한 운명을 타고난 물건이었다니 기쁘네요. 하지만 그……, 앙리에트 부인의 아들이 무엇보다도 자기의 선천적인 본능에 따랐던 것이라고 생각지는 않으시는지요?」

정곡을 찔리자 그는 몸을 떨었다. 그리고 이렇게 맞받아쳤다.

「그렇습니다. 그뿐 아니라 그 본능이 너무 강해서 중도에 그만두지 않았던 겁니다」

「무슨 뜻이죠?」

「그렇고말고요! 아시다시피 그 보석들 대부분은 가짜였습니다. 영국 보석상한테서 산 다이아몬드 몇 개만 진품이었고, 나머지는 생활고에 시달려 하나씩하나씩 팔아버렸던 겁니다」

「그건 변함없는 여왕의 목걸이였어요. 앙리에트의 아들이 그건 이해하지 못했던 것 같군요」

백작부인이 거만하게 말했다.

「아이는 그 목걸이가 과시용, 광고용 물건이었음을 먼저 이해했겠지요」

드뢰 씨는 잠자코 있었다. 곧 부인이 기사에게 경고했다.

「기사님. 당신이 암시하는 그 사람이 조금이라도 조심성이 있다면……」

플로리아니의 침착한 시선에 겁을 먹은 그녀는 말을 멈추었다.

그가 되풀이했다.

「그 사람이 조금이라도 조심성이 있다면……?」

그녀는 그에게 이런 식으로 말해 봐야 득이 될 게 아무것도 없음을 깨달았다. 그리고 자존심이 상해 부들부들 떨면서 분하고 화가 나지만 마지못해 공손하게 말했다.

「기사님, 전해 오는 얘기에 따르면 레토 드 빌레트는 여왕의 목걸이를 손에 넣고 잔 드 발로아와 함께 다이아몬드를 전부 빼냈을 때에도 그 틀만은 감히 건드리지 않았다고 합니다. 다이아몬드는 장식이며 부속품일 뿐이고, 그 틀이 중요한 작품임을, 그

것이 바로 예술가의 창작품임을 알았던 것이지요. 그는 그것을 존중했습니다. 당신이 말씀하시는 그 사람도 이 점을 이해하고 있다고 생각하시나요?」

「그 틀은 분명히 남아 있습니다. 아이도 이를 존중했지요」

「좋아요. 기사님, 혹시 그 사람을 만나게 된다면 이렇게 전해 주세요. 부당하게도 그가 보관하고 있는 그 물건은 어떤 집안의 소유물이자 자랑스러운 기념물이라고 말이에요. 또, 여왕의 목걸이는 드뢰 수비즈의 집안에 계속 남겨놓고 보석들만 빼갈 수도 있었지 않느냐고요. 우리 집안의 이름이나 명예가 우리 것이듯이 그 목걸이도 우리 것이에요」

기사는 간단히 대답했다.

「그렇게 전하지요, 부인」

그리고 그녀에게 경의를 표한 뒤, 백작과 나머지 모든 청중들 한 사람, 한 사람에게 인사를 하고는 방에서 나갔다.

나흘 후, 백작부인은 침실 탁자에서 추기경의 문장이 그려진 빨간 가죽 보석 상자를 발견했다. 반원형의 여왕의 목걸이였다.

일관성과 논리성을 항상 염두에 두는 사람의 삶이라면 모든 것이 한 가지 목표에 기여해야 한다. 약간의 광고도 결코 해롭지 않다. 다음날 《에코 드 프랑스》는 놀랄 만한 기사를 실었다.

아르센 뤼팽이 오래전 드뢰 수비즈 집에서 도난당했던 유명한 보석, 여왕의 목걸이를 되찾았다. 아르센 뤼팽은 서둘러 그것을 합법적인 주인에게 돌려주었다. 기사도 정신을 발휘한 이 섬세한 배려에 박수를 보내야 할 것이다.

하트 7

한 가지 의문이 생긴다. 종종 떠오르는 의문이다.

〈아르센 뤼팽을 어떻게 알게 됐더라?〉

내가 그와 잘 안다는 사실에는 의심의 여지가 없다. 예측불허인 이 남자에 관해 나는 아주 세세한 것까지 모두 모아두었고, 그에 관한 명백한 사실들을 설명해 줄 수 있으며, 새로운 증거들을 댈 수 있다. 보통 사람들은 그의 행동에서 겉으로 드러난 표현만 보고, 비밀스런 이유나 눈에 띄지 않는 내적 구조는 파악하지 못하지만, 나는 그것을 풀이해 줄 수 있다. 따라서 뤼팽이라는 인물 자체가 아주 친밀한 사이의 사람에게만, 다정한 관계를 유지하고 계속해서 자기 비밀을 털어놓는다는 것을 알 수 있다.

그런데 내가 어떻게 그를 알게 됐을까? 그의 개인사 기록 작가가 되는 특혜는 어디에서 온 걸까? 왜 하필 다른 사람이 아니고 나일까?

답은 간단하다. 나는 우연히 선택받은 것이다. 내 장점 같은 건 아무런 상관이 없었다. 그가 가는 길에 우연히 내가 있었을 뿐이다. 우연히도 내가 그의 이상하고 신비한 사건들 중 어떤 사건에 끼어들었고, 그가 멋지게 연출한 연극에서 배우 노릇을 하게 됐다. 이 연극은 난해하고 복잡하며 반전에 반전이 거듭되는 작품이었다. 지금 그 얘기를 시작하려고 하니 난감하기까지 하다.

제1막은 6월 22일 밤과 23일 사이에 올랐다. 그때 얘기는 사람들 입에 수없이 오르내렸다. 솔직하게 말해서 그날 내가 그렇게 평소와 다른 행동을 했던 것은, 그날 집으로 돌아갈 때 내 정신상태가 좀 특별했기 때문이다. 우리는 라 카스카드라는 식당에서 친구들과 함께 저녁을 먹었다. 저녁 내내 담배를 피웠고 보헤미아 악단이 우수에 찬 왈츠를 연주했다. 우리는 살인, 강도 같은 무시무시하고 음흉한 음모에 대해서만 줄곧 얘기했다. 그건 잠잘 준비를 하는 시간에는 별로 좋지 않은 얘기였다.

생마르탱 부부는 자동차를 타고 갔다. 유쾌하고 태평한 성격의 사내이자 6개월 후, 모로코 국경에서 비극적으로 죽게 되는 장 다스프리와 나는 어둡고 따뜻한 밤길을 걸어서 돌아왔다. 나는 1년 전부터 뇌이이에 살고 있었는데, 마이요 거리에 있는 내 작은 저택 앞에 도착하자 그가 말했다.

「무섭지 않습니까?」

「무슨 소리!」

「글쎄, 이 건물은 너무 외딴 곳에 있지 않습니까. 이웃도 없고 빈 공터들하며. 정말 저는 겁쟁이는 아니지만, 좀……」

「뭐야, 자네 취했나 보네!」

「아니. 멀쩡한 정신으로 얘기하는 겁니다. 아마 생마르탱 부부가 한 강도 얘기들 때문인지도 모르겠군요」

악수를 나누고 그는 멀어져 갔다. 나는 열쇠를 꺼내어 문을 열었다.

「이런! 앙트완이 촛불을 켜두는 걸 잊은 모양이군」

나는 중얼거렸다.

그런데 문득, 앙트완이 집에 없다는 사실을 기억해 냈다. 그는 내 허락을 받고 휴가를 떠났다. 그러자 곧 어둠과 침묵이 불쾌하게 느껴졌다. 가능한 한 빨리, 어둠 속을 더듬어 위층으로 올라가 내 방에 들어가서는 평소의 습관과는 달리 곧바로 열쇠를 돌려 문을 잠그고 빗장을 걸었다. 그러고 나서 불을 켰다.

촛불 빛을 보자 침착성을 되찾을 수 있었다. 하지만 나는 좀 신중을 기해서 묵직한 대구경 권총을 꺼내어 침대 옆에 놓아두었다. 이렇게 대비를 해놓자 비로소 안심이 되었다. 그리고 평소처럼 자리에 누워서, 잠을 청하기 위해 침대 옆 탁자에서 매일 저녁 나를 기다리는 책을 집어들었다.

그러다 깜짝 놀랐다. 어젯밤 읽던 쪽에 꽂아둔 종이 칼 자리에 봉투가 한 장 놓여 있었던 것이다. 다섯 개의 붉은 밀랍으로 봉인된 봉투였다. 나는 급히 그것을 손에 쥐고 들여다보았다. 겉봉에는 내 이름과 함께 〈긴급〉이라고 기재되어 있었다.

편지라니! 내 앞으로 온 편지? 그런데 누가 여기에 가져다놓았을까? 나는 조금 불안해하면서 봉투를 뜯고 편지를 읽어 내려갔다.

〈이 편지를 열어본 순간부터 무슨 일이 일어나든, 무슨 소리를 듣게 되든 움직이지 마시오. 손끝 하나 까딱하지 말고 소리도 지르지 마시오. 그렇지 않으면 당신은 끝장이오.〉

다른 누구처럼 나도 겁쟁이는 아니다. 진짜 위험 앞에 정면으로 맞설 줄도 알고, 상상으로 섬뜩하게 꾸며낸 공상적인 위험 앞에서는 미소지을 수도 있다. 하지만 다시 한 번 말하는데 그 날은 내 정신 상태가 비정상적이어서 쉽게 자극을 받았고, 신경이 극도로 예민해져 있었다. 더구나 이 모든 사태에는 누구보다 용감한 사람의 마음일지라도 뒤흔들어놓을 만한, 뭔가 혼란스럽고 불가사의한 점이 있지 않은가?

나는 손가락으로 편지지를 움켜쥔 채, 눈으로는 협박의 구절을 읽고 또 읽었다. 〈손끝 하나 까딱하지 말고 소리도 지르지 마시오. 그렇지 않으면 당신은 끝장이오……〉, 그리고 나는 생각했다. 〈좋아! 무슨 장난이겠지. 그냥 바보 같은 장난일 거야.〉

당장이라도 웃음이 나올 것 같았다. 큰소리로 웃고 싶은 마음까지 들었다. 그런데 누가 막았을까? 내 목을 옥죄고 있는 이 막연한 두려움은 뭘까?

적어도 촛불은 끌 수 있겠지. 아니다. 나는 촛불을 끌 수 없었다. 〈꼼짝하지 말라, 안 그러면 당신은 끝장〉이라고 씌어져 있었으니까.

이런 류의 자기암시가 때로는 가장 정확한 사실보다 더 절대적인 법이다. 그런데 왜 군이 그것과 싸워야 하는가? 눈만 감아버리면 된다. 나는 눈을 감았다.

그 순간 고요한 가운데 희미한 소리가 지나갔다. 그리고 삐거덕대는 소리가 이어졌다. 그 소리는 옆의 큰방에서 나는 것 같았다. 그곳에는 내 서재가 있었고 이 방과 그 사이에는 대기실 하나가 있을 뿐이었다.

현실로 다가온 위험을 느끼고 나는 극도로 긴장한 상태였다. 나는 일어나서 권총을 손에 쥐고 옆방으로 뛰어들어가는 상상을 했다. 하지만 나는 일어나지 않았다. 정면에 있는 창의 왼쪽 커튼이 움직였다.

의심의 여지가 없었다. 정말 움직인 것이다. 그리고 나는 분명히 보았다. 커튼과 창문 사이, 그 좁은 공간에 사람의 형체가 있었다. 그 사람의 몸집 때문에 커튼이 똑바로 늘어져 있지 않았다.

그 형체도 나를 보았다. 매우 성기게 짜여진 커튼 천을 통해 틀림없이 이쪽을 바라보고 있었다. 그 순간 나는 모든 것을 이해했다. 다른 사람들이 물건을 훔쳐가는 동안 나를 꼼짝못하게 위협하는 일이 그의 임무였던 것이다. 일어나서 권총을 집는다? 그건 불가능했다. 저기 그 사람이 있었고, 조금이라도 움직이거나 소리를 내면 나는 끝장이었다.

격렬한 충격이 집안을 뒤흔들었고, 망치로 못을 두드리는 듯한 가벼운 두드림이 두세 번씩 연이어 들렸다. 아니면 적어도 혼란스러운 내 머릿속에서는 그런 상상이 펼쳐지고 있었다.

다른 소리들이 서로 뒤섞여 들려왔다. 정말 요란한 소리였다. 마음을 푹 놓고, 제멋대로 행동하고 있다는 뜻이었다.

그들이 옳았다. 나는 움직이지 않았으니까. 이게 비겁한 행동이었을까? 아니다. 내 몸은 완전히 힘이 빠져 팔다리 하나 꼼짝할 수 없었다. 또 그게 현명한 처사이기도 했다. 싸울 까닭이 뭔가? 저 남자 뒤에는 부르기만 하면 달려올 준비가 되어 있는 다른 사람들이 열 명쯤은 있을 거다. 태피스트리 몇 장과 골동품 몇 개 구하겠다고 목숨을 걸겠는가?

이 고문은 밤새도록 계속되었다. 참을 수 없는 고통과 극심한 공포가! 더 이상 소리는 들리지 않았다. 하지만 나는 무슨 소리가 다시 날까 봐 계속해서 기다렸다. 그리고 그 남자가 있었다. 손에 무기를 들고 나를 감시하던 그 남자. 내 눈빛은 공포에 질려 그 남자에게 못박혀 있었다. 심장이 두근거리고 이마와 온몸에 땀이 흘렀다!

그런데 갑자기 말로 표현할 수 없는 평안함이 찾아왔다. 내가 익히 알고 있는 우유 배달부의 수레 소리가 대로를 지나갔다. 그와 동시에 희미한 햇살이 바깥의 어둠을 밀어내며 닫혀 있는 덧창 사이로 새벽빛이 새어드는 듯했다.

그리고 마침내 햇빛이 방 안으로 파고들었다. 다른 마차들도 지나갔다. 밤의 유령은 사라졌다.

나는 천천히 눈에 띄지 않게, 탁자 쪽으로 미끄러지듯 팔을 뻗었다. 내 정면에는 아무런 움직임도 없었다. 나는 겨냥해야 할 정확한 지점의 커튼 주름을 눈으로 가늠했다. 그런 다음, 해야 할 동작을 정확히 계산하고는 재빨리 권총을 움켜쥐고 방아쇠를 당겼다.

그리고 해방의 환호성을 지르면서 침대에서 뛰어내려 커튼을 향해 펄쩍 뛰어갔다. 천에 구멍이 뚫렸고 유리창에도 구멍이 나 있었다. 그런데 그 남자는 맞추지 못했다. 아무도 없었기 때문이었다.

아무도 없었다! 그러니까 나는 밤새도록 커튼 주름을 보고 최면에 걸려 있었던 것이다! 그동안 그 강도들은……! 나는 아무도 말릴 수 없을 정도로 흥분했고 화가 머리끝까지 솟구쳤다. 열쇠를 돌려 문을 열었다. 그리고 대기실을 가로질러 가서 또다른 문을 열고 방으로 들어섰다.

그런데 남자가 없는 것을 확인했을 때보다 더 깜짝 놀라서 숨을 헐떡이며, 얼 빠진 채로 못이 박힌 듯 문간에서 꼼짝도 할 수 없었다. 아무것도 없어지지 않았다. 가구며 액자, 오래된 벨벳과 비단 등 도난당했을 거라고 생각했던 모든 물건들이 제자리에 있었다!

이해할 수 없는 광경이었다. 내 눈을 믿을 수가 없었다. 하지만 그 요란한 소리는, 물건을 옮기는 소리는 무엇이었나? 나는 방을 한 바퀴 돌고 벽을 살펴보았다. 그러면서 내가 속속들이 알고 있는 그 모든 물건들의 목록을 작성했다. 하나도 빠진 게 없었다! 가장 당황스러운 점은, 강도가 들었던 흔적조차 없다는 사실이었다. 의자 하나 흐트러지지 않고 발자국 하나 없었다.

나는 두 손으로 머리를 감싸쥐고 중얼거렸다.

「그렇지만 나는 미치지 않았어. 분명히 들었다고……」

가장 치밀한 조사 방법으로 방 안을 하나하나 꼼꼼히 검사했다. 하지만 헛수고였다.

아니면 혹시……, 이걸로 뭔가 발견했다고 할 수 있을까? 나는 마루에 깔아놓은 작은 페르시아 양탄자 아래에서 놀이용 카드 한 장을 주웠다. 〈하트 7〉이 그려진 카드였다. 프랑스에서 보통 카드 놀이에 사용하는 다른 모든 카드들의 하트 7과 비슷했다. 그런데 약간 신기한 부분이 내 주의를 끌었다. 일곱 개의 빨간색 하트 모양의 뾰족한 끝 부분에 각각 구멍이 뚫려 있었다. 동그랗고 일정하게 펀치로 찍은 구멍이었다.

그게 다였다. 카드 한 장과 책갈피에서 나온 편지 한 장. 그 외에는 아무것도 없었다. 하지만 이 정도면 내가 꿈을 꾼 게 아니었음을 충분히 증명할 수 있지 않은가?

나는 하루 종일 응접실을 계속 조사했다. 그것은 초라한 건물과는 어울리지 않는 커다란 방이었다. 방의 장식은 만든 사람의 이상한 취향을 드러내주었다. 마루는 알록달록한 작은 조각들로 만든 모자이크로 이루어져 있는데 이 모자이크는 좌우 대칭으로 큰 그림들을 만들어냈다. 똑같은 모자이크가 화판 위에도 덮혀 있었다. 폼페이의 우화, 비잔틴 양식의 작품들, 중세의 프레스코 화들이었다. 바쿠스 신이 커다란 술통에 걸터앉아 있으며, 금관을 쓰고 수염이 하얀 황제가 오른손에 검을 들고 있었다.

위쪽에는 작업실 창문처럼 보이는 커다란 창문이 나 있었다. 이 방에 창은 이것 하나뿐이었다. 이 창은 밤에도 항상 열려 있으니 그 사람들이 사다리를 타고 여기로 들어왔을 수 있었다. 하지만 그렇다고 해도 확신할 수는 없었다. 그랬다면 틀림없이 뜰 바닥에 사다리 기둥에 눌린 자국이 남았을 텐데, 아무것도 없었다. 건물을 둘러싸고 있는 공터 풀밭에도 금방 밟힌 흔적이 있어야 정상이지만, 그렇지 않았다.

사실 경찰에 호소할 생각은 전혀 없었다. 경찰에서 사건을 진술해야 하는데 그것이 너무나 근거도 빈약하고 터무니없는 얘기였기 때문이다. 나를 비웃을 게 뻔했다. 하지만 그 이틀 후는 당시 내가 기사를 쓰던 《질 블라스》에 원고를 보내는 날이었다. 나는 머릿속을 떠나지 않는 이 일에 대해 빠짐없이 이야기했다.

그 기사가 주목을 끌기는 했다. 하지만 아무도 심각하게 받아들이지 않고, 실제 일어난 일이 아니라 공상으로 여긴다는 것을 알 수 있었다. 생마르탱 부부는 나를 조롱했다. 그래도 이런 분야에서 약간 전문가인 다스프리는 나를 찾아와서 사건에 대한 설명을 듣고 조사를 시작했다. 하지만 성과는 없었다.

그런데 그 후 어느 날 아침, 철문의 벨이 울렸다. 앙트완이 와

서, 자기 이름을 밝히지 않는 어떤 신사 분이 나를 만나고 싶어
한다고 전했다. 나는 그 사람을 올라오게 했다.

그는 사십대쯤 되었고, 머리는 짙은 갈색에 얼굴에는 활기가
넘쳤다. 그리고 낡았지만 깨끗한 옷차림에서 세련된 차림에 대한
관심을 엿볼 수 있었다. 저속한 그의 태도와는 대조적이었다.

그가 쉰 목소리로 인사도 없이 말을 꺼냈다. 억양에서 그의 사
회적 신분을 확실히 짐작할 수 있었다.

「선생님, 여행을 하던 중에 어떤 카페에서 《질 블라스》가 눈에
들어왔지요. 전 선생님의 기사를 읽었습니다. 재미있었습니
다……, 아주」

「감사합니다」

「그래서 왔습니다」

「예」

「선생님과 얘기를 하려고요. 선생님이 얘기한 게 전부 정확한
사실인가요?」

「물론 정확한 사실입니다」

「꾸며낸 얘기는 하나도 없습니까?」

「단 한 가지도」

「그러면 제가 선생님한테 알려줄 게 있는 거 같군요」

「말씀해 보십시오」

「아닙니다」

「아니라니, 어째서요?」

「말하기 전에 선생님 말이 사실인지 확인을 해야 합니다」

「어떻게 말씀입니까?」

「이 방에 혼자 있게 해주십시오」

나는 놀라서 그를 쳐다보았다.

「무슨 말씀이신지……」

「선생님 기사를 읽으면서 생각한 겁니다. 어떤 부분들이, 우연히 알게 된 다른 사건과 정말 희한하게도 딱 맞아떨어지거든요. 만약 제가 착각한 거라면 침묵을 지키는 게 낫습니다. 그걸 알 수 있는 한 가지 방법은 혼자서……」

이런 제안 뒤에 무슨 뜻이 숨어 있었을까? 남자가 그런 제안을 할 때 무척 초조해 보였고, 불안한 표정이었다는 것을 나는 나중에야 기억해 냈다. 당시에는 물론 좀 놀라기는 했지만 그의 요구에서 특별히 이상한 점은 발견하지 못했다. 그리고 또 호기심이 발동하기도 했다.

나는 대답했다.

「좋습니다. 얼마나 걸리겠습니까?」

「아! 더도 말고 3분이면 족합니다. 3분 후에 여기서 다시 만나지요」

나는 방에서 나와 아래층에서 시계를 꺼냈다. 1분이 흘렀다. 그리고 2분……. 왜 이렇게 가슴이 답답할까? 이 순간이 왜 이렇게 다른 때보다 더 엄숙하게 느껴질까?

2분 30초……, 2분 45초……. 갑자기 총성이 울렸다.

나는 몇 걸음에 계단을 뛰어올라 가서 방으로 들어갔다. 그리고 공포에 질려 나도 모르게 비명을 질렀다.

방 한가운데에 남자가 꼼짝하지 않고, 왼쪽으로 모로 누워 쓰러져 있었다. 머리에서는 뇌의 잔해와 피가 뒤섞여 흘러나왔다. 그의 주먹 옆에 놓인 권총에서는 아직 연기가 피어올랐다.

그의 몸에 한 번 경련이 일었다. 그러고는 끝이었다.

142

하지만 이 끔찍한 광경보다 더 충격적인 뭔가가 있었다. 그 때문에 나는 즉시 도와달라고 외칠 수도 없었고, 남자가 아직 살아 있는지 무릎을 구부려 확인해 볼 수도 없었다. 그에게서 두 발짝 정도 떨어진 바닥에 하트 7이 떨어져 있었던 것이다!

나는 그것을 집어들었다. 일곱 개의 빨간 하트 끝에 일곱 개의 구멍이 뚫려 있었다……

30분쯤 후에 네이이의 경찰서장이 도착했다. 연이어 법의학자와 경찰청장 뒤두이 씨가 도착했다. 나는 시체를 건드리지 않도록 조심했다. 최초의 검증을 그르칠 만한 일은 아무것도 없었다.

단 하나의 단서도 발견할 수 없었던 만큼 검증은 간단히 끝났다. 죽은 자의 주머니에는 아무런 신분증도 들어 있지 않았고, 옷이나 내의에 이름 첫 글자가 새겨져 있는 것도 아니었다. 결국 그의 신원을 밝힐 수 있는 증거는 아무것도 없었다. 방 안의 모든 것은 이전과 똑같은 상태였다. 가구들도 흐트러지지 않았고, 물건들도 오래전부터 있던 그 자리를 지키고 있었다. 하지만 이 남자가 다른 집이 아닌, 하필 내 거처를 자살하기에 가장 적당한 곳이라고 생각해서 여기까지 찾아왔을 리는 없었다. 그가 절망에 빠져 이런 행동을 결심하게 만든 동기가 틀림없이 있었다. 그리고 3분 동안 혼자 있으면서 새로 확인한 사실이 그 동기임이 분명했다.

그게 어떤 사실일까? 그는 무엇을 본 것일까? 무엇에 놀랐을까? 어떤 무시무시한 비밀을 간파한 것일까? 의문은 많지만 지금으로선 아무런 가설도 세워 볼 수가 없었다.

하지만 마지막 순간에 예상외로 꽤 흥미로운 일이 발생했다.

경찰 둘이 몸을 굽히고 시체를 들어서 들것에 옮기려고 했을 때, 그때까지 꼭 쥐어져 있던 왼손이 펴지면서 완전히 구겨진 명함 한 장이 떨어졌다.

명함에는 〈조르주 앙데르마트, 베리가 37번지〉라고 적혀 있었다.

무슨 의미일까? 조르주 앙데르마트는 파리의 대은행가이며, 프랑스 제철업을 적극 지원하는 금속업 은행의 설립자이자 은행장이었다. 그는 4두 마차와 자동차, 경주마를 소유하고 있으며 대단히 호화로운 생활을 누렸다. 그 말이 경마에 나갈 때는 많은 사람들이 몰려들었고, 그 우아함과 아름다움 때문에 앙데르마트 부인의 이름을 따서 불렀다.

「이게 죽은 자의 이름일까요?」

내가 중얼거렸다.

경찰청장이 몸을 숙여 시체를 살펴보았다.

「그 사람은 아닙니다. 앙데르마트 씨는 창백하고 머리가 희끗희끗한 사람이오」

「그러면 이 명함은 뭘까요?」

「전화가 있으십니까, 선생?」

「예. 현관에 있습니다. 제가 안내해 드리지요」

그는 전화 번호부를 뒤지더니 415-21번을 부탁했다.

「앙데르마트 씨 집에 계십니까? 뒤두이 씨가 마이요 거리 102번지로 즉시 와달라고 한다고 전해 주십시오. 급한 일입니다」

20분 후에 앙데르마트 씨가 자동차에서 내렸다. 청장은 그의 도움이 필요한 이유를 설명하고 그를 시체 앞으로 데리고 갔다.

그는 잠깐 얼굴을 찌푸리며 동요하더니 마지못해 말하는 듯이 낮은 목소리로 말했다.

「에티엔 바랭이오」

「이 사람을 아십니까?」

「아니오. 아니, 어쨌든 본 적은 있소. 그의 형이……」

「형이 있습니까?」

「그렇소. 알프레드 바랭이라고 하오. 그의 형이 전에 내게 청원을 하러 온 적이 있지요. 무슨 일이었는지는 모르겠소……」

「그는 어디 삽니까?」

「형제가 같이 살았지요. 프로방스 거리일 거요」

「이 사람이 왜 죽었는지 짐작 가는 데라도 없으십니까?」

「전혀」

「하지만 그가 손에 쥐고 있던 이 명함은? 당신의 주소가 적힌 당신 명함입니다!」

「전혀 모르겠소. 분명히 우연이었겠지요. 조사를 해 보면 알 수 있을 겁니다」

나는 어쨌든 희한한 우연이라고 생각했다. 우리 모두 똑같은 인상을 받은 듯했다.

다음날 신문 기사에서도 이런 느낌을 읽을 수 있었고, 이 사건을 친구들에게 얘기하자 모두들 마찬가지인 모양이었다. 일곱 개의 구멍이 뚫린 일곱 개의 하트라는 뜻밖의 물건이 두 번이나 발견되었고, 똑같이 이상야릇한 사건이 두 번이나 내 집을 배경으로 일어난 지금, 사건을 복잡하게 만드는 수수께끼의 한가운데에 있는 이 명함은 희미한 빛을 비춰주는 등불이나 다름없었다. 이 빛을 따라가면 진실에 다다를 수 있을 것이다.

하지만 예상과 달리 앙데르마트 씨에게서는 아무런 정보도 얻지 못했다.

그는 이렇게 다시 말했다.

「나는 내가 알고 있는 사실을 전부 말했소. 더 이상 뭘 바라시오? 내 명함이 여기서 발견되었다는 사실에 가장 놀란 사람은 바로 나요. 그리고 나도 다른 사람들과 마찬가지로 이 점이 명백히 밝혀지기를 기다리고 있소」

하지만 그 부분은 쉽사리 밝혀지지 않았다. 조사 결과, 바랭 형제는 스위스 출신이고 여러 가지 가명을 써가며 파란만장한 인생을 살았다는 점이 밝혀졌다. 그들은 도박장에 자주 드나들었고, 한 외국인 일당과 관계를 맺고 있었다. 그 외국인 일당은 경찰이 주목하고 있는 무리였다. 그들은 일련의 강도 행각을 벌인 뒤 흩어졌는데, 후에 그 사건이 그들의 소행이었음이 밝혀졌다. 바랭 형제는 6년 전 실제로 프로방스 거리 24번지에 살았는데 그후로 어떻게 되었는지는 아무도 몰랐다.

고백하건대 나로서는, 이 사건이 너무 복잡하게 얽혀 있어서 해결될 거라고 믿지 않았다. 그래서 나는 모든 걸 잊어버리려 애썼다. 이런 결심과는 달리 그 당시 나와 자주 만나던 장 다스프리는 매일 점점 더 그 일에 빠져들어 갔다.

그는 나에게 한 외국 신문에 난 소식을 특별히 알려주기도 했다. 모든 언론이 그 기사를 다시 게재했고 거기에 대해 논평을 달았다.

황제께서 참석하신 자리에서, 틀림없이 미래 해상 전투에 혁신을 가져올 잠수함을 처음으로 선보일 것이다. 그 장소는 마지막 순간까지 비밀로 남아 있다. 하지만 비밀스런 그 이름은 밝혀졌다. 그 이름은 〈하트 7〉이다.

〈하트 7〉? 우연의 일치일까, 아니면 잠수함의 이름과 우리가 얘기하던 사건 사이에 무슨 관계가 있는 것일까? 하지만 어떤 관계가 있다고 추측하기에는 너무 멀리 떨어져 있었다.

다스프리가 나에게 말했다.

「그걸 어떻게 알겠어요? 때로는 한 가지 원인에서 굉장히 다양한 결과가 생길 수도 있지요」

그리고 이틀 후에 다른 소식이 들어왔다.

곧 실험에 들어갈 잠수함 〈하트 7〉은 프랑스 기술자들이 설계했다고 한다. 그 기술자들은 모국에 지원을 간청했으나 허사였다. 그러고 나서 영국 해군 사령부에도 호소했으나 성공하지 못했다. 이 소식은 미확인 정보임을 밝히는 바이다.

나는 보통 이런 지극히 미묘한 문제에 대해서는 감히 더 얘기하지 않는 편이다. 그리고 사실 이 문제는 상당한 동요를 일으켰던 것으로 기억한다. 하지만 지금은 모든 분쟁의 위험이 멀어졌으므로 《에코 드 프랑스》의 기사를 이야기해야겠다. 그 기사는 무성한 소문을 만들어냈고 이른바 〈하트 7 사건〉에 약간의 빛을 던져주었다. 혼란스러운 빛을.

이것이 살바토르라는 자가 쓴 기고문이다.

〈하트 7 사건〉 장막의 한 끝을 벗기다. 얘기하자. 10년 전, 광산의 한 젊은 기술자 루이 라콩브가 자신의 삶과 재산을 연구에 바칠 것을 결심하고 사표를 던진 후, 마이요 거리 102번지 작은 저택에 세를 들어 살게 되었다. 그 집은 한 이탈리아 백작이 얼마

전에 지어 꾸며놓은 집이었다. 그는 로잔에서 온 바랭 형제를 알게 되었다. 형제 중 한 명은 그의 실험 준비를 돕는 조수 역할을 했고, 다른 한 명은 그에게 투자가를 찾아주었다. 이런 연유로 그는 당시 막 금속업 은행을 설립한 조르주 앙데르마트 씨와 친분을 맺게 되었다.

여러 번의 회담 끝에 앙테르마트 씨는 라콩브가 연구하고 있던 잠수함 설계도에 흥미를 갖게 되었다. 앙데르마트 씨는 발명이 최종적인 단계에 이르면 해군성에서의 실험권을 얻기 위해 자신의 영향력을 행사할 계획이었다고 한다.

루이 라콩브는 2년 동안 꾸준히 앙데르마트 저택에 드나들면서, 자기의 설계에서 개선된 부분들을 은행가에게 보여왔다. 그리고 드디어 찾고 있던 결정적인 공식을 발견해서 자기 연구에 만족하게 되자, 앙테르마트 씨에게 활동을 시작하라고 청했다.

바로 그날 루이 라콩브는 앙데르마트 저택에서 저녁 식사를 했다. 그리고 밤 열한시 반쯤 나왔다. 그 후로는 아무도 그를 보지 못했다.

당시의 신문을 읽어보면 그 젊은이의 가족은 사건을 경찰에 신고했고 검찰에서도 불안해하며 조사를 진행했다. 하지만 아무런 확증도 얻지 못했다. 결국 괴팍하고 변덕스러운 청년으로 여겨졌던 루이 라콩브가 아무에게도 알리지 않고 여행을 떠난 것이라고 결론짓는 이들이 많았다.

이 거짓말 같은 가설을 인정한다고 치자. 하지만 우리나라로서는 매우 중요한 문제가 남아 있다. 잠수함 설계도는 어떻게 되었는가? 루이 라콩브가 그것을 가져가버린 것일까? 그 설계도는 파기된 것일까?

매우 확실한 조사 결과에 따르면 그 설계도는 여전히 존재하고 있다. 바랭 형제가 그것을 손에 넣었다. 어떻게 된 것일까? 그것은 밝혀낼 수 없었다. 또 그들이 그것을 왜 팔려고 하지 않았는가에 대해서도 모르고 있다. 어떻게 그것을 손에 넣었는지 심문할까 봐 두려워한 것일까? 그렇다고 해도, 그들의 그런 두려움은 오래 가지 않았다. 이 점은 분명히 단언할 수 있다. 루이 라콩브의 설계도는 외국 열강의 소유가 된 것이다. 이 문제와 관련해서 바랭 형제와 이 나라의 대표 사이에 주고받은 서신을 폭로할 수도 있다. 실제로 우리의 이웃이 루이 라콩브가 고안해 낸 〈하트 7〉을 실현시켰다.

　　배신에 가담한 사람들의 낙관적인 예측대로 일이 진행될 것인가? 우리는 그들의 실패를 희망할 만한 근거를 가지고 있고, 사건의 결말은 기대를 저버리지 않을 것이라 생각한다.

그리고 추신이 덧붙여 있었다.

　　최신 뉴스——위에서 말한 우리의 희망이 정당한 바람이었음이 밝혀졌다. 특별한 정보를 통해 우리는 〈하트 7〉의 실험이 만족스럽지 못했음을 알게 되었다. 바랭 형제가 넘겨준 설계도에는 루이 라콩브가 실종되던 그날 저녁, 앙데르마트에게 가져갔던 최종 자료가 빠졌을 가능성이 높다. 이 자료는 설계를 전체적으로 이해하는 데 반드시 필요하며, 일종의 요약본으로서 다른 서류에 있는 온갖 측정값과 최후의 결론이 여기에 포함되어 있으리라 짐작된다. 이 자료가 없으면 설계도는 불완전하다. 또한 설계도가 없으면 이 자료는 쓸모가 없어진다.

따라서 우리에게 속한 것을 되찾기 위해 행동을 취할 시간이 아직 남아 있다. 이 일은 무척 어려운 일이며, 우리는 앙데르마트 씨의 협조를 기대하는 바이다. 처음부터 이해할 수 없는 행동을 보였던 데 대해서 그는 성의 있게 해명해야 할 것이다. 에티엔 바랭이 자살했을 때 왜 알고 있는 사실을 전부 얘기하지 않았는지, 뿐만 아니라 그가 잘 알고 있던 서류들이 사라졌을 때 왜 이를 알리지 않았는지 밝혀야 할 것이다. 추가로 6년 전에 왜 염탐꾼 둘을 고용하여 바랭 형제를 감시하게 했는지도 말해 주기 바란다.

우리는 그의 말이 아니라 행동을 기다리고 있다. 그렇지 않으면…….

노골적인 위협이었다. 하지만 위협의 내용은 무엇인가? 살바토르라는 필명으로 이 글을 쓴 기고가는 앙데르마트에 대해 어떤 위협 수단을 가지고 있는 것일까?

언론 관계자들이 은행가 주위로 구름처럼 몰려들었다. 많은 인터뷰 기자들이, 이러한 촉구에 대해 그가 경멸로 답했다고 표현했다. 그러자 《에코 드 프랑스》의 기고가는 이에 대해 이렇게 한 문장으로 응수했다.

앙데르마트 씨가 원하든 원하지 않든, 지금부터 그는 우리가 시도하는 일의 협력자가 될 것이다.

이 반격이 있던 날, 다스프리와 나는 함께 저녁을 먹었다. 그리고 밤에는 탁자에 신문을 늘어놓은 채, 사건에 대해 토론을 하며 여러 가지로 검토해 보았다. 우리는 한없이 어둠 속을 걸으면서 계속 똑같은 장애물에 부딪힐 때처럼 화가 치밀었다.

그런데 하인이 알리러 오지도 않고 벨도 울리지 않았는데 갑자기 문이 열리더니, 두꺼운 베일을 쓴 여자가 들어왔다.

나는 곧 일어나서 그녀에게 다가갔다. 그녀가 내게 말했다.

「당신이 이곳에 사는 분이신가요?」

「그렇습니다, 부인. 그런데 어떻게……」

「길 쪽으로 난 철문이 열려 있더군요」

그녀가 설명했다.

「그러면 현관문은?」

그녀는 대답하지 않았다. 나는 그녀가 뒤쪽 계단으로 돌아 들어왔으리라고 생각했다. 그렇다면 길을 알고 있었다는 말인가?

거북한 침묵이 흘렀다. 그녀는 다스프리를 쳐다보았다. 하는 수 없이 나는 사교계에서 하듯이 그를 소개했다. 그러고는 그녀에게 앉으라고 권하고 이 집을 찾아온 목적을 물었다.

그녀는 베일을 벗었다. 갈색 머리에 균형 잡힌 얼굴이었고 그리 예쁘지는 않지만 눈이 특히 매력적이었다. 그것은 진지하고 고뇌에 찬 눈이었다.

그녀가 간단히 말했다.

「나는 앙데르마트 씨의 아내예요」

「앙네르마트 부인이라고요!」

내가 그녀의 말을 되풀이했다. 점점 더 놀라운 일이었다.

다시 침묵이 이어졌다. 그러고는 그녀가 차분한 목소리와 매우 침착한 태도로 다시 말했다.

「그 일 때문에 왔어요. 제가 당신에 비해 몇 가지 좀더 아는 게 있다고 생각해서……」

「아! 저는 신문에 난 정도밖에 모릅니다. 제가 어떻게 도움을 드릴 수 있을지 분명히 말씀해 주십시오」

「모르겠어요, 모르겠어요……」

그때 나는 그녀의 침착함이 꾸며낸 것이라는 느낌을 받았다. 매우 안정되어 보이는 그녀의 태도 뒤에 숨어 있는 커다란 혼란이 느껴졌다. 우리는 서로 불편해하며 아무 말도 하지 않았다.

그런데 계속 그녀를 관찰하고 있던 다스프리가 다가와서 말했다.

「몇 가지 질문을 해도 되겠습니까, 부인?」

그녀가 외쳤다.

「아! 그래요. 그러면 제가 대답하겠어요」

「대답하신다면……, 어떤 질문이라도……?」

「어떤 질문이라도요」

그는 깊이 생각하더니 물었다.

「루이 라콩브를 아십니까?」

「예. 남편을 통해서」

「마지막으로 본 게 언젭니까?」

「우리집에서 저녁 식사를 같이하던 날이에요」

「그날 저녁, 다시는 그를 못 볼 것 같은 징조는 없었습니까?」

「없었어요. 러시아 여행에 관한 뜻을 내비치긴 했지만 아주 막연하게 얘기했을 뿐이에요!」

「그를 언제쯤 다시 만나게 될 거라고 생각하셨습니까?」

「그 다음 다음날 저녁 때요」

「라콩브 씨의 실종에 대해 짚이는 거 있으신지?」

「저는 모르겠어요」

「앙데르마트 씨는 알까요?」

「모르겠어요」

「하지만 부인……」

「거기에 대해서는 묻지 마세요」

「《에코 드 프랑스》의 기사에 따르면……」

「바랭 형제가 실종 사건과 무관하지 않다고 말하는 것 같더군요」

「부인 생각도 그렇습니까?」

「예」

「무슨 근거로 그렇게 확신하십니까?」

「우리집에서 떠날 때, 루이 라콩브는 그 설계와 관련된 서류가 모두 들어 있는 가방을 가지고 있었어요. 이틀 후에 바랭 형제들 중 지금 살아 있는 한 명과 남편이 만났어요. 남편은 그때, 그 서류들이 두 형제의 손에 있다는 증거를 얻었어요」

「그 사실을 외부에 알리지 않았습니까?」

「예」

「왜죠?」

「가방 안에는 루이 라콩브의 서류 말고도 다른 것이 들어 있었기 때문이에요」

「그게 뭡니까?」

그녀는 머뭇거리다가 대답을 할 듯했으나 결국 침묵을 지켰다. 다스프리가 계속했디.

「그러니까 부군께서는 그것 때문에 경찰에 알리지 않고 두 형제를 감시하게 한 것이군요. 서류와 함께 그 무언가를……, 자신에게 해로울 수 있는 그 무언가를 되찾고 싶었던 겁니다. 두 형제는 그것을 미끼로 부군을 협박했겠군요」

「남편과……, 저를요」

「아! 부인도 협박했습니까?」

「특히 저를 협박했어요」

이 세 마디를 말할 때 그녀의 목소리는 거의 들릴락 말락했다. 다스프리는 그녀를 가만히 지켜보고는 몇 발짝 서성이다가 다시 그녀에게 돌아왔다.

「루이 라콩브에게 편지를 쓰셨습니까?」

「물론이에요……. 남편은 그와……」

「공적인 편지 말고, 루이 라콩브에게 다른 편지들을 보내지 않으셨습니까? 꼬치꼬치 캐묻는 것을 양해해 주십시오. 하지만 모든 진실을 파악하기 위해 꼭 필요하기 때문입니다. 다른 편지를 쓰셨습니까?」

그녀는 얼굴을 붉히며 중얼거리듯 말했다.

「예」

「바랭 형제가 가지고 있던 게 그 편지들이었습니까?」

「예」

「그러니까 앙데르마트 씨도 그것의 존재를 아시는군요」

「보지는 못했어요. 알프레드 바랭이 남편에게 그런 것이 있다고 알렸고, 자기들에게 불리한 행동을 하면 그것을 세상에 알리겠다고 위협했어요. 남편은 두려워했고……, 추문에 휘말릴까 봐 뒤로 물러선 것이죠」

「하지만 그 편지들을 빼내기 위해서 모든 방법을 다 동원해 보았겠지요」

「남편은 모든 방법을 다 썼어요……. 적어도 제 추측으로는 그래요. 실은 알프레드 바랭과 마지막으로 만나고 나서, 그 일에 대해 저한테 심하게 몇 마디 한 이후로는 한번도 저랑 속 얘기를 나눈 적이 없거든요. 우리는 남남처럼 살았어요」

「그렇다면, 부인께서 더 이상 잃을 것이 없다면 무엇을 두려워 하시는 겁니까?」

「남편이 지금은 아무리 저에게 무관심하다 하더라도, 남편은 저를 사랑했었고 아마 계속 그럴 수 있었을 거예요……. 저는 알 수 있어요. 남편이 그 저주받을 편지들을 가로채지만 않았어 도……」

「뭐라고요! 그럼 부군께서 결국 성공하셨다는 뜻인데……. 그 렇다면 두 형제가 경계를 게을리 했습니까?」

「네. 확실한 비밀 장소를 알고 있다고 큰소리만 친 것 같아요」

「그래서요?」

「하지만 남편이 그 비밀 장소를 찾았다고 믿을 만한 이유가 있 어요」

「계속해 보십시오! 그 장소는 어디였습니까?」

「여기예요」

나는 소스라치게 놀랐다.

「여기라고요?」

「예. 저는 항상 이곳을 수상히 여겼어요. 기발한 생각을 잘 하 고 기계 장치에 빠져 있던 루이 라콩브는 한가한 시간이면 금고 나 자물쇠 제작을 좋아했어요.. 바랭 형제가 후에 이런 비밀 장소 들 중 하나를 발견하고 편지랑……, 아마도 다른 물건들을 거기 에 숨긴 게 틀림없어요」

내가 소리쳤다.

「하지만 그들은 여기에 살지 않았잖습니까?」

「선생님이 오시기 4개월 전에 이 건물에는 입주자가 없었어요. 그들이 여기에 왔을 수 있죠. 그리고 그들은 언젠가 그 서류들을 다시 꺼낼 필요가 있을 때 선생님이 별로 방해가 되지 않을 거라고 생각했겠지요. 그런데 그들은 남편을 고려하지 않았던 거예요. 남편은 6월 22일 밤에서 23일 사이에 금고를 부수고 찾던 물건을 꺼냈어요. 그리고 명함을 남겨두었죠. 더 이상 그들을 두려워할 필요가 없고 이제 상황이 역전되었다는 것을 두 형제에게 알리려고 말이에요. 이틀 뒤, 《질 블라스》를 통해 그 사실을 알게 된 에티엔 바랭은 급히 선생님 댁을 찾아왔죠. 그리고 응접실에 혼자 남아서 금고가 비어 있는 것을 발견하고는 자살한 거예요」

잠시 후 다스프리가 물었다.

「그건 단순한 가정이지요, 그렇지 않습니까? 앙데르마트 씨는 부인께 아무 얘기도 안 하셨지요?」

「예. 안 했어요」

「부인에 대한 부군의 태도가 바뀌지는 않았습니까? 더 침울해 보인다거나 고민스러워 보이지 않았습니까?」

「아니에요」

「그런데 부인은 부군께서 그 편지들을 찾았을 거라고 확신하시는 겁니까? 제 생각에 부군께서는 편지를 찾지 못했습니다. 여기 들어왔던 건 부군이 아닙니다」

「그러면 누구죠?」

「신비에 싸인 어떤 인물입니다. 그는 이 사건을 지휘하고 있으며 사건의 모든 결과물을 손에 쥐고, 어떤 목표를 향해 사건을 몰아가고 있습니다. 우리는 복잡하게 얽힌 실타래를 통해 그 목표를 어렴풋이 예상해 볼 뿐이죠. 이 불가사의한 인물이 처음부

156

터 명백하게 절대적인 영향력을 행사하고 있었음을 느낄 수 있습니다. 6월 22일 밤 이 저택에 들어온 것도, 금고를 발견한 것도, 앙데르마트 씨의 명함을 남겨놓고 바랭 형제가 배신했다는 증거물과 그 편지들을 가져간 것도 바로 그 사람과 그의 친구들입니다」

「그가 누구지?」

참지 못하고 내가 끼어들었다.

「《에코 드 프랑스》의 그 기고가이지요. 그렇고말고요. 바로 살바토르 그 사람입니다! 뚜렷한 증거가 있지 않습니까? 그가 사설에서, 두 형제의 비밀을 간파한 사람만이 알 수 있는 자세한 내용을 밝히고 있지 않습니까?」

앙데르마트 부인이 두려운 목소리로 더듬더듬 말했다.

「그가 내 편지들도 가지고 있는 거라면 이번에는 남편을 협박하고 있겠군요! 아! 어쩌면 좋아요!」

다스프리가 분명하게 말했다.

「편지를 쓰는 겁니다. 그에게 솔직하게 털어놓으세요. 부인이 알고 있는 모든 것과 알려줄 수 있는 모든 사실을 그에게 얘기하십시오」

「무슨 말씀이세요!」

「부인과 그 사람의 관심사는 똑같습니다. 그가 살아남은 바랭 형제와 맞서게 될 것은 확실합니다. 그는 앙데르마트 씨가 아니라 알프레드 바랭을 향해 무기를 준비할 겁니다. 그를 도와주십시오!」

「어떻게요?」

「루이 라콩브의 설계도를 완성시키고 활용할 수 있게 만들어

줄 그 자료를 부군께서 가지고 계십니까?」

「예」

「살바토르에게 이를 알리십시오. 필요한 경우에는 그 자료를 구해 주십시오. 간단히 말해서 그와 서신을 교환하십시오. 무엇을 걱정하십니까?」

대담하고 언뜻 보기에는 위험하기까지 한 충고였다. 하지만 앙데르마트 부인에게는 선택의 여지가 없었다. 게다가 다스프리가 말했듯이 두려워할 것이 뭐가 있겠는가? 그 미지의 인물이 적일지라도 이런 교섭이 사태를 더 악화시킬 수는 없었다. 한편으로 그가 특별한 목적을 추구하는 이방인이라면, 그 편지들은 그에게 별 중요한 의미가 없을 것이다.

어쨌든 괜찮은 생각이었고 혼란에 빠져 있던 앙데르마트 부인은 무척 기뻐했다. 그녀는 우리에게 진심으로 고마워했으며 앞으로의 일을 알려주겠다고 약속했다.

이틀 후, 정말로 그녀는 답장으로 받은 짧은 글을 우리에게 보내왔다.

편지는 없었소. 하지만 내가 그것을 찾게 될 테니 걱정 마시오. 나는 모든 일에 주의를 기울이고 있소. S로부터.

나는 종이를 집어들었다. 6월 22일 밤 내 침대께, 책 속에 끼어 있던 쪽지와 같은 글씨체였다.

다스프리가 옳았다. 살바토르가 이 사건의 주체였다.

우리를 둘러싸고 있는 짙은 어둠에 한 줄기 서광이 비치기 시작했음을 느낄 수 있었다. 그리고 뜻밖의 빛이 몇몇 문제들을 밝혀주었다. 하지만 현장에서 발견한 두 장의 하트 7 같은 다른 문제들은 여전히 암흑 속에 남아 있었다. 그토록 혼란스러운 상황에서 발견했던 구멍 뚫린 일곱 개의 작은 하트는 강렬한 인상을 남겼고, 필요 이상으로 그 일에 마음이 쓰여 나는 항상 그 문제에서 떠날 수가 없었다. 이 연극에서 카드의 역할은 무엇일까? 어느 정도 중요한 의미가 있는 걸까? 루이 라콩브의 설계도에 따라 제작한 잠수함의 이름이 〈하트 7〉이라는 사실에서 어떤 결론을 끌어낼 수 있을까?

다스프리는 그 카드 두 장에는 거의 신경을 쓰지 않았으며 다른 문제를 연구하는 데 열중했다. 그에게는 그 문제의 해결이 더 급박해 보였다. 그는 지칠 줄 모르고, 앞에서 언급한 비밀 장소를 찾고 있었다.

그가 말했다.

「살바토르가 아마도, 부주의해서 발견하지 못했던 편지들을 제가 찾을 수 있을지도 모르지요. 바랭 형제는 자기들이 가지고 있는 무기의 엄청난 가치를 알고 있었고, 그 장소에 다른 사람은 접근할 수 없다고 단정할 테니까 그것을 빼갔을 리가 거의 없습니다」

그리고 그는 계속해서 찾았다. 그 커다란 방에서 그가 뒤지지 않은 부분은 하나도 없었고, 수색의 범위는 건물의 다른 방들까지 넓혀졌다. 집 안쪽과 바깥쪽을 모두 탐색했고 돌 하나, 벽돌 하나까지 모두 조사했다. 기왓장도 들어보았다.

그리고 어느 날 그는 곡괭이와 삽을 들고 나타났다. 나에게 삽을 넘겨 주더니 그는 곡괭이를 들고 공터를 가리켰다.

「시작해 봅시다」

나는 별 열의 없이 그를 따라나섰다. 그는 공터를 몇 부분으로 나누더니 차례차례 검사해 나갔다. 그러다가 이웃에 있는 두 저택 사이의 모퉁이에서 발견한, 가시덤불과 잡초로 뒤덮인 석재 더미와 자갈 무더기가 그의 주의를 끌었다. 그리고 그것을 파헤치기 시작했다.

나는 그를 도왔다. 땡볕 아래에서 한 시간 동안 고생했지만 허사였다. 그런데 우연찮게도 좀 떨어져 있던 돌무더기를 헤치고 땅을 파던 다스프리의 곡괭이 끝에서 해골이 드러났다. 사람의 유골이었다. 주위에는 아직 옷 조각이 남아 있었다.

나는 갑자기 창백해졌다. 작은 철판이 땅에 묻혀 있었던 것이다. 그것은 직사각형으로 잘려 있었는데 붉은 얼룩이 져 있었다. 나는 몸을 구부렸다. 바로 그 물건이었다. 철판의 크기는 놀이용 카드 정도였고 군데군데 칠이 벗겨져 있었다. 조그맣게 남아 있는 붉은 얼룩은 모두 일곱 개였으며, 하트 7의 무늬처럼 배열되어 끝에는 각각 구멍이 뚫려 있었다.

「이봐, 다스프리. 이 사건은 이제 진저리가 나네. 자네가 흥미를 느낀다면 자네에게는 잘됐군. 나는 그만 빠지겠네」

충격을 받은 것일까, 아니면 너무 강렬한 태양 아래서 작업을 하느라 지쳤던 것일까? 어쨌든 나는 그날 비틀거리며 집에 돌아가 침대에 누운 채 이틀 동안 고열에 시달렸다. 머릿속에서는 해골들이 끊임없이 내 주위에서 춤을 추며 핏빛 심장을 서로에게 던졌다.

다스프리는 열심이었다. 그는 매일 나를 찾아와 서너 시간씩

160

큰 방을 구석구석 뒤지고 두드리며 보냈다.

그리고 때때로 내게 와서 말했다.

「편지는 이 방에 있습니다. 분명히 여기 있어요. 그렇지 않으면 손가락에 장을 지져도 좋습니다」

나는 화가 나서 대답했다.

「날 좀 가만 내버려두게」

세번째 날 아침, 나는 아직 기운이 없긴 했지만 그래도 조금 회복되어 일어날 수 있었다. 점심 식사를 잘 차려먹고 나니 더욱 기운이 났다. 결정적인 것은 다섯시경에 온 속달 우편 하나였다. 이 우편을 보고, 난 완전히 정상으로 돌아왔다. 어쨌든 그 일이 다시 호기심을 정통으로 자극한 것이다.

속달 우편의 내용은 다음과 같았다.

선생. 이 연극은 6월 22일 밤에서 23일 사이에 제1막이 시작되었지요. 이제는 결말을 향해 가고 있소. 어쩔 수 없는 상황으로 인해 이 연극의 두 주인공을 서로 대면시켜야 하오. 당연히 그 장소는 선생의 집이어야 하기에, 오늘 저녁 내게 거처를 좀 빌려주시면 대단히 감사하겠소. 아홉시부터 열한시까지 하인들은 멀리 보내는 게 좋을 거요. 당신의 소유물에 대해서는 내가 철저히 존중하고 매우 조심스럽게 다룬다는 사실을 6월 22일 밤과 23일 사이에 이미 깨달았겠지요. 이 글을 보내는 사람에 대해, 선생이 절대적으로 비밀을 지키리라는 사실에 단 한순간이라도 의심이 든다면 선생을 부당하게 다루게 될 지도 모르오. 삼가 아뢰며 살바토르.

편지의 어조는 정중하면서도 빈정거리는 투였고, 여기 담긴 요구는 너무나 재미있고 기발했다. 그 무례함은 아주 매력적이었으며 내가 동의하리라고 정말 확신하는 모양이었다! 나는 무슨 일이 있어도 그를 실망시키고 싶지 않았고, 그가 이렇게 비밀을 털어 놓는 데 신뢰를 배반하는 일도 내키지 않았다.

나는 하인들에게 극장의 좌석을 마련해 주었고, 여덟시에 모두들 집에서 나갔다. 그때 막 다스프리가 도착했다. 나는 그에게 우편물을 보여주었다.

그가 말했다.

「그래서요?」

「그래서 정원의 철문을 열어두었지. 그들이 들어올 수 있도록」

「그럼 밖으로 나갈 겁니까?」

「그럴 수는 없지!」

「하지만 그러길 요구하는데……」

「비밀을 지키라고 요구한 거지. 물론 비밀을 지킬 거야. 하지만 무슨 일이 일어나는지 보고 싶어 죽겠다고」

다스프리는 웃기 시작했다.

「정말 그 말이 맞습니다. 저도 남아 있어야겠습니다. 지루하지는 않겠군요」

그때 벨소리가 그의 말을 가로막았다.

그가 중얼거렸다.

「그들이 벌써 온 겁니까? 20분이나 일찍? 그럴 리는 없을 텐데」

나는 현관에서 줄을 잡아당겨 철문을 열었다. 여자의 윤곽이 정원을 가로질러 왔다. 앙데르마트 부인이었다.

그녀는 몹시 당황한 듯싶었다. 숨을 헐떡이면서 중얼거렸다.

「남편이……, 오고 있어요. 약속이 있어요……. 누가 편지를 보냈어요……」

내가 물었다.

「부인께서 어떻게 아십니까?」

「우연히. 저녁 식사 시간에 남편이 전갈을 받았어요」

「속달 우편이었습니까?」

「전화로요. 하인이 실수로 내게 전달했어요. 남편이 곧 빼앗았지만, 늦었지요. 이미 읽었거든요」

「부인께서 읽으셨군요……」

「대강 이런 내용이었어요. 〈오늘 저녁 아홉시에 관련 서류를 가지고 마이요 거리로 오시오. 대신 편지를 주겠소.〉 저녁 식사 후에 제 방으로 올라갔다가 나온 거예요」

「부군께서는 모르십니까?」

「예」

다스프리는 나를 바라보았다.

「어떻게 생각하십니까?」

「자네 생각이랑 같네. 앙데르마트 씨가 부름을 받은 두 적수 중 한 사람이야」

「누가, 왜 불러냈을까요?」

「바로 그것을 이제 보게 되겠지」

나는 그들을 커다란 방으로 안내했다.

우리 셋은 벽난로 선반 밑으로 들어가 벨벳 벽걸이 천 뒤에 숨어 자리를 잡았다. 앙데르마트 부인이 우리 둘 사이에 앉았다. 휘장의 틈 사이로 방 전체가 눈에 들어왔다.

아홉시가 울리고 몇 분 후, 정원의 철문이 끼익 소리를 냈다.

솔직히 좀 불안하긴 했지만 열에 들뜬 듯이 몹시 흥분되었다.

수수께끼의 해답을 알게 될 순간이었다! 지난 몇 주 간 내 앞에서 벌어진 뜻밖의 파란만장한 사건이 마침내 그 진정한 의미를 드러내려는 중이었다. 그리고 바로 내 눈앞에서 전투가 벌어지려 하고 있었다.

다스프리가 앙데르마트 부인의 손을 잡고 나직이 말했다.

「절대로 움직이시면 안 됩니다! 무슨 소리를 듣거나 무엇을 보더라도 침착해야 합니다」

누군가가 들어왔다. 에티엔 바랭과 너무나 꼭 닮아서 곧바로 그를 알아볼 수 있었다. 그의 형 알프레드였다. 무거운 발걸음이나 수염이 더부룩한 흙빛 얼굴도 똑같았다.

방으로 들어오는 그는 약간 불안해 보였다. 늘 주위에 복병이 있을까 걱정하며 냄새를 맡아보고 피해 가는 게 습관이 된 사람 같았다. 그는 방 안을 한눈에 둘러보았다. 벨벳 휘장이 드리워진 이 벽난로가 마음에 안 드는 모양이었다. 그는 우리 쪽으로 세 발짝 걸어왔다. 하지만 무슨 생각이 들었는지 방향을 바꾸었다. 그는 벽 쪽으로 돌아가서 모자이크 속, 수염이 하얗고 빛나는 검을 들고 있는 왕 앞에 멈추어섰다. 그리고 오랫동안 그것을 살펴보더니 의자 위로 올라가서는 손가락으로 어깨와 얼굴의 윤곽을 따라가면서 그림의 일부를 만져보았다. 그러다가 갑자기 의자에서 뛰어내려 벽에서 물러섰다. 발자국 소리가 울렸다. 문간에 앙데르마트 씨가 나타났다.

은행가가 놀라서 소리를 질렀다.

「자네가! 나를 부른 게 자네였나?」

동생의 목소리를 떠올리게 하는 쉰 목소리로 바랭이 반박했다.

「나라고? 절대 아니오. 나를 부른 건 당신의 편지였소」

「내 편지?」

「당신 서명이 있는 편지요. 나에게……」

「나는 자네에게 편지를 쓴 적이 없어」

「편지를 쓰지 않았다고!」

바랭은 본능적으로 경계 태세를 취했다. 은행가에 대해서가 아니라 자신을 함정으로 유인한 미지의 적에 대해서였다. 그의 시선이 다시 한번 우리 쪽을 향했다. 그리고 재빨리 문 쪽으로 걸어갔다.

앙데르마트 씨가 그의 길을 가로막았다.

「어떻게 하려는 건가, 바랭?」

「여기에는 기분 나쁜 음모가 숨어 있소. 나는 가리다. 안녕히 계시오」

「잠깐!」

「이봐요, 앙데르마트 씨. 고집 부리지 마시오. 우리는 서로 할 말이 없소」

「우리는 서로 할말이 많아. 그리고 이번이 아주 좋은 기회야……」

「나가게 해주시오」

「아니, 안 돼. 나갈 수 없네」

은행가의 단호한 태도에 위압감을 느낀 바랭은 뒤로 물러섰다. 그리고 중얼거리며 말했다.

「좋소. 빨리 하시오. 얘기가 끝이 날지 모르겠지만!」

한 가지 놀라운 점이 있었다. 다른 두 사람도 틀림없이 똑같은 실망을 느끼고 있으리라. 어째서 살바토르는 나타나지 않을까? 그들을 중재하려는 자신의 계획에 그는 참석하지 않는 걸까? 은행가와 바랭 두 사람이 대면하는 것으로 충분하다고 생각했을까?

정말 혼란스러웠다. 이 만남은 그가 계획하고 원한 것이었다. 하지만 살바토르의 부재로 이 일련의 획책은 운명의 준엄한 명령에 따라 일어난 사건들처럼 비극적으로 보였다. 이 두 사람을 맞부딪치게 한 힘은 그만큼 그들 외부에 있는 것이었다.

잠시 후, 앙데르마트 씨가 바랭에게 다가갔다. 얼굴을 정면으로 마주하고 눈과 눈이 마주쳤다.

「이제 세월이 많이 흘렀고 겁낼 것도 없으니 내게 솔직히 대답해 주게, 바랭. 루이 라콩브를 어떻게 했나?」

「그게 질문이라니! 그가 어떻게 되었는지 내가 알 거라는 말이오?」

「자네는 알고 있어! 알고 있고말고! 자네와 자네 동생은 분명 그의 행방과 관련되어 있어. 자네들은 그의 집에서 살다시피 했으니까. 지금 우리가 있는 바로 이 집 말일세. 자네들은 그의 작업과 계획에 대해 전부 알고 있었어. 그리고 그 마지막 날 밤, 내가 그를 문 앞까지 데려다주었을 때, 나는 두 그림자가 어둠 속으로 피하는 것을 보았네. 장담할 수 있어」

「그것을 장담한다 치면, 그 다음에는?」

「그 그림자는 자네와 자네 동생이었네, 바랭」

「증명해 보시오」

「그로부터 이틀 뒤에 라콩브의 가방에서 빼낸 서류와 설계도를 자네들이 직접 내게 보여주면서 팔겠다고 제의했지. 그게 가장 훌륭한 증거네. 이 서류가 어떻게 자네들 손에 들어갔겠는가?」

「그 얘기는 이미 했소, 앙데르마트 씨. 루이 라콩브가 사라지고 난 다음날 아침, 그의 책상에서 그것을 발견했소」

「그건 사실이 아니야」

「증명해 보시오」

「경찰에서 증명할 수 있을걸세」

「당신은 왜 경찰에 도움을 청하지 않았소?」

「왜냐고? 아! 왜……」

그는 입을 다물었다. 얼굴이 어두워졌다. 바랭이 다시 말했다.

「생각해 보시오, 앙데르마트 씨. 당신에게 조금이라도 확신이 있었다면 우리의 그 사소한 협박이 당신을 막지는……」

「어떤 협박 말인가? 편지? 내가 그 이야기를 잠시라도 믿었을 것 같은가?」

「편지에 대한 얘기를 믿지 않았다면 왜 그것을 되찾기 위해 우리에게 수천 프랑을 제의했소? 짐승 몰 듯 우리를 추격한 건 또 뭐요?」

「설계도에 집착하고 있었고 그것을 찾기 위해서였네」

「그럴 리 없지! 편지 때문이었소. 일단 편지를 손에 넣고 나면 우리를 고발했겠지. 천만에! 나는 절대 그것을 내놓지 않소」

그는 웃음을 떠뜨리다가 갑자기 멈추었다.

「더 이상 못 참겠군. 똑같은 말을 되풀이해 봐야 소용없소. 우리는 항상 앞으로 나가지 못하고 제자리에서만 맴돌 거요」

은행가가 말했다.

「제자리에서만 맴돌지 않을걸세. 자네가 편지에 대해 얘기한 이상, 그것을 돌려주기 전에는 여기서 못 나가」

「나가겠소」

「아니, 안 되네」

「이봐요, 앙데르마트 씨. 내가 충고하는데……」

「여기서 나갈 수 없어」

「두고보시오」

바랭이 너무 격한 어조로 말하는 바람에 앙데르마트 부인의 입에서 조그맣게 비명이 새어나왔다. 그가 기어이 강제로 지나가려고 하는 것을 보니 이 소리를 들었음이 틀림없었다. 앙데르마트 씨가 난폭하게 그를 떼밀었다. 그러자 바랭의 손이 웃옷 주머니 속으로 재빨리 들어갔다.

「마지막 경고요!」

「먼저 편지를 내놔」

바랭이 권총을 꺼내 앙데르마트 씨를 겨눴다.

「알겠소, 모르겠소?」

은행가는 급히 몸을 굽혔다.

총성이 터져나왔다. 무기는 땅에 떨어졌다.

나는 어안이 벙벙했다. 바로 내 옆에서 총소리가 터져나온 것이다! 권총을 쏘아 알프레드 바랭의 손에서 무기를 떨어뜨린 사람은 바로 다스프리였다!

그는 갑자기 두 적수 사이에 서서, 바랭을 마주보며 냉소를 지었다.

「이봐, 당신 운이 좋았군. 더럽게 운이 좋았어. 손을 겨냥했는데 권총이 맞았으니 말야」

둘 다 어리둥절하여 꼼짝 않고 다스프리를 지켜보았다. 그가 은행가에게 말했다.

「남의 일에 끼어들어서 죄송합니다. 하지만 당신은 게임에 너무 서투르시군요. 제가 패를 쥐게 해주시지요」

그러고는 다른 쪽으로 고개를 돌려 말했다.

「이제 우리 둘이군, 친구. 제발 오래 끌지 말자고. 카드 패는 하트네. 나는 7을 내지」

그는 일곱 개의 빨간 표시가 있는 철판을 바랭의 코앞에 들이밀었다. 나는 지금껏 누군가가 그토록 혼비백산하는 모습은 본 적이 없었다. 자기 앞에 놓인 카드를 보자, 바랭의 얼굴은 새파랗게 질렸고 눈은 휘둥그레졌으며 표정은 공포로 일그러졌다. 마치 정신을 잃은 사람 같았다.

그가 더듬거리며 물었다.

「당신은 누구요?」

「벌써 말하지 않았나. 남의 일에 끼어든 사람이라고……. 그것도 철저히 끼어든 사람이지」

「원하는 게 뭐요?」

「당신이 가져온 것 전부」

「나는 아무것도 가져오지 않았소」

「아니, 가져왔어. 그렇지 않으면 여기 오지도 않았을 거야. 오늘 아침 당신은 아홉시까지 여기로 나오라는 전갈을 받았지. 그 편지에는 당신이 가지고 있는 모든 서류를 지참하라는 명령이 있었어. 그리고 당신은 여기 나타났지. 서류는 어디 있나?」

나는 다스프리의 권위적인 목소리와 태도에 어리둥절했다. 평소엔 온화하고 태평한 사람이었는데 지금은 완전히 딴판이었다.

그러자 바랭은 아주 고분고분해져서 자기의 한쪽 주머니를 가리켰다.

「서류는 여기 있소」

「모두 다 있나?」

「그렇소」

「루이 라콩브의 가방에서 발견한 것과 폰 리벤 소령에게 판 것 모두?」

「그렇소」

「사본인가 원본인가?」

「원본이오」

「얼마를 원하나?」

「1만」

다스프리는 웃음을 터뜨렸다.

「미쳤군. 소령은 2천 프랑밖에 주지 않았어. 괜히 돈만 날렸지. 실험은 결국 실패했으니」

「설계도를 제대로 사용할 줄 몰랐던 거요」

「설계도가 불완전한 거지」

「그러면 당신은 왜 요구하시오?」

「필요하니까. 5천 프랑을 주겠다. 그 이상은 한푼도 안 돼」

「1만 프랑이오. 그 이하로는 싫소」

「좋아」

다스프리는 앙데르마트 씨에게 돌아왔다.

「수표에 서명해 주시지요」

「하지만……, 가지고 있지 않아서……」

「수표책 말씀이십니까? 여기 있습니다」

얼이 빠진 앙데르마트 씨는 다스프리가 내미는 수표책을 만져 보았다.

「이건 분명 내 거요. 어떻게 된 거지?」

「부탁이니 쓸데없는 말은 그만둡시다. 당신은 서명만 하면 됩니다」

은행가는 만년필을 꺼내어 서명했다. 바랭이 손을 내밀었다.

170

다스프리가 말했다.

「손대지 마! 아직 안 끝났어」

그리고 다시 은행가에게 말했다.

「당신이 원하는 게 편지였죠?」

「그렇소. 편지 꾸러미요」

「바랭, 어디 있지?」

「나는 가지고 있지 않소. 그건 내 동생이 맡았소」

「그것은 여기, 이 방에 숨겨져 있어」

「그러면 어디 있는지 당신이 알겠구려」

「내가 어떻게 알지?」

「당연하지. 그 비밀 장소를 찾은 게 당신 아니었소? 당신도……, 살바토르만큼 훤히 알고 있는 것 같은데」

「편지는 그 비밀 장소에 없어」

「거기에 있소」

「그럼 열어보게」

바랭은 의심의 눈초리로 바라보았다. 모든 단서가 가리키듯이 정말로 다스프리와 살바토르가 같은 사람일까? 만약 그렇다면 그가 이미 알고 있을 비밀 장소를 가르쳐주어도 위험할 게 없었다. 설사 그렇지 않다 해도…….

「열어보게」

다스프리가 다시 재촉했다.

「나는 하트 7이 없소」

「자, 여기 있네」

다스프리는 말하면서 철판으로 된 카드를 내밀었다.

바랭은 공포에 질려 뒤로 물러섰다.

「싫소……, 싫어……. 나는……」

「상관없어」

다스프리는 흰 수염이 난 늙은 왕 앞으로 걸어가서, 의자에 올라가 하트 7을 검의 아래쪽 날 밑에 가져다대고 철판의 가장자리가 검의 가장자리와 정확히 일치하도록 했다. 그러고 나서 일곱 개의 하트 끝 부분에 뚫려 있는 일곱 개의 구멍에 차례로 송곳을 밀어넣어 모자이크 돌 일곱 개를 눌렀다. 모든 돌이 깊숙이 박히자 잠금 장치가 벗겨졌고 왕의 상반신 전체가 돌아가면서 커다란 입구를 드러냈다. 그곳은 철로 된 내장재와 번쩍이는 강철 선반을 갖춘 금고로 개조되어 있었다.

「잘 봐, 바랭. 금고는 비어 있어」

「정말이군. 그렇다면 동생이 편지를 꺼냈을 거요」

다스프리는 그 남자 쪽으로 돌아와서 말했다.

「나랑 머리 싸움 하려고 하지 마. 또다른 비밀 장소가 있지? 어딘가?」

「그런 건 없소」

「바라는 게 돈인가? 얼마나?」

「1만」

「앙데르마트 씨, 이 편지가 당신에게 그만큼의 가치가 있소?」

「그렇소」

은행가가 큰 목소리로 말했다.

바랭은 금고를 닫고 눈에 띄게 내키지 않는 기색을 보이며 하트 7을 집어서 검의 날 밑, 똑같은 장소에 가져다대었다. 이어서 일곱 개의 하트 끝을 송곳으로 두드렸다. 잠금 장치가 다시 벗겨졌다. 그런데 이번에는 뜻밖에도 금고의 일부가 돌아갔고 두꺼운

172

큰 금고문 안에 또다른 작은 금고가 있었다.

편지 꾸러미는 끈으로 묶여서 거기 숨겨져 있었다. 바랭이 그 것을 다스프리에게 건넸다. 다스프리가 물었다.

「수표는 준비되었나요, 앙데르마트 씨?」

「그렇소」

「루이 라콩브에게 받은 최종 자료도 가지고 계십니까? 그게 있어야 잠수함 설계도가 완성되지요」

「그렇소」

거래가 이루어졌다. 다스프리는 자료와 수표를 받고 앙데르마트 씨에게 편지 꾸러미를 넘겨주었다.

「여기, 당신이 찾던 물건이오」

은행가는 잠시 머뭇거렸다. 그토록 악착같이 찾으려 했던 이 끔찍한 물건에 손을 대기 두려운 모양이었다. 그러다가 신경질적으로 꾸러미를 휙 낚아챘다.

나는 옆에서 탄식 소리를 듣고 앙데르마트 부인의 손을 잡아주었다. 손은 얼음장처럼 차가웠다.

다스프리가 은행가에게 말했다.

「우리 얘기는 끝났소. 아! 감사 인사는 필요 없소. 단지 우연히 당신에게 도움이 된 것뿐이니까」

앙데르마트 씨는 자리를 떠났다. 자기 부인이 루이 라콩브에게 쓴 편지를 가지고.

다스프리가 매우 기뻐하며 소리쳤다.

「모든 것이 놀랍도록 멋지게 해결되었군. 이봐, 우리 일만 끝맺으면 되겠네. 서류를 가지고 있나?」

「여기 전부 있소」

다스프리는 받은 물건을 확인하고 주의 깊게 살펴보더니 주머니 속에 넣었다.

「훌륭해. 약속은 지키는군」

「그런데……」

「그런데 뭐?」

「수표 두 장은? 내 돈……」

「이런, 이 친구야. 당신 참 뻔뻔하기도 하군. 뭐라고! 감히 돈을 요구하다니!」

「당연히 받을 것을 요구하는 것뿐이오」

「훔친 서류에 대해서 대가를 지불해야 된다?」

남자는 몹시 흥분한 듯이 보였다. 분노로 몸을 떨고 눈은 붉게 충혈되었다. 그가 더듬거렸다.

「내 돈 2만 프랑……」

「당치도 않아. 이 돈은 내가 쓴다」

「내 돈!」

「이봐, 이치에 맞게 생각을 좀 하라고. 그리고 칼은 얌전히 내려놓아」

그는 갑자기 바랭의 팔을 움켜쥐었다. 이내 바랭이 괴로운 비명을 질렀다. 다스프리가 이어서 말했다.

「여기서 썩 꺼져! 바람을 좀 쐬는 게 좋을 거야. 내가 데려다 줘야 하나? 함께 공터로 나가서 자갈 무더기 아래 무엇이 있는지 보여줄까?」

「거짓말! 거짓말이야!」

「아니, 사실이다. 일곱 개의 붉은 점이 있는 이 철판은 거기서 나온 거지. 이것은 계속 루이 라콩브 옆에 있었어. 기억 나나? 당신과 동생이 시체와 함께 땅에 묻었지……. 그리고 다른 물건들도 말이야. 법원에서 굉장히 흥미로워 할걸세」

바랭은 화가 나서 손으로 얼굴을 가렸다. 그러고 나서 말했다.

「좋아. 내가 졌소. 더 이상 얘기하지 맙시다. 그런데 한 가지, 딱 한 가지 알고 싶은 게 있소」

「말하게」

「금고 안에, 둘 중 더 큰 쪽의 금고 안에 상자가 있지 않았소?」

「그랬지」

「22일 밤에서 23일 사이에 당신이 여기 왔을 때, 상자가 거기 있었단 말이오?」

「그랬지」

「그 안에는?」

「바랭 형제가 넣어둔 물건이 다 있었지. 자네들이 사방팔방에서 구한 다이아몬드와 진주, 꽤 훌륭한 보석 수집품이더군」

「그래서 당신이 가졌소?」

「물론이지! 내 입장이 되어보라고」

「그러면……, 그 상자가 사라진 것을 확인하고 동생이 자살한 거요?」

「아마도. 폰 리벤 소령과 주고받은 편지가 사라진 깃도 한몫했겠지. 그런데 그 상자의 행방이 나에게 묻고 싶은 전부인가?」

「한 가지 더 있소. 당신의 이름은?」

「마치 복수라도 할 것처럼 말하는군」

「물론이지! 운명은 돌고도니까. 오늘은 당신이 강자지만, 내일은……」

「당신일 거다?」

「그럴 거요. 당신의 이름은?」

「아르센 뤼팽」

「아르센 뤼팽!」

그는 몽둥이로 한 대 맞은 듯이 비틀거렸다. 이 두 마디가 그에게서 모든 희망을 빼앗아 간 것 같았다. 다스프리는 웃기 시작했다.

「아, 이봐. 그러면 이렇게 훌륭하게 모든 일을 꾸민 사람이 뒤랑이나 뒤퐁 같은 평범한 이름일 줄 알았나? 그럴 리 없지. 적어도 아르센 뤼팽 정도는 되어야지. 이제 내가 누군지 알았으니 가서 복수를 준비하시지. 아르센 뤼팽이 기다리고 있겠네」

그러고는 한마디도 덧붙이지 않고 바랭을 밖으로 떼밀었다.

「다스프리, 다스프리!」

내가 소리쳤다. 나는 나도 모르게 아직도 내가 원래 알고 있던 이름으로 부르고 있었다.

나는 벨벳 커튼을 젖혔다.

그가 뛰어왔다.

「뭐요? 무슨 일입니까?」

「앙데르마트 부인이 굉장히 고통스러워하고 있네」

그가 재빨리 각성제를 들이마시게 해주었다. 그녀를 돌보면서 그가 내게 물었다.

「어떻게 된 겁니까?」

내가 말했다.

176

「그 편지들⋯⋯. 자네가 남편에게 넘겨준 루이 라콩브의 편지 말일세!」

그가 이마를 탁 쳤다.

「부인은 그렇게 생각했겠군요, 맞습니다. 어쨌든 부인은 그렇게 생각할 수밖에 없었겠죠. 내가 정말 어리석었군요!」

의식을 되찾은 앙데르마트 부인이 열중해서 듣고 있었다. 그는 서류 가방에서 작은 꾸러미를 꺼냈다. 앙데르마트 씨가 가져간 것과 똑같이 생긴 꾸러미였다.

「부인의 편지들은 여기 있습니다. 진짜 편지들이지요」

「하지만⋯⋯, 아까 것은?」

「아까 것은 이 편지랑 같은 것이지만, 오늘 저녁에 내가 베껴써서 표나지 않게 가져다놓은 것입니다. 부군의 눈앞에서 모든 일이 벌어졌으니까 바꿔치기됐다는 의심은 안 할 거고, 편지를 읽으면서 만족해할 겁니다」

「필체는⋯⋯」

「흉내낼 수 없는 필체는 없습니다」

그녀는 그에게 고맙다는 인사를 했다. 가까운 사람들에게 하는 듯한 인사말을 보니, 바랭과 아르센 뤼팽 사이에 오간 마지막 대화를 듣지 못한 게 분명했다.

나는 그를 바라보았다. 오랜 친구가 이토록 뜻밖의 모습을 드러내니 할 말을 잃을 만큼 당혹스러웠다. 뤼팽, 그기 뤼팽이었나! 우리 모임의 동료가 바로 아르센 뤼팽이었다니! 나는 그에 대해 아무 말도 꺼낼 수가 없었다. 그런데 그는 아주 쉽게 얘기했다.

「장 다스프리와는 작별하시게 될 것 같습니다」

「아!」

「예, 장 다스프리는 여행을 떠날 겁니다. 내가 모로코로 보내려 합니다. 거기서 그에게 걸맞은 종말을 맞게 되겠지요. 사실, 그 자신의 결심이었습니다」

「그러면 여기에는 아르센 뤼팽이 남아 있는 건가?」

「아, 물론 그 어느 때보다 더. 아르센 뤼팽은 이제 겨우 무대에 등장했을 뿐이니까요. 그의 생각으로는……」

억제할 수 없는 호기심이 발동해서 나는 그를 붙잡고, 앙데르마트 부인에게서 몇 걸음 떨어진 곳으로 데리고 갔다.

「그렇다면 결국 편지 꾸러미가 들어 있던 두번째 비밀 장소도 발견했던 것이군?」

「골치가 좀 아팠죠. 어제 오후에야 찾았습니다. 당신은 누워 계셨죠. 하지만 얼마나 쉬웠는지 모릅니다. 사람들은 가장 간단한 부분을 가장 나중에 생각하게 되거든요」

그리고 나에게 하트 7을 보여주었다.

「큰 금고를 열기 위해서는 모자이크 속, 저 노인이 가진 검의 날 밑에 이 카드를 갖다대야 한다는 것을 알아차렸지요」

「어떻게?」

「간단해요. 특별히 정보 조사를 좀 했지요. 6월 22일 저녁 여기에 왔을 때……」

「나랑 헤어진 뒤에?」

「네. 그때는 당신이 불안하고 예민해지도록 일부러 그런 대화를 나누었습니다. 그러면 분명히 당신은 침대에서 나오지 않을 테고, 저는 마음껏 행동할 수 있을 테니까요」

「정확한 추론이었군」

「여기에 올 때 저는, 비밀 자물쇠를 채워놓은 금고 안에 보석

178

상자가 숨겨져 있다는 점을 알고 있었지요. 그리고 하트 7이 그 자물쇠의 열쇠이며 해답이라는 점도 깨달았습니다. 그러니까, 분명히 여기에 맞도록 되어 있는 정확한 지점을 찾아 이 하트 7을 끼우는 것만이 문제였지요. 한 시간 정도의 조사로 충분했습니다」

「한 시간!」

「모자이크 속의 저 노인을 잘 보십시오」

「늙은 황제 말인가?」

「이 늙은 황제는 바로 모든 카드에서 하트의 왕인 샤를마뉴를 나타냅니다」

「그렇군……. 하지만 어떻게 하트 7로 큰 금고와 작은 금고를 모두 열 수 있지? 그리고 왜 처음에는 큰 금고만 열었나?」

「왜냐하면 저는 계속 이 하트 7을 똑같은 방향으로만 놓았기 때문입니다. 어제서야 깨달았습니다. 이것을 뒤집어서, 그러니까 가운데에 있는 일곱번째 점을 아래쪽으로 놓지 않고 위쪽을 향하게 하면 일곱 개 점의 배열이 모두 바뀌지요」

「그렇군!」

「물론 그렇죠. 그렇기는 하지만 꽤 생각을 해야 했답니다」

「다른 궁금한 점이 있네. 자네는 편지 얘기는 몰랐겠지. 앙데르마트 부인이……」

「부인이 내 앞에서 얘기하기 전에 말이죠? 예, 몰랐지요. 금고 속에서 발견한 것은 보석 상자와, 두 형제의 서신뿐이었습니다. 그것을 보고 그들의 배신을 추적할 수 있었고요」

「결국 두 형제 얘기를 짜맞추게 된 거와 잠수함 설계도와 자료를 찾아나서게 된 것도 모두 우연이었군」

「우연이었습니다」

「하지만 자네는 무슨 목적으로 그걸 찾았나?」

다스프리가 웃으며 내 말을 막았다.

「이런! 이 일에 대해 굉장히 흥미를 느끼시는군요!」

「아주 흥미진진하네」

「그럼 잠시 후에, 앙데르마트 부인을 바래다드리고 《에코 드 프랑스》에 실을 글을 쓰고 나서, 다시 자세한 얘기를 나누지요」

그는 앉아서 짤막한 기사를 한 편 썼다. 기사 속에는 등장 인물이 만들어내는 환상이 즐겁게 살아 있었다. 전 세계를 떠들썩하게 만든 이 기사를 기억하지 못하는 사람이 있을까?

최근에 살바토르가 낸 문제를 아르센 뤼팽이 풀었다. 루이 라콩브의 자료와 설계도 원본을 모두 손에 넣은 그는 그것들을 해군 장관의 손에 전했다. 또 이 기회에 그는, 국가에서 이 설계도에 따라 최초의 잠수함을 제작할 수 있도록 기부금 접수를 시작했다. 그 자신이 선두에 서서 2만 프랑이라는 거액을 기부했다.

그가 읽어보라고 종이를 건네주었다. 내가 물었다.

「앙데르마트 씨의 수표인가?」

「바로 그겁니다. 바랭이 부분적으로나마 배신의 대가를 치르는 게 공정하니까요」

여기까지가 내가 아르센 뤼팽을 알게 된 경위이다. 이렇게 해서 같은 모임 동료이자 사교계 친구였던 장 다스프리가 실은 괴도 신사 아르센 뤼팽이었음을 알게 되었고, 이 대단한 인물과 매우 다정한 우정의 끈으로 묶이는 행운을 안았다. 영광스럽게도 그가 나를 신뢰해 주는 덕에, 보잘것없지만 충실한 그의 개인사를 기록하는 작가가 된 것을 그에게 감사할 따름이다.

앵베르 부인의 금고

새벽 세시, 베르티에 대로의 한쪽 면에 위치한 저택 앞에 마차 여섯 대가 서 있었다. 저택의 문이 열리자 한 무리의 남녀가 밖으로 나왔다. 마차들 중 네 대가 여기저기로 빠져나가고 길에는 남자 둘밖에 남지 않았다. 그들은 쿠르셀 거리의 모퉁이에서 헤어졌다. 그들 중 한 사람이 그곳에 사는 모양이었다. 다른 한 사람은 포르트 마이요를 향해 걸어가고 있었다.

그는 빌리에 거리를 가로질러서 성벽 반대쪽 보도로 계속 갔다. 맑고 차가운 겨울 밤공기 속을 걷는 일이 매우 즐거운지 그는 연신 숨을 깊이 들이쉬었다. 남자의 발걸음 소리가 경쾌하게 울려퍼졌다.

얼마 후, 그는 누군가 자신을 미행하고 있는 듯한 기분 나쁜 느낌이 들었다. 뒤를 돌아보니 정말 나무 사이로 사라지는 사람의 그림자가 있었다. 그는 결코 겁쟁이는 아니었지만 가능한 한

빨리 테른의 통행료 납부처까지 도달하고자 걸음을 재촉했다. 남자가 뛰어오기 시작했다. 불안해진 그는 권총을 뽑아 들고 그 남자에게 맞서는 편이 낫겠다고 생각했다.

그런데 그럴 틈이 없었다. 남자가 난폭하게 그를 공격해 오는 바람에 인적 없는 큰길에서 곧 싸움이 시작됐다. 양팔로 상대방의 허리를 붙잡은 그는 이 싸움이 자신에게 불리하다고 느꼈다. 그는 도와달라고 외치며 몸부림을 쳐보았다. 남자는 그를 자갈더미에 쓰러뜨려 목을 조르고 손수건으로 입을 틀어막았다. 눈이 감기고 귀가 멍해졌다. 그의 의식이 희미해지려 할 때 갑자기 목을 조르고 있던 손이 풀어졌다. 그리고 자신을 짓누르고 있던 남자가 일어섰다. 이번에는 그 남자가 뜻밖의 공격을 받아 자기 자신을 방어해야 했던 것이다.

지팡이가 남자의 손목을 내리쳤고 구둣발이 그의 발목을 찼다. 남자는 고통스러운 비명과 함께 욕설을 퍼부으면서 절뚝거리며 도망쳤다.

새로 나타난 사람은 남자를 쫓아가지 않고 그에게 몸을 숙여 말했다.

「다치지 않았습니까?」

다친 데는 없었다. 하지만 완전히 얼이 빠져서 그는 일어설 수가 없었다. 다행히 외침 소리를 들은 통행료 납부처 직원 한 사람이 달려와 마차를 불러주었다. 그와 그를 구해 준 사람이 함께 자리에 앉았다. 그리고 마차는 그를 그랑타르메 거리에 있는 집에까지 데려다주었다.

문앞에 도착한 다음에야 정신을 차린 그는 거듭 감사의 뜻을 표했다.

「당신은 제 생명의 은인입니다. 이 은혜, 절대 잊지 않겠습니다. 지금 이 시간에 아내를 놀라게 하고 싶지는 않군요. 하지만 아내도 당신께 감사할 겁니다」

그는 은인을 점심 식사에 초대했다. 그리고 자신을 뤼도빅 앵베르라고 밝히고 나서 말했다.

「실례지만 성함을 여쭤봐도 무방할는지……」

다른 쪽이 대답했다.

「물론입니다」

그리고 자신을 소개했다.

「아르센 뤼팽이라고 합니다」

그 당시는 아르센 뤼팽이 아직 카오른 사건과 상테 감옥 탈옥, 그 밖에 수많은 다른 사건을 통해 명성을 얻기 전이었다. 심지어 아르센 뤼팽이라는 이름으로 불리기도 전이었다. 훗날 그토록 화려하게 빛나게 되는 이 이름은 단지 앵베르 씨를 구할 때 1회용으로 쓰기 위해 지어낸 것이었다. 그리고 이 사건이 바로 그의 첫 전투였다고 할 수 있다. 그때 그는 모든 걸 완벽하게 준비하고 있었으나 아직 재력이 없는 데다 성공에서 오는 권위를 얻기 전이었다. 즉, 아르센 뤼팽은 머지않아 대가가 될 분야에서 아직은 수습생에 지나지 않았다.

그러니 잠에서 깨어 지난밤의 초대를 기억해 냈을 때 그가 얼마나 기쁨에 떨었겠는가. 마침내 과녁을 맞혔다. 그것도 자신의 역량과 재능에 어울리는 작업이었다. 아르센 뤼팽처럼 왕성한 식욕을 가진 이에게 백만장자인 앵베르 집안은 얼마나 군침이 도는 먹잇감인지!

그는 낡은 프록코트와 닳아빠진 바지, 약간 불그스름하게 빛이 바랜 실크해트, 너덜너덜한 소맷부리와 칼라 등, 매우 깨끗하기는 하지만 좀 궁핍해 보이는 옷으로 특별히 차려입었다. 놀랍게도 넥타이는 다이아몬드 핀으로 장식한 검은 리본이었다. 그는 이렇게 괴상한 옷차림을 하고 몽마르트르에 있는 자기 숙소의 계단을 걸어내려가면서, 둥그스름한 지팡이 끝으로 4층의 닫혀 있는 방문을 두드렸다. 그리고 밖으로 나와 외곽 도로에까지 이르렀다. 전차가 도착하자 그는 전차에 올라타 자리에 앉았다. 뒤에 걸어오던 어떤 사람, 즉 4층 하숙생이 그의 옆자리에 앉았다.

잠시 후 그 하숙생이 말했다.

「그러면 이제 어떻게 합니까?」

「그러면? 이제 다 된 거지」

「어떻게요?」

「그 집에 가서 점심을 먹는 거야!」

「점심이오?」

「내가 소중한 내 인생을 쓸데없이 위험에 빠뜨리는 짓을 했다고 생각지는 않겠지? 뤼도빅 앵베르 씨가 자네 손에 죽게 되었을 때 내가 그를 구해 주었네. 앵베르 씨는 감사할 줄 아는 사람이야. 그래서 나를 점심에 초대했지」

4층 남자는 잠시 말이 없다가 용기를 내어 다시 물었다.

「하지만 사양하지 않으셨단 말씀인가요?」

아르센이 말했다.

「이봐, 그를 구해 주는 데서 오는 이익을 거절하려면 뭐하러 작전을 짰겠나? 그날 밤 가벼운 습격을 계획하고 새벽 세시에 성벽 주위에서, 하나뿐인 친구인 자네를 다치게 할 위험을 감수하면서까지 자네 손목을 지팡이로 한 대 먹이고 정강이를 발길로 차는 수고를 괜히 했겠나?」

「하지만 그 재산에 대해 좋지 않은 소문이 떠돌던데……」

「그러든지 말든지. 이 일을 계획하고 조사하고 연구하고 올가미를 치고, 하인들, 채권자들, 끄나풀들에게서 정보를 캐낸 지 6개월, 그러니까 그 부부의 그늘 속에서 산 지 6개월이야. 따라서 어느 정도에서 만족해야 하는지 알고 있어. 그들이 주장하는 것처럼 그 재산이 늙은 브로포드에게서 나오는 것이든, 아니면 다른 데서 오는 것이든 어쨌거나 실제로 그 재산이 존재한다는 것을 확신할 수 있네. 그리고 그것이 존재하는 한 그건 내 거야」

「와! 1억이!」

「1천만, 아니 5백만 정도라고 해두자. 아무래도 좋아! 금고 안에는 두툼한 채권이 들어 있다고. 언제가 됐든 내가 그 열쇠를 손에 넣지 않는다면 이상한 일이지」

전차는 에투알 광장에서 멈췄다. 남자가 속삭이듯 말했다.

「그럼, 지금은?」

「지금은 특별히 할 일이 없네. 내가 미리 알려주지. 아직 시간이 많아」

5분 후, 아르센 뤼팽은 앵베르 저택의 호화로운 계단을 딛고 있었다. 뤼도빅이 그를 부인에게 소개했다. 제르베즈는 작고 동글동글하며 상냥하고 몹시 수다스러운 부인이었다. 그녀는 뤼팽을 정성껏 환대했다.

그녀가 말했다.

「생명의 은인께 우리끼리만 있는 자리에서 감사드리고 싶었어요」

처음부터 그들은 〈생명의 은인〉을 오랜 친구처럼 대했다. 후식이 나올 때쯤 되자 서로 매우 친밀해져서 비밀스런 얘기도 술술 나왔다. 아르센은 자신의 삶과 청렴한 사법관인 아버지의 인생, 어린 시절의 슬픔, 현재의 고충 등을 이야기했다. 제르베즈도 자신의 소녀 시절과 결혼, 브로포드 노인의 친절, 그녀가 물려받은 1억의 재산과 그것의 소유권 획득을 늦추고 있는 장애물들, 터무니없는 비율로 처분해야 하는 채권, 브로포드의 조카들과 끊임없는 분쟁, 지급 정지와 가처분 등, 결국 모든 것을 말해 주었다.

「생각해 보세요, 뤼팽 씨. 옆방, 남편의 사무실 안에 채권들이 들어 있어요. 그런데 한 장이라도 떼어쓰면 우리는 전부 잃게 되는 거예요! 우리 금고 안에 들어 있는 것에 우리는 손도 댈 수 없어요」

이런 얘기를 듣고 뤼팽 씨는 가볍게 몸을 떨었다. 하지만 뤼팽 정도의 인물이라면 분명히 이 부인처럼 순진하게 망설이거나 하지는 않을 거라는 생각이 들었다.

그는 목이 타서 중얼거렸다.

「아! 그것이 저기 있군요」

「예, 저기 있지요」

이런 특별한 상황하에 시작된 관계는 더욱 단단한 매듭으로 묶이게 마련이다. 그들이 조심스럽게 질문을 던지자 아르센 뤼팽은 자신의 불행과 궁핍한 생활에 대해 털어놓았다. 그러자 딩장에 두 부부는 이 불행한 청년에게 개인 비서직과 매월 1백 50프랑의 봉급을 제의했다. 그는 현재 거주하고 있는 집에 계속 살면서, 매일 업무 지시를 받으러 오면 되었다. 또 편의를 위해 3층 방 중 하나를 작업실로 내주겠다고 했다. 그는 흔쾌히 승락했다. 게다가 기막힌 우연으로 인해 뤼도빅의 사무실 바로 윗방이 뤼팽의 방이 되었다.

아르센은 개인 비서라는 자리가 아주 한직이라는 사실을 곧 알아차렸다. 두 달 동안 그는 별볼일 없는 편지 네 장을 베껴썼을 뿐이다. 주인의 사무실에는 단 한 번 불려갔고, 그때서야 금고를 한번 공개적으로 볼 수 있었다. 이런 한직에 앉아 있는 자신을 하원의원 앙케티나 변호사회 회장 그루벨에게 소개하기에는 적합하지 않다고 생각한다는 사실도 곧 알 수 있었다. 그런 사교 모임에는 그를 초대하는 일이 없었기 때문이다.

그는 거기에 대해 전혀 불평하지 않았다. 오히려 어둠 속에 가려진 조촐한 자기 자리를 지키기를 더 좋아했고, 혼자 떨어져 있을 때 행복하고 자유로웠다. 게다가 그는 시간을 낭비하지 않았다. 우선 뤼도빅의 사무실에 수없이 몰래 숨어 들어가서 금고에 경의를 표했다. 역시 금고는 굳게 닫혀 있었다. 그것은 멋없게 생긴 강철 덩어리였는데 줄로도, 송곳으로도, 자물쇠를 딸 때 쓰는 작은 지렛대로도 어떻게 해볼 수가 없었다.

아르센 뤼팽은 고집부리지 않았다.

그는 생각했다.

〈힘으로 안 되는 것은 꾀를 쓰면 돼. 중요한 일은 눈과 귀를 활짝 열어두는 것이지.〉

그리고 그는 필요한 조치를 취했다. 자기 방 마루를 구석구석 힘들게 조사한 후에 사무실 천장까지 닿는 납 파이프를 벽의 두 돌출부 사이에 끼워넣었다. 소리를 전달하고 망원경 역할을 하는 이 파이프를 통해 보고 듣기 위해서였다.

그때부터 그는 바닥에 배를 깔고 엎드려 지냈다. 그리고 앵베르 부부가 금고 앞에서 장부를 뒤적이고 서류를 만지작거리며 상의하는 모습을 종종 보았다. 그들이 자물쇠를 여는 번호판 네 개를 연속해서 돌릴 때, 그는 그 숫자를 알아내기 위해 돌아가는 홈의 수를 들으려고 애썼다. 그들의 동작 하나하나를 유심히 살폈고, 그들의 말에 귀를 기울이며 염탐했다. 그들은 열쇠를 어떻게 하는가? 숨겨놓는 것일까?

어느 날, 그들이 금고를 잠그지 않고 방을 비우자 그는 서둘러 내려왔다. 그리고 과감하게 방으로 들어갔다. 그런데 그들은 이미 돌아와 있었다.

그가 말했다.

「아! 죄송합니다. 제가 방을 혼동했군요」

그런데 제르베즈가 급히 그에게 다가오더니 잡아끌었다.

「어서 오세요, 뤼팽 씨. 들어오세요. 여기는 당신 집이나 마찬가지잖아요. 우리에게 조언을 좀 해주실래요? 어떤 채권을 파는 게 좋을까요? 외국채, 아니면 내국채?」

「하지만 지금 정지는 어떻게 됐습니까?」

깜짝 놀란 뤼팽이 되물었다.

「아! 모든 채권이 지금 정지된 건 아니에요」

그녀가 금고문을 젖혔다. 가죽띠로 묶인 채권들이 선반 위에 쌓여 있었다. 그녀가 하나를 집었다. 그런데 남편이 반대했다.

「아니, 안 돼. 제르베즈. 외국채를 파는 건 어리석은 짓이야. 값이 오를 거라고……. 반대로 내국채는 지금이 상한가야. 어떻게 생각하시오, 친구?」

친구는 아무 의견이 없었지만 내국채를 희생시키는 게 좋겠다고 권했다. 그래서 그녀가 다른 뭉치를 집어들었다. 그리고 이 뭉치 중에 아무 종이나 한 장을 꺼내보았다. 1천 3백 74프랑, 3퍼센트짜리 증서였다. 뤼도빅이 그것을 주머니에 넣었다. 오후에 그는 비서를 데리고 증권 거래소에 가서 이 증서를 4만 6천 프랑에 팔았다.

제르베즈가 뭐라고 말하건 간에 아르센 뤼팽에게 그곳은 전혀 자기 집처럼 느껴지지 않았다. 오히려 그는 앵베르 저택에서 자신의 처지에 매우 놀랐다. 하인들이 자신의 이름조차 모른다는 사실이 여러 번 확인되었다. 그들은 그를 그냥 선생님이라고 불렀다. 뤼도빅도 그를 가리킬 때 항상 이렇게 말했다.

〈그분에게 가서 알리도록……. 그분은 도착하셨나?〉

왜 이렇게 아리송하게 부르는 걸까?

게다가, 처음에 열렬히 환대해 주었던 것과 달리 앵베르 부부는 그에게 거의 말을 걸지 않았다. 은인을 대할 때 갖추어야 할 예의를 다해서 그를 대하긴 했지만 그에게 전혀 관심이 없었다. 뤼팽이 아주 괴짜라서 귀찮게 하는 걸 싫어한다고 생각하는 듯싶었다. 마치 그가 홀로 떨어져 있겠다는 원칙을 선언하고 고독을 즐기기라도 하는 것처럼, 그들은 그의 고독을 존중해 주었다. 한번은 그가 현관을 지나갈 때, 제르베즈가 어떤 두 신사에게 말하는 것을 들었다.

「저분은 정말로 비사교적이세요!」

뤼팽은 생각했다.

〈좋아. 나는 비사교적이다.〉

그는 이들의 이상한 태도를 이해하기를 포기하고 자신의 계획을 실행하는 데만 열중했다. 제르베즈의 부주의나 우연을 기대해서는 안 된다는 것을 확실히 알게 되었다. 제르베즈는 금고 열쇠를 잊어버리는 법이 없었고, 게다가 열쇠를 가지고 나가기 전에 반드시 자물쇠의 숫자를 마구 흩뜨려놓았다. 따라서 그가 직접 행동을 취해야 했다.

한 가지 사건이 일의 진행에 박차를 가했다. 몇몇 신문에서 격렬하게 앵베르 부부를 비난하는 운동을 벌인 것이다. 그들은 사기꾼이라는 비난을 받았다. 아르센 뤼팽은 급변하는 사태와 부부의 동요를 지켜보면서, 더 시간을 끌다가는 모든 것을 잃어버리라고 생각했다.

그는 이어 닷새 동안, 평소처럼 여섯시경에 나가지 않고 계속해서 자기 방에 틀어박혀 있었다. 사람들은 그가 외출했다고 여겼지만 사실 그는 마루 바닥에 엎드려 뤼도빅의 사무실을 살피고 있었다.

그렇게 닷새가 지나도록 그가 기다리는 유리한 기회는 오지 않았다. 그는 한밤중에 안뜰로 연결되어 있는 작은 문을 통해 몰래 빠져나왔다. 그 문 열쇠를 가지고 있었던 것이다.

그런데 엿새째 날, 앵베르 부부가 적들의 악의에 찬 중상에 대한 회답으로, 금고를 열어 조사해 보라고 제안했다는 소식을 알게 되었다.

〈바로 오늘 저녁이야.〉

뤼팽은 생각했다.

지녁 식사 후에 뤼도빅이 자기 사무실로 들어갔다. 제르베즈도 그를 따라갔다. 그들은 금고 안의 장부를 훑어보기 시작했다.

두 시간이 지났을 때 뤼팽은 하인들이 자러 가는 소리를 들었다. 이제 2층에는 아무도 없었다. 시간은 자정이었다. 앵베르 부부는 일을 계속하고 있었다.

「시작해야지」

뤼팽이 중얼거렸다.

그는 창문을 열었다. 안뜰을 향해 나 있는 창이었다. 그날 밤은 달빛도 별빛도 없이 사방이 캄캄했다. 그는 옷장에서 매듭지은 끈을 꺼내어 발코니에 단단히 묶고, 빗물 받이 홈통을 따라 바로 아랫방 창까지 천천히 미끄러져 내려갔다. 그것은 뤼도빅의 사무실 창이었다. 두꺼운 플란넬 커튼이 방 안을 가리고 있었다. 그는 발코니에 잠시 움직이지 않고 서서 귀를 기울였다.

아무 소리도 들리지 않자 안심하고 십자형 유리창을 가볍게 밀었다. 창이 잠기지 않도록 그가 오후에 걸쇠를 돌려놓았기 때문에, 그 후에 아무도 주의를 기울여 살펴보지 않았다면 열리게 되어 있었다.

창이 살짝 밀렸다. 그는 매우 조심스럽게 좀더 열었다. 그리고 머리를 들이밀 수 있을 정도가 되자 멈추었다. 끝이 잘 맞지 않은 양쪽 커튼 사이로 빛이 살짝 새어나왔다. 제르베즈와 뤼도빅이 금고 옆에 앉아 있는 광경을 볼 수 있었다.

그들은 작업에 몰두해 낮은 목소리로 겨우 몇 마디 말을 주고받을 뿐이었다. 아르센은 그들과의 거리를 가늠해 보았다. 그리고 자신이 취해야 할 동작을 정확히 계산했다. 사람을 부를 틈을 주지 않고 한 사람씩 차례로 꼼짝못하게 만들어야 했다. 그가 막 뛰어들려고 할 때, 제르베즈가 말했다.

「조금 전부터 방이 너무 추워졌어요! 저는 침실로 가야겠어요. 당신은요?」

「일을 끝내고 싶은데」

「끝낸다고요! 그러려면 밤을 꼬박 새워야 할 거예요」

「아니야. 한 시간이면 충분해」

그녀는 방에서 나갔다. 20분, 30분이 흘렀다. 아르센은 창을 조금 더 밀었다. 커튼이 가볍게 움직였다. 창을 더 밀었다. 뤼도빅이 몸을 돌렸다가 바람에 부푼 커튼을 보고는 창을 닫으려고 일어섰다……

한마디 비명 소리도 들리지 않았다. 싸움이 일어난 것 같지도 않았다. 아르센은 정확한 몇 번의 동작으로 고통도 느낄 새 없이 정신을 멍하게 만든 다음, 커튼으로 얼굴을 덮어 끈으로 묶었다. 뤼도빅은 자신을 공격한 사람의 얼굴을 알아볼 수 없었다.

그리고 나서 그는 민첩하게 금고 쪽으로 갔다. 채권 두 뭉치를 집어 팔 밑에 끼우고 방에서 나와 계단을 내려간 후 안뜰을 가로질러 뒷문을 열었다. 길에는 마차가 대기하고 있었다.

그가 마부에게 말했다.

「우선 이것을 받게. 그리고 나를 따라와」

그는 사무실로 돌아갔다. 이렇게 두 번 왕복하자 금고는 텅 비었다. 마지막으로 아르센은 자기 방으로 올라가 남아 있는 모든 흔적을 없앴다. 이제 다 끝났다.

몇 시간 후, 아르센 뤼팽은 동료와 함께 채권 뭉치를 면밀히 조사했다. 이미 예상하고 있었듯이 앵베르 부부의 재산이 보기보다 그렇게 막대하지 않음을 확인했지만 그는 전혀 실망하지 않았다. 몇 억이나 몇 천만은 안 되더라도 어쨌든 그 총합은 상당한 숫자에 달했다. 국채, 철도, 파리 시, 수에즈, 북부 지방의 광산 등의 채권이 있었다.

그는 만족해했다.

「물론 협상할 시기가 됐을 때 휴지 쪼가리에 지나지 않을 것들도 있을 거야. 지금 정지 조치를 당하기도 할 거고. 싼값에 처분해야 하는 경우도 있겠지. 그런 건 아무래도 좋다. 이 최초의 자본을 가지고 이제 내가 원하는 대로 사는 거야……. 내 소중한 꿈들을 실현시키면서……」

「그러면 나머지는요?」

「태워버리든지. 이 종이 뭉치는 그 금고 속에 있을 때는 아주 훌륭하게 보였지. 하지만 우리에게는 쓸모없는 것들이야. 채권은 벽장 안에 조용히 넣어두자고. 그리고 유리한 때를 기다리는 거야」

다음날, 아르센은 앵베르의 저택에 다시 가지 못할 이유가 없다고 생각했다. 그런데 신문에서 뜻밖의 소식을 읽었다. 뤼도빅과 제르베즈가 사라졌다는 것이다.

엄숙한 분위기 속에서 금고문이 열렸다. 사법관은 그 안에서 아르센 뤼팽이 남겨놓은 것을 발견할 수 있었다……. 즉, 거의 아무것도 없었다.

그 사건의 경위는 모두 이랬다. 아르센 뤼팽이 몇몇 사람들에게 위와 같이 설명해 주었다. 나에게도 어느 날 자신의 비밀 얘기를 하고 싶은 마음이 들었던 아르센 뤼팽이 직접 그 얘기를 들려주었다.

그날 그는 내 작업실에서 이리저리 돌아다녔다. 그의 눈빛은 전과 달리 흥분해 있었다.

내가 그에게 말했다.

「어쨌든 훌륭하게 성공했군그래?」

내 말에 대답은 하지 않고, 그가 다시 말했다.

「이 사건에는 풀리지 않는 비밀이 있어요. 여기까지 설명을 드렸다고 해도, 애매한 점이 여전히 남아 있습니다. 그들은 왜 도망갔을까요? 본의 아니게 내가 그들에게 도움을 줄 수 있었을 텐데 왜 그들은 그것을 써먹지 않았을까요? 〈금고 안에는 수억 프랑이 있었다. 그런데 사라졌다. 누군가가 그것을 훔쳐갔다!〉라고 말하면 간단하지 않습니까」

「제정신이 아니었나 보지」

「그래요. 제정신이 아니었던 거죠. 더구나 사실……」

「사실?」

「아닙니다. 아무것도 아니에요」

무엇을 숨기려는 것이었을까? 분명히 그가 말하지 않은 부분이 있었다. 그가 말하지 않으면 말하기 싫다는 뜻이었다. 호기심이 생겼다. 이런 인물을 망설이게 만들 정도라면 뭔가 중대한 일임에 틀림없었다.

나는 아무렇게나 질문을 던져보았다.

「그들을 다시 만난 적은 없나?」

「없습니다」

「그 불행한 사람들에게 동정 같은 걸 느끼게 되지는 않던가?」

「제가요?」

그가 펄쩍 뛰며 말했다.

그가 너무 격분하여 오히려 내가 놀랐다. 내가 정곡을 찔렀던 것일까? 나는 계속해서 말했다.

「물론이지. 자네만 없었다면 그들은 아마 위험에 맞서 싸웠거나……, 아니면 적어도 주머니를 두둑하게 채워서 떠날 수 있었을 것 아닌가」

「제가 양심의 가책을 느낀다고 생각하십니까?」

「그렇고말고!」

그가 내 책상을 쿵하고 내리쳤다.

「그러면, 제가 양심의 가책을 느껴야 한다는 말씀이십니까?」

「양심의 가책이라고 하든 후회라고 하든, 어쨌거나 어떤 감정을……」

「사람들에 대한 어떤 감정을?」

「자네한테 재산을 털린 사람들에 대한 감정을」

「무슨 재산?」

「요컨대……, 채권 뭉치 같은……」

「채권 뭉치! 그래요, 채권 몇 뭉치 훔쳤습니다. 하지만 그건 그들의 유산 중 일부 아닌가요? 그게 잘못입니까? 그게 죄예요?」

「하지만, 저런. 여보게, 그렇다면 혹시 그 채권들이 가짜였던 거 아닌가? 그렇지?」

「예, 그것들은 가짜였습니다!」

나는 넋을 잃고 그를 바라보았다.

「가짜라고, 그 4,5백만 프랑이?」

그는 화가 나서 소리쳤다.

「가짜예요. 완전히 가짜였습니다! 파리 시 채권, 국채, 어음, 다른 채권들, 전부 가짜였습니다. 종이 조각에 지나지 않았어요. 한 푼도, 단 한 푼도 건지지 못했다고요! 그런데 양심의 가책을 느끼라는 겁니까? 그런 건 오히려 그들이 느껴야 합니다! 멍청한 바보처럼 그들에게 속았어요! 세상에서 가장 속이기 쉽고 어리석은 사람처럼 그들에게 당했던 겁니다!」

상처받은 자존심과 원한 때문에 그는 정말로 분노하고 있었다.

「하나에서 열까지, 처음부터 제가 지게 되어 있는 싸움이었어요! 이 일에서 제가 맡은 아니, 그들이 제게 맡긴 역할이 무엇이었는지 아십니까? 앙드레 브로포드 역이었습니다! 예, 그래요. 그런데 저는 뭐가 뭔지 모르고 있었던 겁니다.

나중에 신문을 통해서, 그리고 자세한 내막에 접근하게 된 후에야 그것을 알아차렸습니다. 제가 그의 은인인 체, 악당의 손아귀에서 그를 구하기 위해 목숨을 건 신사인 체하고 있을 때, 그들은 저를 브로포드 가의 한 사람으로 여겨지게 만들었던 겁니다!

훌륭하지 않습니까? 3층 방에서 생활하던 이상한 사람, 사람들이 멀리서 손가락질하던 그 비사교적인 사람은 바로 브로포드였고, 브로포드는 바로 저였습니다! 저와 브로포드라는 이름이 주는 신용 덕에 은행가들은 돈을 빌려주었고, 공증인들은 자신의 고객들에게 그들과 거래를 하라고 권했던 것입니다! 저 같은 초보자에게는 아주 훌륭한 수업이었습니다! 아! 맹세컨대 거기서 얻은 교훈이 큰 도움이 되었어요!」

그는 갑자기 말을 멈추고 내 팔을 잡았다. 그리고 성난 어투로 말했다. 하지만 그 어투에서 미묘한 빈정거림과 감탄을 느낄 수 있었다. 그는 어이없게도 이렇게 말했다.

「지금 이 순간 제르베즈 앵베르는 내게 1천 5백 프랑을 빚졌어요!」

그 말에는 웃지 않을 수 없었다. 정말 최고의 익살이었다. 그도 분명히 장난을 즐기는 것처럼 보였다.

「그렇습니다. 1천 5백! 봉급을 한 푼도 받지 못했을 뿐 아니라, 오히려 그녀가 1천 5백 프랑을 꾸어갔지요. 내가 저축해 둔

전부였는데. 왜 그랬는지 아십니까? 짐작도 못하시겠지요…….
가난한 사람들을 위해서였습니다. 그런 얘기까지 하다니. 그녀가
뤼도빅 모르게 이른바 빈민들을 돕고 있다는 것이었습니다! 나는
그것을 믿었어요. 정말 재미있지 않아요? 아르센 뤼팽이 1천 5백
프랑을 사기당하다니, 그것도 자신이 4백만 프랑의 가짜 채권을
훔친 바로 그 부인에게! 그 잘난 결과를 얻기 위해서는 얼마나 많
은 계략과 노력, 기막힌 속임수들이 필요했는지 모릅니다! 그것
이 평생 단 한 번 속았던 때입니다. 그런데 정말이지, 그때는 감
쪽같이 속았어요. 그리고 글자 그대로 큰 대가를 치렀지요」

흑진주

오슈 가 9번지의 관리인은 요란한 초인종 소리에 잠에서 깼다. 그녀는 끈을 당기며 투덜거렸다.

「다들 들어온 줄 알았는데. 새벽 세시는 됐을 거야!」

「의사를 찾아왔나 보지」

남편의 툴툴거림에도 아랑곳하지 않고 불청객이 물었다.

「아렐 선생님은 몇 층이시죠?」

「4층에서 왼쪽이오. 하지만 밤에는 왕진을 안 하시는데」

「하셔야 할 겁니다」

남자는 현관으로 들어와서 2층, 3층으로 올라갔다. 그는 아렐이 사는 층에서 멈추지 않고 6층까지 계속 갔다. 거기에서 열쇠 두 개를 돌려보았다. 그의 손길에 자물쇠니 안전 빗장이니 하는 것들이 쉽사리 풀렸다.

그가 중얼거렸다.

「놀랍게도 일이 상당히 간단해졌군. 하지만 활동을 개시하기 전에 먼저 퇴로를 확보해 두어야지. 어디……. 이론적으로 생각할 때, 지금쯤이면 의사 집 초인종을 누르고 그에게 쫓겨날 만한 시간이 됐을까? 아니야. 좀더 기다리자」

십여 분 후 그는 계단을 내려와서 의사에 대해 불평을 늘어놓으며 경비실 창 유리를 두드렸다. 건물의 문이 열렸다. 그는 일부러 쾅 소리가 나게 문을 닫았다. 하지만 문은 잠기지 않았다. 그가 재빨리 쇳조각을 끼워 빗장이 걸리지 않도록 한 뒤였다.

그리고 그는 관리인 부부가 눈치채지 못하도록 살금살금 다시 들어갔다. 비상시에는 안전한 퇴로가 준비되어 있었다.

그는 조용히 다시 6층까지 걸어올라갔다. 그리고 문간방에서 등불 빛에 의해 외투와 모자를 의자 위에 올려놓고 다른 의자에 앉아 두꺼운 펠트 실내화를 장화 위에 덧신었다.

「휴! 됐다. 얼마나 쉬워. 왜 모든 사람들이 강도라는 이 편안한 직업을 택하지 않는지 좀 의아하단 말이야. 약간의 잔꾀와 사고력만 있으면 이보다 더 매력적인 직업은 없는데. 한 집안의 아버지가 되는 것처럼 아주 편안한 직업이야. 심지어 너무 간단해서 지루해지기까지 하는걸」

그는 매우 상세한 아파트 지도를 펼쳤다.

「내가 있는 곳이 어디인지부터 보자. 여기가 내가 있는 네모난 현관이군. 길 쪽을 향해서 응접실과 안방, 식당이 있고. 여기서 시간을 낭비하는 건 쓸데없는 짓이지. 백작부인은 취향이 아주 형편없는 것 같거든. 값나가는 골동품 하나 없고. 그러니까 곧장 목표를 향해……, 아! 여기가 침실로 이어지는 복도를 나타내는 선이군. 3미터 근처에 백작부인의 방으로 통하는 옷방 문이 있고」

그는 지도를 다시 접고 등불을 끈 후, 거리를 재며 복도를 걸어갔다.

「1미터, 2미터, 3미터. 자, 문이 나타난다. 모든 게 척척 진행되는군. 아! 문에 걸린 빗장은 아주 작고 단순한 거로군. 게다가 이 빗장이 마루에서 1.43미터 떨어져 있다는 사실도 알고 있지. 그러니까 주위에 가볍게 홈을 파기만 하면 치워버릴 수 있다고……」

　그는 주머니에서 필요한 도구를 꺼냈다. 그런데 무슨 생각이 들었는지 곧 멈추었다.

「그런데 혹시 이 빗장이 열리지 않으면 어쩌지? 어쨌든 해보자. 어떤 일이든 비용은 드는 법이니까!」

　그리고 자물쇠의 손잡이를 돌렸다. 문은 열렸다.

「좋았어, 뤼팽. 확실히 운명은 항상 네 편이라니까. 이제 뭘 해야 하지? 작업 현장의 지형도나 백작부인이 흑진주를 숨겨두는 장소도 알고 있고……. 흑진주를 손에 넣으려면 단지 침묵보다도 더 조용히, 어둠보다도 더 눈에 띄지 않게 움직이기만 하면 돼」

　아르센 뤼팽이 두번째 문, 즉 방 쪽으로 나 있는 유리문을 여는 데는 30분이 걸렸다. 그가 너무나 조심스럽게 행동했기 때문에, 백작부인이 깨어 있다고 해도 그녀를 불안하게 할 만한 수상한 소리는 전혀 듣지 못했을 것이다.

　지도에 있는 표시에 따르자면 그는 기다란 의자 눌레를 따라가면 된다. 그러면 안락의자에, 그러고 나서는 침대 옆에 놓인 작은 탁자까지 이른다. 탁자 위에는 편지함이 놓여 있고 바로 이 상자 안에 흑진주가 들어 있었다.

　그는 양탄자 위에 엎드려서 기다란 의자의 윤곽을 따라갔다.

그런데 그 끝에서, 쿵쿵 울리는 심장 고동을 억누르기 위해 멈춰 서야 했다. 결코 겁이 난 것은 아니었지만 사방이 지나치게 고요할 때 느끼게 마련인 신경의 불안함을 극복할 수는 없었다. 그는 스스로에게 놀랐다. 이제까지 가장 긴장된 순간에도 전혀 동요를 느껴본 적이 없었기 때문이다. 지금 그에게는 아무런 위험도 없었다. 그런데 왜 심장이 이렇게 고장난 종처럼 두근거릴까? 잠들어 있는 부인 때문일까? 누군가가 그토록 가까운 곳에서 살아 숨쉬고 있다는 생각이 들어서?

그는 귀를 기울였다. 부인의 규칙적인 호흡 소리를 분간할 수 있을 것만 같았다. 마치 든든한 친구가 옆에 있는 것처럼 안심이 되었다.

그는 안락의자를 찾아보았다. 그러고 나서, 팔을 뻗어 어둠 속을 더듬으며 탁자를 향해 눈에 띄지 않을 만큼 조금씩 기어갔다. 오른손이 탁자의 한쪽 다리에 닿았다.

마침내! 이제 일어나서 진주를 집어들고 가버리면 그만이었다. 무사히 마칠 수 있기를! 그의 심장이 다시 겁에 질린 짐승처럼 날뛰기 시작했다. 부인이 깨지 않는 게 이상할 정도로 소리가 크게 느껴졌다.

그는 강한 의지력으로 마음을 겨우 가라앉혔다. 그런데 다시 일어나려고 하는 순간, 양탄자 위의 어떤 물건에 왼손을 부딪혔다. 그는 그것이 촛대임을 곧 알아볼 수 있었다. 넘어져 있는 촛대였다. 옆에는 가죽 커버로 덮인 작은 여행용 시계가 놓여 있었다.

뭐야? 어떻게 된 거지? 이해할 수가 없었다. 촛대와 시계……. 왜 이 물건들이 제자리에 놓여 있지 않은 걸까? 무시무시한 어둠 속에서 도대체 어떤 일이 일어난 것일까?

갑자기 자기도 모르게 비명이 새어나왔다. 그가 이상한, 말로 표현할 수 없는 뭔가를 건드린 뒤였다. 아니야, 아니야. 머릿속은 두려움 때문에 뒤죽박죽되었다. 20초, 30초……. 그는 공포에 사로잡혀 꼼짝하지 않았다. 관자놀이에 땀이 흘렀다. 아직도 손가락에는 그 물체의 감촉이 남아 있었다.

그는 애써 냉정하게 다시 팔을 뻗었다. 그의 손이 그 물체, 뭐라 이름 붙일 수 없는 그 이상한 물체를 다시 살짝 스쳤다. 뤼팽은 그것을 더듬어 무엇인지 알아보려 했다. 그것은 머리카락, 그리고 얼굴이었다. 얼굴은 거의 얼어붙은 듯 차디차게 식어 있었다.

현실이 아무리 끔찍하더라도, 아르센 뤼팽 같은 사람은 일단 상황을 파악하게 되면 그 현실을 지배할 줄 안다. 그는 곧 등불을 켰다. 그의 앞에 피투성이가 된 여자가 누워 있었다. 목과 어깨에는 차마 눈뜨고 볼 수 없는 상처가 나 있었다. 그는 고개를 숙여 자세히 살펴보았다. 그녀는 죽어 있었다.

「죽었군. 죽었어」

그는 너무 놀라 똑같은 말을 되풀이했다.

움직이지 않는 눈, 비뚤어진 입, 납빛이 된 피부, 양탄자 위로 흘러내린 피를 들여다보았다. 피는 이제 끈적끈적하고 거무튀튀하게 굳어 있었다.

그는 다시 일어서서 전등의 스위치를 돌렸다. 방 안에 빛이 가득 찼다. 격렬한 싸움이 벌어졌던 흔적을 볼 수 있었다. 침대는 완전히 흐트러졌고 시트와 덮개도 벗겨져 있었다. 바닥에는 열한시 20분을 가리키고 있는 시계와 촛대, 그리고 좀더 멀리엔 쓰러진 의자가 뒹굴고 있었다. 사방에 피가 낭자하고 여기저기 핏자국이 얼룩진 상태였다.

「흑진주는?」

그가 중얼거렸다.

편지함은 제자리에 있었다. 뤼팽은 재빨리 그것을 열어보았다. 안에는 보석 상자가 들어 있었지만 상자는 비어 있었다.

그가 혼자 중얼거렸다.

「이런! 아르센 뤼팽, 행운에 대해 너무 자신만만했군……. 백작부인은 살해당하고 흑진주는 사라지고……, 상황이 나빠! 도망가자. 그렇지 않으면 전부 뒤집어쓰게 될 위험이 크다고」

하지만 그는 움직이지 않았다.

「도망? 그래, 다른 사람이라면 도망가겠지. 하지만 아르센 뤼팽이라면? 좀더 나은 일을 하지 않을까? 자, 차례차례 해보자. 어쨌든 너는 양심에 거리낄 게 없으니까. 네가 경찰서장이고 조사를 진행해야 한다고 생각해 보자. 좋아. 그러려면 명석한 두뇌가 필요해. 내 머리가 바로 그렇고!」

그는 안락의자에 털썩 주저앉아 타는 듯 뜨거운 이마를 주먹으로 괴었다.

오슈 가 사건은 최근에 우리를 가장 흥분시킨 사건이었다. 아르센 뤼팽이 이 사건에 개입되어 있어서 특별히 그 진상을 밝혀주지 않았더라면, 물론 나는 이 얘기를 꺼내지 않았으리라. 그가 관련되어 있으리라고 생각하는 사람은 거의 없었다. 결과적으로 진실을 정확하고 자세하게 아는 사람은 아무도 없는 것이다.

불로뉴 숲에서 레오틴 잘티를 만난다면 그녀를 알아보지 못하는 사람이 있을까? 한때 유명한 가수였던 그녀는 앙디요 백작의 부인이며 미망인이었다. 이십여 년 전 잘티의 호사스러움은 파리 전체를 눈부시게 했으며, 그녀의 다이아몬드와 진주 장신구는 전 유럽에 명성을 떨쳤다. 사람들은 그녀를 보고, 수많은 은행 금고와 수많은 오스트레일리아 금광 회사를 어깨에 걸치고 다닌다고들 말했다. 훌륭한 보석 세공사들이 예전에 왕과 왕비를 위해 일했듯이 이제는 잘티를 위해 일했다.

그런데 이 엄청난 재산을 전부 집어삼킨 재앙을 기억하지 못하는 사람이 있을까? 수많은 은행과 금광, 모든 것이 깊은 수렁에 빠져 들어가고 말았다. 경매인이 그녀의 놀라운 수집품을 전부 여기저기로 팔아치우고 난 후, 남은 귀금속은 그 유명한 흑진주 하나뿐이었다. 흑진주! 그녀가 그것을 처분하려고만 했다면 곧 거액의 재산을 손에 쥘 수 있었다.

하지만 그녀는 그렇게 하지 않았다. 값을 헤아릴 수 없는 이 보석을 파느니 차라리 경비를 줄여 몸종과 요리사, 하인 한 명씩을 데리고 수수한 아파트에서 사는 쪽을 택했다. 그럴 만한 이유가 있었는데, 그녀가 서슴없이 털어놓은 바에 의하면 그 흑진주는 황제에게서 받은 선물이었다! 거의 파산해서 아주 초라한 존재가 되어버린 후에도 그녀는 이 화려한 지난날의 동반자를 충실히 지켰다.

그녀는 이렇게 말하곤 했다.

「내가 살아 있는 한 이것은 누구에게도 내놓지 않을 거야」

그녀는 아침부터 저녁까지 그 목걸이를 목에 걸고 있었다. 그리고 밤에는 혼자만 알고 있는 장소에 넣어두었다.

신문에 발표된 이런 사실들은 대중의 호기심을 자극했다. 게다가 이상한 점이 있었다. 바로 살인 용의자의 체포가 오히려 사건을 더 불가사의하게 만들고 흥분을 증폭시켰다는 점이었다. 사흘 뒤, 신문에는 다음과 같은 기사가 실렸다.

앙디요 백작부인의 하인이었던 빅토르 다네그르가 체포되었다고 한다. 그에게 불리한 결정적인 증거들이 있었다. 경찰청장 뒤두이 씨가 지붕 밑 방, 매트리스 사이에서 발견한 하인복의 무명 소매에서 핏자국이 확인되었다. 게다가 천으로 싸인 단추 하나가 떨어지고 없었다. 그런데 이 단추는 수색 초기에 피살자의 침대 아래에서 발견되었다.

가정에 따르면 그날 저녁 식사 후 다네그르는 지붕 밑 방으로 올라가는 대신 옷방 속에 숨어들어 유리문을 통해 백작부인이 흑진주를 숨기는 것을 보았을 것이다.

하지만 위와 같은 가정을 뒷받침해 주는 증거는 지금까지 하나도 나오지 않았다. 더구나 또다른 문제가 여전히 애매하게 남아 있었다. 오전 일곱시에 다네그르는 쿠르셀 대로에 있는 담배 가게에 갔었다. 관리인 여자와 담배 가게 주인이 이 사실을 증언해 주었다. 한편 오전 여덟시, 복도 끝 방에서 자는 백작부인의 요리사와 몸종이 일어났을 때 문간방과 부엌의 문은 모두 두 번씩 돌려져 잠겨 있었다고 한다. 백작부인의 시중을 든 지 20년이 되는 이 두 사람에게는 조금도 의심할 만한 점이 없었다. 그렇다면 다네그르가 아파트에서 어떻게 나갔는지가 의아스럽다. 열쇠를 하나 더 만들어두었을까? 예심에서 이러한 여러 가지 문제들이 밝혀질 것이다.

하지만 예심에서는 아무것도 밝혀지지 않았다. 빅토르 다네그르는 칼부림을 전혀 겁내지 않는 전과자에 알코올 중독자이며 난

봉꾼임이 드러났다. 하지만 조사를 진행할수록 사건은 점점 더 짙은 어둠과 불가사의한 모순에 빠져들어 갔다.

 우선 희생자의 사촌이자 유일한 상속인인 셍클레브 양은, 백작 부인이 죽기 한 달 전, 흑진주를 어디에 숨겨놓는지를 털어놓은 편지를 받았다고 발언했다. 그런데 편지를 받은 다음날, 그 편지가 사라졌음을 알았다. 누가 훔쳐갔을까?

 관리인 부부는 그날 밤 어떤 사람에게 문을 열어주었으며, 그가 의사인 아렐의 집까지 올라갔다고 했다. 의사를 소환했지만 아무도 그의 집 초인종을 누르지 않았다고 증언했다. 그러면 그 사람은 누구였을까? 공범일까?

 언론과 대중은 공범이라는 가설을 받아들였다. 노형사 가니마르도 그 주장을 옹호했는데 그럴 만한 이유가 있었다.

 그가 판사에게 말했다.

 「여기에는 뤼팽이 관련돼 있습니다」

 판사가 반박했다.

 「말도 안 되오! 당신은 언제나 뤼팽 타령이군」

 「예, 어디에나 뤼팽이 관련돼 있으니까요」

 「뭔가 분명치 않은 점이 있을 때마다 뤼팽을 거론하는 게 아니오? 더구나 이 경우에는 주목할 만한 사실이 있소. 시계가 증명하고 있듯이 범행은 밤 열한시 20분경에 일어났소. 그런데 관리인 부부의 말에 따르면 한밤의 방문객이 찾아온 시각은 새벽 3시요」

 법원에서는 종종 어떤 증거에 이끌려, 처음에 주어진 설명에 따라 사건들을 끼워맞추게 된다. 전과자에 주정뱅이면서 난봉꾼인 빅토르 다네그르의 유감스러운 전력은 판사에게 영향을 끼쳤다. 처음에 발견된 두세 가지 증거를 더욱 확고히 해주는 새로운 정황은 전혀 없었지만, 그 무엇도 판사의 확신을 흔들어놓을 수 없었다. 그는 예심을 종결지었다. 그리고 몇 주 후 공판이 시작되었다.

매우 불분명하고 따분한 과정이었다. 재판장은 별 열의 없이 공판을 진행했다. 검찰관도 대충대충 공격하는 식이었다. 이런 상황이니 다네그르를 맡은 변호사의 일은 수월했다. 그는 고소의 결함을 지적하고 고소 자체가 불가능하다고 주장했다. 물적 증거가 전혀 없었다. 누가 열쇠를 만들었는가? 그 열쇠가 없다면, 다네그르가 아파트에서 나오면서 문을 잠가놓을 수 없다. 그 열쇠를 본 사람이 있는가? 그 열쇠는 어떻게 되었는가? 살인자의 칼을 본 사람이 있는가? 그 칼은 어떻게 되었는가?

변호사는 이렇게 변론을 마쳤다.

「요컨대 내 의뢰인이 살인을 했다는 증거를 대보십시오. 새벽 세시에 그 건물에 들어왔던 수상한 인물이 도둑질과 살인을 저지른 범인이 아니라는 것을 입증해 보십시오. 시계가 열한시를 가리키고 있었다고요? 그래서요? 시계 바늘이야 원하는 대로 돌려놓을 수 있는 거 아닙니까?」

빅토르 다네그르는 무죄를 선고받았다.

금요일 해질 무렵 그는 감옥에서 나왔다. 6개월 간의 감방 생활로 야위고 쇠약해져 있었다. 예심, 고독, 공판, 배심원단의 토의, 이 모든 것들 때문에 병적인 공포에 시달리고 있는 중이었다. 밤에는 끔찍한 악몽과 교수대의 환영이 떠나지 않았고 고열에 고통을 당해야만 했다.

그는 아나톨 뒤푸르라는 이름으로 몽마르트르 언덕에 작은 방을 얻었다. 그리고 이것저것 닥치는 대로 아무 일이나 하며 살았다.

가련한 인생! 세 번이나 다른 주인에게 고용되었으나 그가 누구인지 알려지자 당장 해고당했다.

때때로 그는 경찰 같은 사람들이 자기를 따라오는 것을 느꼈다. 아니, 그렇다고 단정했다. 그는 한 발 더 나아가 경찰에서 아직도 그를 함정에 빠뜨리려 하고 있다는 망상에 사로잡혀 있었다. 그러고는 제풀에, 어떤 손이 자기의 멱살을 잡고 거칠게 조여오는 듯 느끼곤 했다.

어느 날 저녁, 그가 동네 음식점에서 저녁을 먹고 있을 때 누군가가 그의 맞은편에 와서 앉았다. 깨끗하다고 할 수 없는 검은 프록코트를 입은 40대 남자였다. 그 남자는 수프와 야채, 포도주 한 병을 주문했다.

그리고 수프를 먹다가 눈을 들어 다네그르를 오랫동안 바라보았다.

다네그르는 창백해졌다. 이 사람은 확실히 몇 주 전부터 자기를 따라다니는 사람들 중 하나였다. 뭘 원하는 걸까? 다네그르는 일어나보려고 애썼다. 하지만 그럴 수가 없었다. 다리가 말을 안 들었다.

남자가 자기 잔에 포도주를 따르더니 다네그르의 잔에도 따라주었다.

「건배하죠」

빅토르는 더듬거리며 말했다.

「예, 그러죠…… . 건배!」

「건배! 빅토르 다네그르」

그는 소스라치게 놀랐다.

「내가! 내가! 절대 아니에요……. 맹세컨대……」

「뭘 맹세한다는 말씀이시오? 당신이 당신이 아니라는 이야기요? 백작부인의 하인이 아니라고?」

「하인이라니오? 내 이름은 뒤푸르요. 주인에게 물어보시오」

「아나톨 뒤푸르. 주인에게는 그렇겠죠. 하지만 법원에서는 다네그르지요. 빅토르 다네그르」

「아니오! 아니야! 누군가 당신에게 거짓말을 한 거요」

그 사람은 주머니에서 명함을 꺼내어 내밀었다. 빅토르는 그것을 읽어보았다.

〈그리모당. 전직 형사. 사설탐정.〉

그는 몸이 떨렸다.

「경찰이십니까?」

「지금은 아니오. 하지만 그 직업이 맘에 듭니다. 그래서 좀더 벌이가 되는 방법으로 그 일을 계속하고 있지요. 종종 큰 돈벌이를 찾게 된답니다. 바로 당신 사건 같은」

「내 사건?」

「그렇소, 당신 사건. 아주 특별한 돈벌이지요. 당신이 조금만 호의를 베풀어준다면 말이오」

「내가 그러지 않는다면요?」

「그렇게 하셔야 할 겁니다. 당신은 아무것도 거절할 수 없는 상황에 있거든요」

빅토르 다네그르는 어렴풋한 불안에 사로잡혔다. 그가 물었다.

「무슨 이야기인지 말씀해 보십시오」

다른 쪽이 대답했다.

「좋아요. 짧게 끝냅시다. 나는 셍클레브 양이 보내서 왔소」

「생클레브?」

「앙디요 백작부인의 상속인 말이오」

「그래서요?」

「생클레브 양이 당신에게서 흑진주를 찾아오는 일을 내게 맡겼소」

「흑진주라니오?」

「당신이 훔친 것」

「난 그런 거 없어요」

「당신이 가지고 있소」

「그것을 가지고 있다면 내가 살인자이게요?」

「물론 당신이 살인자요」

다네그르는 웃음을 지으려고 애썼다.

「신사 양반, 다행히도 재판소의 생각은 달랐지요. 아시다시피 배심원들은 모두 나의 무죄를 인정했어요. 누구나 양심이 있다고 할 때, 이 정직한 사람들 열두 명의 평결은……」

전직 형사가 그의 팔을 잡았다.

「쓸데없는 말은 그만두시오. 그리고 내 얘기를 주의 깊게 잘 듣고 신중히 생각하시오. 그럴 만한 가치가 있을 테니. 범죄가 있기 3주 전에 당신은 부엌에서 뒷문 열쇠를 훔쳐서 오베르캄프 가 244번지, 우타르라는 열쇠공에게 비슷한 열쇠를 만들게 했소」

「아니, 아니야. 그 열쇠를 본 사람은 아무도 없어요……. 그런 건 존재하지 않아」

빅토르가 웅얼거렸다.

「그 열쇠는 여기 있소」

잠시 침묵한 후에 그리모당이 다시 말했다.

「또 당신이 백작부인을 죽인 칼은 열쇠를 주문한 그날 자선 시장에서 산 것이었소. 칼날은 세모꼴이고 세로로 홈이 패어 있지」

「거짓말이오! 전부 당신이 아무렇게나 지어낸 얘기요. 그 칼을 본 사람은 아무도 없어요」

「그 칼은 여기 있소」

빅토르 다네그르는 움찔 뒤로 물러났다. 전직 형사가 계속해서 말했다.

「위쪽에 녹이 슬어 있지. 왜 그렇게 되었는지 당신에게 설명해야겠소?」

「그래서요? 당신은 열쇠와 칼을 가지고 있지만 그것이 내 것이라고 어떻게 입증할 수 있지요?」

「먼저 그 열쇠공이 있소. 그리고 당신에게 칼을 판 상인. 내가 이미 그들이 그날 일을 기억할 수 있게 해두었소. 당신 앞에 서면 그들은 반드시 당신을 알아볼 거요」

그는 냉담하고 무뚝뚝하게, 그리고 끔찍할 정도로 정확히 말했다. 다네그르는 두려워서 경련이 일었다. 판사도, 중죄 재판소의 재판장도, 차장 검사도 그를 이렇게 바싹 추격하지는 못했고, 이제는 자기 자신도 분명하게 구별해 낼 수 없는 세세한 사항을 이렇게 정확하게 알 줄 몰랐다.

그래도 그는 태연한 척하려고 애썼다.

「증거라는 게 고작 그거요?」

「또 있소. 범죄 후 당신은 왔던 길로 되돌아갔소. 그런데 공포에 질려 있던 당신은 중심을 잡기 위해 옷방 중간에서 벽에 기대야만 했소」

「당신이 어떻게 알죠……? 아무도 알 수 없는 걸 말이오」

빅토르가 더듬더듬 말했다.

「법원에서는 몰랐겠지. 검찰관들 중 누구도 촛불을 켜고 벽을 조사해 볼 생각을 하지 못했으니까. 조사를 했다면, 하얀 회벽 위에 붉은 얼룩이 살짝 묻어 있는 것을 볼 수 있었을 거요. 하지만 그 정도면 당신이 벽에 대었던, 피범벅이 된 엄지손가락의 지문을 채취하기에 충분하오. 인체 측정 방식에서는 이런 종류의 물증이 범인을 식별하는 중요한 방법이라는 것을 모르셨군」

빅토르 다네그르는 하얗게 질렸다. 이마에서 땀방울이 흘러내렸다. 그는 얼빠진 눈으로 이 이상한 남자를 쳐다보았다. 남자는 마치 눈에 보이지 않는 목격자이기라도 한 것처럼 자신의 범죄를 생생하게 상기시켜 주었다.

그가 졌다. 그는 힘없이 고개를 숙였다. 몇 달 전부터 그는 세상 모든 사람들에 대항해서 싸워왔다. 하지만 이 남자 앞에서는 아무것도 할 수 없었다.

그가 더듬거리며 말했다.

「진주를 돌려준다면 얼마를 줄 거요?」

「한 푼도 없소」

「뭐라고? 농담이겠지! 수천, 수십만 프랑의 값이 나가는 물건을 내놓는데 나한테는 돌아오는 게 아무것도 없다고?」

「아니, 있지. 바로 목숨이오」

죄인은 몸서리를 쳤다. 그리모당이 부드러운 목소리로 덧붙였다.

「이봐요, 다네그르. 당신한테는 그 진주가 아무런 가치가 없소. 당신은 그것을 팔 수 없으니까. 가지고 있어 봐야 무슨 소용이오?」

「장물아비들이 있으니까……. 언젠가는……, 얼마를 받든……」

「그 언젠가가 되면 때는 이미 늦소」

「어째서?」

「왜냐고요? 법원에서 다시 당신을 체포할 테니까 말이오. 그러면 칼, 열쇠, 지문에 대한 정보 등, 내가 제시하는 증거들 덕에 이번에야말로 당신은 끝장이라오」

빅토르는 두 손으로 머리를 움켜쥐고 곰곰이 생각했다. 사실 자기가 졌고 돌이킬 수 없다는 사실을 느꼈다. 동시에 엄청난 피로가 몰려왔다. 다 포기하고 쉬고 싶은 마음이 간절했다.

그가 중얼거렸다.

「언제 필요한가요?」

「오늘밤. 한시 전에」

「그렇지 않으면?」

「그렇지 않으면 우체국에 가서 이 편지를 부치겠소. 셍클레브 양이 검사에게 당신을 고발하는 내용이오」

다네그르는 포도주 두 잔을 연달아 마셨다. 그리고 일어나며 말했다.

「음식값을 지불해 주시오. 그리고 갑시다……. 이놈의 사건은 이제 진저리가 난다오」

밤이 왔다. 두 남자가 레픽 거리를 걸어 내려와서 외곽도로를 따라 에투알 광장 쪽으로 갔다. 그들은 말없이 걸었다. 빅토르는 매우 지쳐 등이 굽어 있었다.

몽소 공원에서 그가 말했다.

「그 집 쪽이에요……」

「그렇군! 체포되기 전에 당신은 담배 가게에만 갔었으니까」

214

「거의 다 왔어요」

다네그르가 잘 들리지 않는 목소리로 말했다.

그들은 공원의 철책을 따라가서 길을 건넜다. 길모퉁이에 담배 가게가 있었다. 몇 걸음 더 가더니 다네그르가 멈추어 섰다. 그의 다리가 후들거리더니 벤치 위에 주저앉았다.

동행인이 물었다.

「그 다음은?」

「여기요」

「여기라니! 무슨 말인가?」

「여기라고요. 우리 앞에」

「우리 앞? 말해 봐, 다네그르……」

「여기에 있다고 말하지 않소」

「어디?」

「두 포석 사이에」

「어떤 것?」

「찾아보시오」

「어떤 것을?」

그리모당이 되풀이했다.

빅토르는 대답하지 않았다.

「아! 좋아. 나를 기다리게 하시겠다?」

「아니……, 나는 불행해 죽을 지경이오」

「그래서 망설이는 건가? 자, 내가 좀 너그러워지도록 하지. 얼마가 필요한가?」

「미국으로 가는 3등 선실 표를 살 수 있을 만큼」

「알겠네」

「그리고 기본적인 비용으로 쓸 1백 프랑짜리 지폐 한 장」

「두 장 주지. 말하게」

「하수도 오른쪽 포석을 세어보시오. 열두번째와 열세번째 사이요」

「도랑 안에?」

「예. 인도 아래쪽에」

그리모당은 주위를 둘러보았다. 전차가 지나가고 사람들이 지나다녔다. 하지만 까짓것! 누가 눈치를 챌 수 있을라고?

그는 작은 칼을 꺼내 열두번째와 열세번째 포석 사이에 꽂았다.

「만약 여기에 없으면?」

「내가 쪼그리고 그것을 파묻는 모습을 본 사람이 아무도 없다면 여전히 거기 있겠지요」

과연 여기에 남아 있을까? 도랑의 진창 속에 던져진 흑진주는 누구든 제일 먼저 발견한 사람이 마음대로 할 수 있었을 텐데 말이다. 흑진주……, 엄청난 재산!

「어느 정도 깊이지?」

「10센티미터 정도 될 거요」

그는 축축한 모래를 팠다. 칼끝이 무언가에 부딪혔다. 그는 손가락으로 구멍을 넓혔다.

흑진주가 나타났다.

「자, 여기 2백 프랑이네. 미국행 표는 내가 보내주지」

다음날, 《에코 드 프랑스》에는 짤막한 기사가 실렸다. 전 세계의 신문들이 그 기사를 그대로 옮겨 실었다.

그 유명한 흑진주는 어제부터 아르센 뤼팽의 수중에 있다. 그는 앙디요 백작부인의 살해범에게서 그것을 되찾아왔다. 얼마 있으면 이 귀중한 보석의 모사품이 런던과 상트페테르부르크, 캘커타, 부에노스아이레스, 뉴욕에서 전시될 것이다.

아르센 뤼팽은 거래를 원하는 사람의 제안을 기다리고 있다.

「이렇듯 언제나 죄에는 벌이, 덕에는 보상이 따르는 겁니다」

나에게 사건의 이면을 밝혀주면서 아르센 뤼팽은 이렇게 끝을 맺었다.

「그렇게 해서 운명은 전직 형사 그리모당의 이름으로 자네를 택해, 가증스런 죄악에서 얻은 이익을 그 죄인에게서 빼앗아 오게 했던 것이군」

「바로 그렇지요. 솔직히 이 사건은 제가 가장 자랑스럽게 생각하는 사례 중 하나랍니다. 백작부인의 죽음을 확인하고 난 후 그 아파트에서 보낸 40분이 제 일생에서 가장 놀랍고 가장 난해한 순간이었습니다. 그토록 복잡하게 뒤얽힌 상황에 말려든 저는 그 40분 동안 범죄를 재구성했고, 몇 가지 실마리 덕에 범인은 백작부인의 하인일 수밖에 없다는 확증을 얻었지요. 끝으로 진주를 손에 넣기 위해서는 이 하인이 체포되어야만 한다는 것을 알았습니다. 그래서 제가 단추를 떨어뜨려 놓았지요. 하지만 그의 유죄를 증명하는 명백한 증거는 발견되지 않아야 한다는 사실도 잊지 않았습니다. 그래서 그가 양탄자 위에 떨어뜨리고 간 칼을 집어왔고, 자물쇠에 꽂아놓고 간 열쇠를 꺼낸 뒤 문을 잘 잠갔지요. 옷방 벽에 남아 있던 손가락 자국은 지웠습니다. 제 생각에 그때의 번득이는 사고력은……」

「천재적이었군」

내가 끼어들었다.

「천재적이라……. 그렇게 말해도 좋겠지요. 아무에게서나 그렇게 빛나는 건 아니니까요. 양극단에 있는 두 가지 문제, 그러니까 체포와 석방에 관해 잠시 생각해 보세요. 법원이라는 기막힌 도구를 이용해서 그가 이상해지도록, 간단히 말해서 바보가 되도록 만드는 겁니다. 일단 풀려나면 제가 쳐놓은 좀 어설픈 덫에 반드시 걸려들 수밖에 없는 정신 상태가 되도록 말이죠」

「좀 어설픈? 〈많이 어설픈〉이라고 해야겠네. 사실 그에게는 전혀 위험이 없었으니까」

「아무런 위험도 없었지요. 무죄 석방은 최종 판결이니까요」

「불쌍한 작자군……」

「불쌍한 작자라. 빅토르 다네그르가요? 그가 살인자라는 생각은 안 하십니까? 흑진주가 그의 것이 되었다면 도덕은 완전히 죽는 겁니다. 그는 살아 있어요. 생각해 보세요. 다네그르는 엄연히 이 세상 사람이지요」

「흑진주는 자네 것이 되었고 말이지」

그는 가방 속, 비밀 주머니에서 그것을 꺼내어 들여다보고 손가락과 눈으로 쓰다듬으며 한숨지었다.

「어떤 부호가, 아니면 어떤 어리석고 허영심 많은 왕이 이 보물을 소유하게 될까요? 앙디요 백작부인, 레오틴 잘티의 하얀 어깨를 장식했던 이 아름답고 호화로운 작은 조각은 이제 미국의 어떤 억만장자 손에 들어가게 될까요?」

한 발 늦은 헐록 숌즈*

「벨몽, 당신이 아르센 뤼팽과 얼마나 닮았는지 신기할 정도예요」

「그를 아세요?」

「모든 사람들이 알지요. 사진을 통해서 말입니다. 서로 비슷한 사진은 하나도 없지요. 그렇지만 용모가 동일하다는 인상을 풍기거든요. 그게 바로 당신의 모습과 똑같아요」

오라스 벨몽은 기분이 좀 상한 듯싶었다.

「그런가요, 드반? 다른 사람들도 내게 그런 말을 많이 하더군요」

드반이 계속했다.

「내 사촌 에스테반이 당신을 추천하지 않았거나 내가 좋아하는

---

* 코난 도일의 소설 주인공, 셜록 홈즈Shelock Holmes에게 경의를 표하기 위해 작가가 철자를 바꿔 등장시킴.

바다 그림들을 그린 유명 화가가 아니었다면, 나는 디에프에 아르센 뤼팽이 있다고 경찰에 알려야 하지 않나 분명히 고민했을 거예요」

이 무례한 발언에 모두들 웃었다. 티베르메닐 성의 커다란 식당에는 벨몽 외에도, 마을 주임 사제인 젤리스 신부와 여남은 명의 장교들이 있었다. 은행가 조르주 드반과 그의 모친의 초대를 받고 온 장교들은 인근에서 훈련중이었다. 그들 중 한 명이 외쳤다.

「하지만 파리에서 르아브르로 가는 특급 열차에서의 그 유명한 사건 이후로는 아르센 뤼팽에 관한 특별한 사건이 없었지 않습니까?」

「맞습니다. 그게 세 달 전 일이고 제가 도박장에서 벨몽 씨를 알게 된 것은 바로 그 다음주였지요. 그때부터 벨몽 씨는 저를 여러 차례 기꺼이 방문해 주셨습니다. 조만간 저희 집에 좀더 심각한 목적으로 방문하실 때를 대비해서요……. 바로 밤손님으로 오실 때 말입니다!」

사람들은 다시 웃음을 터뜨리며 예전에 경호원 대기실로 쓰였던 천장이 아주 높고 넓은 방으로 들어갔다. 조르주 드반은 기욤 탑의 하부 전체를 차지하는 이 방에, 수세기에 걸쳐 티베르메닐의 고관들이 축재한 엄청난 재산을 모아놓았다. 벽장들, 식기장들, 받침쇠들과 촛대들이 방을 장식하고 있었고 돌벽에는 휘황찬란한 태피스트리가 덮여 있었다. 큰 창틀을 끼우기 위해 벽에 낸 네 개의 깊숙한 공간에는 의자들이 놓여 있고 창 윗부분은 고딕식 채색 유리로 장식되어 있었다. 문과 왼쪽 창 사이에는 르네상스풍의 웅장한 서가가 있었는데 그 상부 장식에는 금색 글자로 〈티베르메닐〉이라고 적혀 있으며 그 아래에는 〈원하는 대로 하여

라)라는 가훈이 있었다.

모두들 시가에 불을 붙이고 있을 때 드반이 말했다.

「서둘러야 할 겁니다, 벨몽 씨. 오늘밤이 당신의 마지막 기회일 테니까요」

「왜 그렇지요?」

그들 사이에 오가던 장난을 암묵적으로 받아들이며 벨몽이 말했다.

드반이 대답하려 하자 그의 어머니가 손짓을 하며 말렸다. 하지만 그는 저녁 식사 시간의 흥분과 손님들을 즐겁게 해주고 싶은 마음이 좀더 컸다.

그가 말했다.

「까짓것! 이제 말할 수 있습니다. 경솔한 언동일지라도 더 이상은 두렵지 않군요」

호기심에 가득 찬 사람들은 그의 주위에 둘러앉았다. 그는 굉장한 소식을 전하는 전령처럼 의기양양하게 말했다.

「내일 오후 네시에 헐록 숌즈가 제 손님으로 옵니다. 이 위대한 영국 탐정, 헐록 숌즈의 사전에 수수께끼라는 말은 없지요. 사상 최고의 수수께끼 해결사, 소설 속에서나 가능할 법한 경이로운 인물이 저희 집에 온다는 말이죠」

탄성이 터졌다. 헐록 숌즈가 티베르메닐에? 그렇다면 진짜일까? 정말로 아르센 뤼팽이 이 고장에 있을까?

「아르센 뤼팽과 그의 일당이 이 근처에 있습니다. 카오른 남작 사건을 생각지 않더라도 몽티니, 그뤼셰, 크라스빌을 턴 작자가 우리의 도둑왕이 아니면 누구겠습니까? 이번에는 제 차례입니다」

「카오른 남작처럼 당신도 통고를 받았나요?」

「같은 술수가 두 번씩 통하지는 않지요」

「그렇다면?」

「말씀을 드리지요」

그는 일어나서 서가에 꽂힌 두 권의 커다란 2절판 책들 사이의 빈틈을 손가락으로 가리켰다.

「바로 저 자리에 책이 한 권 있었습니다. 『티베르메닐 연대기』는 16세기 책으로, 롤롱 공작이 중세의 요새가 있던 자리에 이 성을 지었을 때부터의 역사를 기록한 책이지요. 그 안에는 판화 세 장이 포함돼 있었어요. 첫번째는 영지 전체의 조감도였고, 두번째는 건물들의 평면도, 세번째는 여러분들의 관심을 부탁드립니다만 지하 통로의 도면이었습니다. 그 통로의 출구들 중 하나는 제1성벽의 외곽으로 나 있고 또 하나는 여기, 우리가 있는 바로 이 방으로 통했지요. 그런데 그 책이 지난달부터 보이지 않습니다」

벨몽이 말했다.

「저런! 안 좋은 조짐이군요. 헐록 숌즈를 끌어들이기로 한 계기로는 좀 부족하지만 말입니다」

「물론 방금 말씀드린 사건의 의미를 분명히 해줄 또다른 사건이 발생하지 않았다면 턱없이 부족했겠지요. 국립 도서관에는 이 연대기의 두번째 권이 있었습니다. 그 두 권의 책은 지하 통로에 관한 몇몇 세부 사항들, 그러니까 축척이나 단면도 등에서 일치하지 않습니다. 또 주석들은 인쇄된 것이 아니라 잉크로 씌어진 것이라서 군데군데 지워졌지요. 저는 그러한 특색을 파악했고 두 지도를 세밀하게 대조해야만 완전한 도면을 작성할 수 있다는 사실을 깨달았습니다. 그런데 제 책이 사라진 다음날, 국립 도서관의 책도 어떤 열람자에게 대출된 뒤에 감쪽같이 사라졌지요」

사람들의 탄식이 흐른 뒤 누군가가 말했다.

「사태가 심각하군요」

드반이 말했다.

「이번에는 경찰이 정신을 바짝 차리고 두 차례나 수사를 벌이기도 했지요. 하지만 아무런 결과도 얻지 못했습니다」

「아르센 뤼팽을 잡기 위한 모든 수사가 그렇듯이 말이군요」

「바로 그렇습니다. 그래서 헐록 숌즈에게 도움을 청해야겠다는 생각이 들었지요. 그는 아르센 뤼팽을 만나게 되기를 열망한다고 답을 해왔습니다」

벨몽이 말했다.

「아르센 뤼팽으로서는 대단한 영광이로군요! 하지만 당신이 말씀하신 그 도둑왕이 티베르메닐을 털 계획이 아니라면 헐록 숌즈는 와서 할 일이 없지 않겠습니까?」

「그가 흥미롭게 여길 일이 또 있지요. 그것은 지하 통로를 찾아내는 일입니다」

「뭐라고요! 그 두 개의 입구 중 하나는 성 외곽에 있고 나머지 하나는 바로 이 방에 있다고 이미 말씀하셨지 않습니까!」

「그게 어딜까요? 이 방의 어디에 그게 있을까요? 지도에서 지하 통로를 나타내는 선의 한 끝은 〈T. G.〉라고 씌어 있는 작은 원으로 이어집니다. 아마도 기욤 탑 Tour Guillaume을 뜻하겠지요. 하지만 탑을 뜻하는 그 원의 어느 지점에서 길이 시작되는지 과연 누가 알 수 있겠습니까?」

드반은 두번째 시가에 불을 붙이고 베네딕틴 술을 한 잔 따랐다. 그에게 온갖 질문이 쏟아졌다. 사람들의 관심을 유발했다는 사실에 만족하는 듯 미소를 짓고는 그가 말했다.

「비밀의 열쇠는 사라졌습니다. 이 세상 누구도 그것을 모르지요. 전설에 따르면 막강한 세력가들이 임종의 자리에서 자신의 아들에게만 그 비밀을 전해 왔다고 합니다. 그런데 그 마지막 전수자인 조프루아는 혁명력 2년 열월(1793년 제정된 프랑스 혁명력의 열한번째 달——옮긴이) 7일에 열아홉 살의 나이로 단두대에서 참수를 당하고 말았지요」

「그러면 그때부터 한 세기 동안 모두들 그것을 찾으려고 했겠지요?」

「찾으려고 했지요. 하지만 헛수고였어요. 저부터도 국민의회 의원인 르리부르의 조카 손자로부터 이 성을 샀을 때, 성의 내부를 샅샅이 뒤지도록 했습니다. 물론 소용없었지요. 생각해 보세요. 물로 둘러싸인 이 탑과 성을 연결하는 것은 하나밖에 없습니다. 그러니까 지하 통로는 탑을 에워싼 해자 밑을 통과만 한다는 이야기지요. 국립 도서관의 도면에서는 총48개의 디딤판을 지닌 네 개의 계단을 볼 수 있는데 이것으로 미루어 통로의 깊이는 10미터가 넘는 겁니다. 그리고 다른 도면의 축척에 따르면 그 길이는 2백 미터로 정해지지요. 실제로 모든 문제가 여기, 이 천장과 바닥, 그리고 벽들 사이에 있습니다. 솔직히 저는 이곳을 허물어 볼 생각까지 하고 있지요」

「단서가 될 만한 건 없나요?」

「아무것도 없습니다」

젤리스 신부가 반박했다.

「드반 씨, 우리는 두 개의 인용구를 염두에 두어야만 합니다」

드반이 웃으며 말했다.

「신부님께서는 여러 고문서들을 살피셨고 많은 회고록들을 읽으셨습니다. 티베르메닐에 관한 이야기라면 무엇에든 열중하셨지요. 하지만 신부님께서 말씀하시는 사항들은 혼란만 가중시킬 뿐입니다」

「도대체 그게 뭐지요?」

「관심이 있습니까?」

「무척이오」

「신부님께서 얻으신 결론은 수수께끼의 열쇠를 두 명의 프랑스 왕이 쥐고 있다는 겁니다」

「두 명의 프랑스 왕이라면······」

「앙리 4세와 루이 16세지요」

「모르는 인물들은 아니군요. 그렇다면 사제께서 알아내셨다는 것은······?」

「아! 그건 아주 간단해요」

드반이 계속해서 말했다.

「아르크 전투가 벌어지기 이틀 전, 앙리 4세는 이 성에 와서 식사를 하고 잠자리에 들었어요. 밤 열한시에 노르망디에서 가장 아름다운 여인인 루이즈 드 탕카르빌이 비밀 통로를 통해 들어와서 왕에게 소개되었지요. 여기에 가담한 자는 에드가르 공작이었는데 그는 이때 자신의 가문의 비밀을 공개한 것이었어요. 후에 앙리 4세는 그의 대신인 쉴리에게 그 비밀을 털어놓았고, 쉴리는 그 일화를 『왕국 재정』에 실으면서 이해할 수 없는 문장 하나만을 실마리로 덧붙여 놓았지요. 〈도끼가 돌고 공기가 떨리니 날개가 펼쳐지고 신에게 이르리라.〉」

잠시 이어진 침묵 뒤에 벨몽이 냉소적으로 말했다.

「뜻이 훤히 드러나는 문장은 아니군요」

「그렇지요? 회상록을 받아적는 서기들에게 비밀이 새어나가지 않도록 쉴리가 암호를 썼다는 것이 사제께서 주장하시는 바입니다」

「상당히 그럴듯한 가정이군요」

「제 생각도 그렇습니다. 그런데 도끼가 돌아가는 건 뭐고 새가 날개를 펴는 건 뭘까요?」

「신에게 이르는 존재는 또 뭐지요?」

「그것 역시 수수께끼예요!」

벨몽이 다시 물었다.

「그 순진한 루이 16세도 여자를 불러들이기 위해서 지하 통로를 열도록 했습니까?」

「그건 저도 모르겠습니다. 다만 말할 수 있는 부분은 루이 16세가 1784년에 티베르메닐에 머물렀고, 가멩의 신고로 루브르 궁전에서 발견된 그 유명한 철제 장롱에는 그가 이렇게 기록한 종이가 들어 있었다는 겁니다. 〈티베르메닐 : 2-6-12〉」

오라스 벨몽은 웃음을 터뜨렸다.

「알겠어요! 어둠이 점점 걷히는군요. 2 곱하기 6은 12란 이야기 아닙니까」

신부가 말했다.

「마음대로 비웃으시오. 어쨌든 그 두 인용구에 해결책이 담겨 있고 언젠가는 그것들을 해석할 수 있는 사람이 나타날 테니 말이오」

그러자 드반이 말했다.

「누구보다 헐록 숌즈가 먼저겠지요……. 아르센 뤼팽이 선수를 치지 않는다면 말입니다. 벨몽, 당신은 어떻게 생각하세요?」

벨몽은 자리에서 일어나서 손을 드반의 어깨에 얹고 선언하듯 말했다.

「당신의 책과 도서관의 책을 통해 얻은 자료에 가장 중요한 정보가 빠져 있었는데 친절하게도 당신이 방금 그걸 알려주셨군요. 감사드립니다」

「그래서요?」

「도끼가 돌았고, 새가 날아갔고, 2 곱하기 6은 12니까 이제 저는 성 외곽에 있는 지하 통로의 입구로 가기만 하면 되겠네요」

「1분도 지체하지 않고 말이지요」

「1초도 지체하지 말아야지요! 제가 성을 털려면 오늘밤 안에, 그러니까 헐록 숌즈가 도착하기 전에 해야 하지 않습니까?」

「하지만 사실 시간은 많이 있어요. 자, 그건 그렇고 제 차로 당신을 데려다드릴까요?」

「디에프까지 말입니까?」

「예, 디에프까지. 저도 마침, 오늘 자정 기차로 도착할 앙드롤 부부와 그들의 친구인 아가씨 한 명을 마중 나가는 길입니다」

그러고는 장교들을 향해 덧붙였다.

「여러분, 우리 모두 내일 여기에 점심 식사를 위해 다시 모이는 것이 어떻겠습니까? 열한시 정각에 여러분들의 부대가 이 성을 포위해서 공격해 오기를 기다리고 있겠습니다」

사람들은 그의 초대를 받아들이고 돌아갔다. 잠시 후, 드반은 벨몽과 함께 차를 타고 디에프로 가서 그를 카지노 앞에 내려준 뒤에 역으로 향했다.

자정에 드반의 친구들이 기차에서 내렸다. 열두시 30분, 드반의 차는 티베르메닐의 정문을 지났다. 한시에는 응접실에서 간단한 식사를 한 후 모두들 각자의 방으로 돌아갔다. 하나둘씩 불이 모두 꺼지고 밤의 깊은 침묵이 성을 감쌌다.

구름을 헤치고 나온 달이 두 개의 창문을 통해 응접실을 환히 비추었다. 하지만 그것은 잠시였고 달은 곧 언덕 뒤편으로 가라 앉았다. 세상은 암흑에 잠겼고 어둠이 짙어질수록 침묵도 깊어졌 다. 간간이 가구들이 삐거덕거리는 소리, 고성의 벽을 초록빛 물 로 적시는 호수 위에서 갈대가 살랑거리는 소리만이 그 침묵을 깼다.

괘종시계는 무한한 시간의 염주알들을 하나씩 세고 있었다. 시 계는 두시를 쳤다. 또다시 밤의 무거운 정적 속에 단조로운 시간 들이 서둘러 지나갔고 시계의 종이 세시를 쳤다.

갑자기 기차가 지날 때 원반 신호기가 내는 소리처럼, 뭔가가 부딪히는 소리가 났다. 그리고 한 줄기 가는 빛이 환한 궤적을 남 기며 날아가는 화살처럼 객실을 관통했다. 빛은 오른편, 서가의 상단이 있는 벽 기둥 가운데 홈에서 새어나왔다. 그것은 처음에 는 맞은편 벽 위에 밝은 원으로 머물러 있다가, 어둠 속을 살피 는 불안한 눈길처럼 사방으로 옮겨다녔고 자주 자취를 감췄다간 다시 나타났다. 그러는 동안 책꽂이의 일부가 그 자체를 축으로 통째로 돌고, 천장이 둥근 넓은 통로가 드러났다.

한 남자가 손에 전등을 들고 들어왔다. 이어, 다른 한 남자와 세번째 남자가 둘둘 말린 밧줄과 여러 도구들을 들고 나타났다. 첫번째 남자는 방을 살펴보고 귀를 기울인 뒤에 말했다.

「동료들을 불러라」

그 동료들 중 정력이 넘치는 얼굴에 건장한 체구를 지닌 여덟

명의 남자가 지하 통로를 통해 들어왔다. 물건을 내가는 일이 시작되었다.

그 과정은 아주 신속했다. 아르센 뤼팽은 이 물건 저 물건으로 옮겨다니며 평가를 하고, 그 크기와 예술적 가치에 따라 절도 대상에서 빼거나 명령을 내렸다.

「실어내라!」

지하 통로가 커다랗게 입을 벌리고 물건들을 집어삼켜서는 뱃속으로 신속하게 통과시켰다.

이렇게 해서 루이 15세 시대의 의자 여섯 개와 안락의자 여섯 개, 오뷔송(15세기부터 태피스트리 제조가 성행한 프랑스의 도시 ── 옮긴이)의 태피스트리들, 구티에르(18세기 프랑스의 금은세공사 ── 옮긴이)의 이름이 새겨진 장식 촛대들, 프라고나르의 작품 둘, 나티에의 작품 하나, 우동의 흉상과 작은 조각상들이 자취를 감췄다(프라고나르, 나티에, 우동은 모두 18세기에 활동한 프랑스의 예술가들 ── 옮긴이). 뤼팽은 가끔 멋진 벽장이나 훌륭한 그림 앞에서 머뭇거리며 한숨을 쉬었다.

「이건 너무 무겁고……, 저건 너무 크고…… .정말 아깝군!」

그는 감정을 계속했다.

아르센의 표현에 따르면 응접실은 40분 만에 〈치워졌다〉. 그 모든 작업은 완벽한 순서에 따라 이루어졌고, 그들이 옮긴 물건들은 마치 솜을 두껍게 두른 듯 아무런 소리도 내지 않았다.

그는 가구 제조인 불르의 서명이 있는 벽시계를 들고 그곳을 빠져나가던 마지막 일당에게 말했다.

「다시 올 필요 없네. 화물차에 모두 싣는 즉시 로크포르의 창고로 떠나야 된다는 것을 명심하게」

「그러면 당신은요?」

「오토바이를 남겨둬라」

그 남자가 떠나자 그는 책꽂이의 움직이는 면을 바로 옆으로 밀었고, 물건들을 나른 흔적과 발자국을 지웠다. 그리고 나서 칸막이 커튼을 젖히고 탑과 성의 연결 통로 역할을 하는 회랑으로 들어갔다. 그 중간에는 진열장이 하나 있었는데 아르센 뤼팽은 이를 위해 그토록 치밀한 조사를 벌였던 것이다.

그 안에는 경이로운 솜씨로 만든 축소 모형, 회중시계, 코담배 갑, 반지, 부인용 허리 사슬 등의 진기한 수집품들이 보관돼 있었다. 그는 집게로 자물쇠를 땄다. 매우 섬세하고 정교한 기술로 만든 작은 작품들과 금은 패물들을 손에 쥐는 일은 그에게 이루 말할 수 없는 기쁨이었다.

그는 그 노다지를 담기 위해 특별히 준비한 커다란 무명 자루를 어깨에서 허리로 비스듬히 둘러멨다. 그는 그 자루에 이어 웃옷과 조끼, 바지 주머니들에도 패물들을 채웠고 예나 지금이나 인기가 좋은 진주 핸드백들을 왼팔로 그러모았다. 그때 작은 소리가 귓가를 스쳤다.

그는 귀를 기울였다. 잘못 들은 건 아니었다. 그 소리는 뚜렷해졌다.

순간, 그에게 기억이 떠올랐다. 그 회랑의 끝에 있는 계단 윗방에 그때까지는 아무도 살지 않았지만 그날 저녁부터는 드반이 디에프에서 앙드롤 부부와 함께 데려온 아가씨가 묵기로 되어 있었다.

그는 재빠른 손놀림으로 전등의 스위치를 눌러 껐다. 그가 간신히 창틀 앞에 이르자마자 계단 위의 문이 열리면서 어렴풋한 빛이 회랑을 비추었다.

커튼에 반쯤 가려진 그는 앞이 보이지 않았지만 누군가가 계단을 조심스럽게 내려오고 있다는 사실을 느꼈다. 그는 그녀가 더 이상 내려오지 않기를 바랐다. 하지만 그녀는 계단을 내려왔고, 방으로 몇 걸음을 내딛다가 비명을 질렀다. 아마도 거의 다 비어버린 진열장을 발견한 모양이었다.

그는 향기로 그녀의 위치를 가늠할 수 있었다. 그를 감춰주고 있는 커튼에 그녀의 옷이 스칠 만큼 가까이 있었다. 그는 그녀의 심장 뛰는 소리가 들리는 것만 같았고, 그녀도 뒤편 어둠 속에 손이 닿을 만큼 가까운 거리에 누군가 있다는 사실을 느끼고 있는 모양이었다. 그는 속으로 말했다.

〈이 여자는 두려워하고 있어……. 여길 떠날 거야. 떠날 수밖에 없어…….〉

하지만 그녀는 떠나지 않았다. 그녀의 손에 들린 초의 떨림이 멎었다. 그녀는 뒤로 돌아섰고 잠시 망설이며 두려운 침묵에 귀를 기울이는 듯하다가 단번에 커튼을 젖혔다.

그들은 서로 얼굴을 마주보았다.

뤼팽은 당황해서 중얼거렸다.

「당신, 당신은!」

그녀는 넬리 양이었다.

대서양 횡단 정기선의 그 잊을 수 없는 여정 동안 그와 아름다운 추억을 함께했던 여인, 그가 체포되던 현장에서 그를 저버리지 않고, 보석과 지폐를 숨겨둔 코닥 카메라를 바다에 던져주었던 너그러운 여인 넬리 양. 그녀의 소중하고 사랑스런 모습은 오랜 감옥 생활 동안 얼마나 많은 슬픔과 기쁨을 가져다주었던가.

하필이면 그 시간, 그곳에서 그들을 서로 맞닥뜨리게 한 우연이 너무도 놀라웠기 때문에 그들은 믿을 수 없는 서로의 출현에 마비라도 된 듯, 당황하여 꼼짝도 할 수 없었고 한마디도 하지 못했다.

넬리 양은 감정을 자제하지 못하고 비틀거리며 자리에 주저앉았다.

그는 그녀의 맞은편에 그대로 서 있었다. 끝도 없이 느리게만 여겨지는 그 시간 속에, 골동품을 가득 안고 있는 두 팔과 불룩 나온 주머니들, 터질 정도로 꽉 찬 그의 자루를 비워야만 한다는 생각이 들기 시작했다. 그는 당혹스러움을 느꼈고 범행 현장에서 발각된 도둑으로 그 자리에 있다는 사실에 얼굴이 붉어졌다. 무슨 일이 있든 이제 그녀에게 그는 다른 사람들의 주머니에 손을 넣고, 남의 집 문을 따고 몰래 숨어드는 도둑이었다.

회중시계 하나가 양탄자 위에 굴러떨어졌고, 이어 또 하나가 바닥에 부딪혔다. 팔에서 빠져나가려고 하는 다른 물건들도 주체할 수가 없었다. 그래서 그는 서둘러 결정을 내리고, 안락의자 위에 물건들과 자루를 내려놓고 주머니를 비웠다.

넬리 앞에서 마음이 좀더 편안해진 그는 그녀에게 말을 걸려고 한 걸음 다가갔다. 하지만 그녀는 자리에서 황급히 일어난 뒤 흠칫 물러서서, 공포에 사로잡힌 듯 응접실을 향해 뛰어갔다. 그는 커튼 뒤로 사라진 그녀를 따라 들어갔다. 그녀는 놀라움에 떨면서 두려움 속에, 그 황폐해진 커다란 방을 둘러보고 있었다.

즉시 그가 그녀에게 말했다.

「내일 세시에 모두 제자리로 돌아올 겁니다……. 물건들을 도로 가져올 거예요……」

그녀는 대답하지 않았다. 그가 거듭 말했다.

「내일 세시입니다. 약속드리지요. 무슨 일이 있더라도 약속은 반드시 지키겠습니다. 내일 세시입니다」

오랜 침묵이 그들을 짓눌렀다. 하지만 그는 감히 그것을 깰 수 없었고 그녀가 느끼고 있을 동요는 그에게 극심한 고통을 주었다. 그는 아무 말도 하지 않고 천천히 그녀로부터 물러섰다.

그는 생각했다.

〈그녀가 이곳을 떠나기를! 그녀가 이곳을 떠나도 괜찮다고 생각하기를! 그녀가 나를 두려워하지 않기를!〉

갑자기 그녀가 소스라치며 더듬거렸다.

「들어봐요. 발자국 소리……, 발자국 소리가 들려요……」

그는 놀라서 그녀를 바라보았다. 그녀는 다가오는 위험에 당황한 모양이었다.

그가 말했다.

「저는 아무 소리도 안 들립니다. 설사 들린다고 해도……」

「뭐라고요? 도망쳐야 돼요. 어서 도망치세요」

「도망을? 왜?」

「그래야 돼요……. 자, 어서 가세요!」

그녀는 단숨에 회랑으로 달려가서 귀를 기울였다. 아니었다. 거기엔 아무도 없었다. 밖에서 들려온 소리였을까? 그녀는 잠시 기다려보다가 안심이 되자 뤼팽이 있는 쪽으로 돌아섰다.

아르센 뤼팽은 사라지고 없었다.

드반은 성이 털린 것을 발견한 순간 이렇게 생각했다.

〈범인은 벨몽이야. 벨몽이 바로 아르센 뤼팽이야.〉

그러면 모든 것이 설명됐고 다른 설명은 불가능했다. 하지만 그런 생각은 잠시 머릿속을 스쳤을 뿐이다. 벨몽이 벨몽이 아니라는, 다시 말해서 그의 사촌 에스테반과 같은 모임의 회원이자 유명 화가가 아니라는 가정은 도무지 말도 안 되는 생각이었기 때문이다. 그런 까닭에 드반은 즉시 신고를 받고 달려온 헌병 반장에게 이러한 터무니없는 추측을 얘기할 생각조차 하지 않았다.

아침 내내 티베르메닐에는 수없이 많은 사람들이 드나들었다. 헌병들, 전원 경비대, 디에프 경찰서장, 마을 주민들, 이 모든 사람들이 복도와 정원, 그리고 성 주변에서 웅성거렸다. 부근에서 훈련중인 부대의 사격 소리는 분위기를 더욱 어수선하게 만들었다.

처음의 수사에서는 아무런 단서도 발견되지 않았다. 깨진 창문도, 부서진 문도 없는 것으로 미루어 비밀 통로를 통해 물건들이 빠져나갔음에 틀림없었다. 그렇다고 해도 양탄자나 벽이 깨끗한 건 마찬가지였다.

단, 아르센 뤼팽의 기이함을 드러내는 뜻밖의 사실이 한 가지 있었다. 문제가 됐던 16세기의 연대기가 원래의 자리로 되돌아와 있었고, 그 옆에는 국립 도서관에서 도난당한 바로 그 책이 자리 잡은 채였다.

열한시가 되자 장교들이 도착했고 드반은 그들을 반갑게 맞았다. 값비싼 예술품들을 도난당한 일은 분명 언짢은 일이었지만 워낙 대단한 재산가인 그는 불쾌한 기분을 드러내지 않으며 참을 수 있었다. 앙드롤 부부와 넬리도 내려왔다.

서로 소개를 한 뒤 사람들은 어제 함께 식사를 한 사람들 중 한 명이 보이지 않는다는 사실을 알아챘다. 오라스 벨몽이었다.

그는 오지 않을 것인가?

그가 오지 않았다면 조르주 드반의 의심은 되살아났을 것이다. 하지만 그는 열두시 정각에 도착했다. 드반이 외쳤다.

「때맞춰 오시는군요!」

「좀 늦지 않았습니까?」

「아니오. 밤새 아주 바빴다면 이렇게 제때 올 수 없었겠지요. 소식은 들으셨지요?」

「무슨 소식이오?」

「당신이 성을 털었습니다」

「설마 그럴 리가!」

「말씀드린 그대로입니다. 하지만 우선 언더다운 양을 모셔주시겠습니까? 함께 식탁으로 가지요, 언더다운 양. 괜찮으시다면……」

그는 그녀의 당황한 모습에 잠깐 말을 끊었다간 갑자기 생각난 듯 다시 말했다.

「그러고 보니 예전에 아르센 뤼팽이 체포되기 전에 그와 함께 여행하셨지요. 벨몽 씨의 얼굴이 그와 너무 닮아서 놀라지 않으셨습니까?」

그녀는 대답하지 않았다. 벨몽은 그녀 앞에 서서 미소를 지었다. 벨몽은 그녀를 향해 몸을 숙였고 그녀는 그의 팔을 잡았다. 벨몽은 그녀를 자리로 데려다주고 나서 맞은편에 앉았다.

식사를 하는 동안 사람들은 온통 아르센 뤼팽과 도둑맞은 물건들, 지하 통로와 헐록 숌즈에 관한 이야기밖에 하지 않았다. 식사가 끝날 무렵에야 다른 화제들이 떠올랐고 그제야 벨몽은 대화에 끼어들었다. 그의 이야기는 재미있다가 심각해졌고, 감동적이었다가 신랄해지기도 했다. 그의 모든 이야기는 오직 그 여인의 관심을 끌기 위한 것으로 보였다. 하지만 그녀는 골똘히 생각에 잠긴 채 전혀 그의 말을 듣고 있지 않은 것처럼 보였다.

성 안뜰과 정면의 프랑스식 정원이 내려다보이는 테라스에서 커피가 대접되었다. 잔디밭 한가운데에서는 군악이 연주되기 시작했고 정원의 길에는 농부들과 군인들이 가득했다.

그런 중에 넬리는 아르센 뤼팽의 약속을 떠올리고 있었다.

〈세시에 모든 것을 돌려보내겠습니다. 약속하지요.〉

성의 오른쪽 측면을 장식한 커다란 괘종시계의 바늘은 두시 40분을 가리키고 있었다. 그녀는 자신의 뜻과는 상관없이 그 시계에서 잠시도 눈을 뗄 수 없었다. 그녀는 흔들의자에 편안히 앉아 조용히 몸을 앞뒤로 흔들고 있는 벨몽을 바라보았다.

두시 50분, 두시 55분……. 불안과 초조함이 뒤섞여 그녀의 가슴을 짓눌렀다. 과연 기적이 일어날 수 있을까? 그것도 정해진 정확한 시각에? 성과 정원과 들판에 이렇게 사람들이 가득하고 검사와 예심판사도 수사를 계속하고 있는데?

그렇지만……, 그렇지만 아르센 뤼팽은 아주 엄숙하게 약속했다. 당당함과 권위, 그리고 신념에 찬 그 남자의 모든 것에 매료된 그녀는 그의 말대로 될 것이라고 굳게 믿었다. 그녀에게는 그것이 기적이 아니라 섭리에 따라 이루어질 수밖에 없는 당연한 일처럼 여겨졌다.

잠시 그들의 눈길이 마주쳤다. 그녀는 얼굴을 붉히며 시선을 피했다.

세시. 첫번째 종이 울리고 두번째, 세번째……. 오라스 벨몽은 괘종시계를 바라보더니, 자신의 회중시계를 꺼내어 들여다보고는 도로 주머니에 넣었다. 몇 초 정도의 시간이 흘렀다. 각각 두 마리의 말이 끄는 두 대의 마차가 철문을 지나 들어왔다. 잔디밭 주위에 모인 사람들이 두 갈래로 갈라세며 그 마차에 길을 내주었다. 그것은 장교용 트렁크와 사병용 가방을 싣고 연대를 뒤따르는 수송대의 일부였다. 마차는 현관 앞 계단에 멈추었다. 보급계 하사관 한 명이 내려서 드반을 찾았다.

드반이 계단을 뛰어내려 갔다. 마차를 덮은 방수포 아래에는 잘 포장하여 정성껏 실은 그의 가구와 그림들, 그리고 예술 작품들이 있었다.

질문을 받은 하사관은 당직 특무 상사로부터 받은 명령서를 보여주었다. 그것은 특무 상사에게 그날 아침 전해진 것이었다. 그에 따르면 제4대대 2중대는 아르크 숲의 알러 사거리에 놓여 있는 귀중품들을 세시까지 티베르메닐 성의 주인인 조르주 드반 씨에게 전해야 했다. 서명한 사람은 보벨 대령이었다.

하사관이 덧붙여 말했다.

「사거리에 도착하니 모든 준비가 되어 있었습니다. 풀밭 위에 정렬된 물건들을 지키고 있던 사람들은……, 그곳을 지나던 행인들이었습니다. 제가 보기에는 정말 괴상한 일이었습니다. 하지만 어쨌든 더없이 분명한 명령이었지요」

장교 한 명이 서명을 검사했다. 그것은 완벽하게 위조된 가짜였다.

연주가 멈췄고 사람들은 수송 마차에서 물건들을 내려서 다시 제자리에 갖다놓았다.

그 소란의 와중에 넬리는 테라스 한구석에 홀로 떨어져 있었다. 그녀는 심각한 얼굴로 근심에 잠겨 말할 수 없는 복잡한 생각들로 혼란스러워하고 있었다. 문득 그녀는 벨몽이 다가오고 있다는 사실을 알아차렸다. 그를 피하고 싶었지만 양편에서 테라스 난간이 그녀를 에워싸고 있었고, 다른 한편에는 오렌지 나무, 협죽도, 대나무 등의 관목을 심은 커다란 화분이 일렬로 늘어서 있었기 때문에 피할 길은 그 청년이 다가오고 있는 그 길밖에 없었다. 그녀는 움직이지 않았다. 그녀의 금발 위에 비치는 햇살이 여린 대나무 이파리들의 움직임에 따라 흔들렸다. 그가 아주 낮은 목소리로 말했다.

「저는 어젯밤 약속을 지켰습니다」

아르센 뤼팽이 그녀 가까이에 있었고 주위에는 아무도 보이지 않았다.

그가 주저하며 조심스럽게 다시 말했다.

「저는 어젯밤 약속을 지켰습니다」

감사의 한마디나, 아니면 적어도 자신의 행동에 대해 관심을 나타내는 몸짓만이라도 해주기를 기다렸지만 그녀는 침묵을 지켰다.

그녀의 무시에 아르센 뤼팽은 분노를 느꼈다. 또 한편으로는 넬리가 진실을 알아버린 지금, 그녀로부터 자신을 멀어지게 하는 그 모든 요소들을 깊이 자각하고 있었다. 그는 무죄를 주장하고, 변명을 늘어놓고, 대담하고 위대한 자신의 삶을 보여주고 싶었다. 하지만 모든 설명이 부질없고 무례한 짓일 뿐임을 느끼고는 말을 꺼낼 수 없었다. 결국 그는 추억에 잠겨 슬픈 목소리로 중얼거렸다.

「정말 오래전의 일이군요. 프로방스 호의 갑판 위에서 보낸 그 시간들을 기억하십니까? 아! 그날도 당신은 오늘처럼 장미 한 송이를 손에 들고 있었지요. 지금과 같은 분홍 장미를……. 저는 당신에게 그것을 달라고 청했지만 당신은 못 들으시더군요……. 하지만 당신이 가고 난 후에 그 장미를 발견했어요. 아마도 잊은 것이겠지요. 저는 그것을 간직했습니다……」

그녀는 여전히 대답이 없었고 아주 먼 곳에 있는 사람처럼 보였다. 그는 계속해서 말했다.

「그 시절을 생각하고 당신이 알게 된 사실은 생각하지 마십시오. 과거와 현재가 다시 이어지기를! 제가 지난밤 당신이 본 사람이 아닌 옛날의 그 사람이기를! 단 1초라도 당신의 눈길이 저를 예전처럼 봐주시기를! 애원합니다……. 제가 이제 예전의 제가 아닌가요?」

그녀는 그가 원하는 대로 고개를 들어 그를 바라보았다. 그리고 아무 말없이, 그가 검지에 낀 반지에 손가락을 갖다댔다. 손등 쪽에서는 고리밖에 보이지 않았지만 손바닥 쪽에서 보면 거미발에 휘황찬란한 루비가 박혀 있었다.

아르센 뤼팽은 얼굴이 붉어졌다. 그 반지는 조르주 드반의 것이었다.

그는 쓴웃음을 지었다

「당신이 옳습니다. 사람은 잘 변하지 않지요. 아르센 뤼팽은 아르센 뤼팽일 뿐이고 아르센 뤼팽밖에는 될 수 없습니다. 그리고 아르센 뤼팽과 당신 사이에는 추억이란 있을 수 없지요……. 용서해 주십시오. 당신 옆에 있는 제 존재 자체가 당신에 대한 모욕이란 걸 알았어야 했는데……」

그는 모자를 손에 든 채 난간 쪽으로 비켜섰다. 넬리가 그의 앞으로 지나갔다. 그는 그녀를 붙잡고 애원하고 싶었다. 하지만 용기가 나질 않았다. 그 옛날 뉴욕 항구의 다리를 건너던 그녀를 바라보던 때처럼 그저 눈길로만 그녀를 쫓았다. 그녀는 문으로 이어지는 계단으로 올라갔다. 현관의 대리석상들 사이로 그녀의 날씬한 몸매가 잠시 보였다. 그러고 나서 그녀는 더 이상 보이지 않았다.

구름 한 조각이 태양을 가렸다. 아르센 뤼팽은 모래 위에 찍힌 작은 발자국들을 우두커니 바라보았다. 갑자기 그는 설렘으로 가슴이 두근거렸다. 넬리가 기대어 있던 대나무 화분 위에 장미가 놓여 있었다. 감히 그녀에게 요구해 볼 수도 없었던 그 분홍 장미……. 이번에도 역시 잊은 것일까? 그렇다면 일부러 그런 걸까, 부주의일까?

그는 그것을 움켜쥐었다. 꽃잎이 떨어져 내렸다. 뤼팽은 그 꽃잎들을 하나하나 조심스럽게 주워모았다.

그리고 생각했다.

〈여기서는 더 이상 할 일이 없다. 헐록 숌즈까지 끼어들면 상황은 더 나빠질 거야.〉

정원에는 아무도 없었다. 그렇지만 입구를 통제하는 건물 부근에는 한 무리의 헌병들이 지키고 있었다. 그는 가장 가까운 역으로 가기 위해 덤불에 몸을 숨기고, 담을 넘어 밭 사이로 난 구불구불한 길로 들어섰다. 10분도 채 못 가서 길이 좁아졌다. 양옆은 험한 비탈이었다. 그 협로로 들어섰을 때 맞은편에서 한 사람이 이쪽으로 걸어왔다.

수염을 짧게 깎은 얼굴에 건장한 체구를 지닌 그 남자는 쉰쯤 돼보였고, 복장으로 미루어 외국인임에 분명했다. 손에는 무거운 지팡이를 들고 있었고, 작은 여행용 가방을 목에 건 채였다.

그들이 서로 엇갈려 지날 때, 외국인이 겨우 알아차릴 만한 영국 억양으로 말했다.

「실례합니다만 이 길이 성으로 가는 길이 맞습니까?」

「쭉 가시다가 벽이 나오면 왼쪽으로 가세요. 모두들 당신을 애타게 기다리고 있습니다」

「아!」

「제 친구 드반이 어제 저녁부터 당신의 방문에 대해 얘기했습니다」

「드반 씨가 그렇게 이야기를 많이 했다면 낭패로군요」

「첫번째로 당신과 인사를 나누게 되어 기쁘군요. 저만큼 열렬한 헐록 숌즈 팬도 없거든요」

그의 목소리에 담긴 빈정거림은 눈치채기 힘들 정도로 미미했지만 그는 곧 자신이 실수했다고 후회했다. 헐록 숌즈가 그를 머리끝부터 발끝까지 훑어보았기 때문이다. 더없이 날카롭고 폭넓은 그의 시선은 그 어떤 사진 장비보다도 본질적이고 정확하게 자신을 포착하고 기억할 게 틀림없었다.

그는 생각했다.

〈사진이 찍힌 것이나 다름없군. 저자를 상대로는 변장해 봐야 소용없겠어. 그런데……, 저자가 날 알아봤을까?〉

그들은 서로 작별 인사를 나누었다. 그때 발자국 소리, 다각거리는 말굽 소리가 울려퍼졌다. 헌병들이었다. 두 남자는 그들과 부딪히지 않으려고 잡초들이 우거진 길가의 비탈에 바짝 기댔다. 헌병들은 서로 간 어느 정도 거리를 두었기 때문에 대열이 모두 지나가는 데는 한참 걸렸다.

뤼팽은 생각했다.

〈저자가 날 알아봤을까? 모든 것이 거기 달렸다. 그렇다면 저자가 이 상황을 이용할 가능성이 높지. 문제가 꽤 심각한데…….〉

마지막 기병이 지나가자 헐록 숌즈는 아무 말없이 몸을 일으켰고 웃옷에 묻은 먼지를 털어냈다. 그의 가방 끈은 가시가 돋친 나뭇가지에 걸려 있었다. 아르센 뤼팽은 서둘렀다. 그들은 다시 서로를 잠시 살폈다. 만일 누군가가 이 순간에 그들을 봤다면, 우주의 섭리와 각자의 특별한 능력으로 인해 운명적으로 서로 부딪힐 수밖에 없는 대등한 두 힘처럼, 더없이 강하고 뛰어난 이 두 사람의 첫번째 만남에 감동을 느꼈을 것이다.

이윽고 숌즈가 말했다.

「감사합니다」

뤼팽이 대답했다.

「천만의 말씀입니다」

그들은 서로 헤어졌다. 뤼팽은 역으로 향했고 헐록 숌즈는 성 쪽으로 갔다.

예심판사와 검사는 별 성과 없는 수사 끝에 현장을 떠난 뒤였고, 사람들은 명성이 자자한 헐록 숌즈에 대한 호기심 때문에 그를 기다리고 있었다. 그들은 상상했던 바와 영 다르게 평범한 중산층처럼 보이는 그의 모습에 약간 실망했다. 그는 소설의 주인공 같지도 않았고 헐록 숌즈를 생각할 때 떠오르는, 불가사의하고 악마적인 면모도 없었다. 그렇지만 드반은 요란하게 큰 소리로 외쳤다.

「선생님! 마침내 오셨군요! 오래전부터 꿈꿨던 영광입니다. 이런 사건이 터진 것이 행운으로 여겨질 정도입니다. 그 덕분에 이렇게 선생님을 뵙는 기쁨을 누리게 됐으니까요. 그건 그렇고 뭘 타고 오셨습니까?」

「기차로 왔습니다」

「이런 일이 있나! 제 차를 역으로 보냈는데요」

숌즈가 투덜거렸다.

「음악을 연주하고 북을 치면서 도착을 알리는 겁니까? 제 일을 돕는 아주 훌륭한 방법이군요」

그의 퉁명스런 말투에 드반은 당황스러웠지만 쾌활한 척하며 말했다.

「다행히도 제가 서신을 드렸을 때보다 그 일이 더 쉬워졌습니다」

「왜죠?」

「왜냐하면 어젯밤에 절도 사건이 터졌기 때문이지요」

「선생께서 제가 온다는 사실을 알리지 않았더라면 사건은 어젯밤에 일어나지 않았을 겁니다」

「그랬다면 언제 일어났을까요?」

「내일이나 그 이후에 일어났겠지요」

「그렇게 되면 뭐가 다르지요?」

「뤼팽은 체포됐을 겁니다」

「저의 재산은요?」

「빼앗기지 않았겠지요」

「저의 재산은 그대로 있습니다」

「그대로라니오?」

「세시에 모두 도로 가져왔더군요」

「뤼팽이 말입니까?」

「두 대의 군 수송 마차가요」

헐록 숌즈는 거칠게 모자를 푹 눌러쓰고 가방을 고쳐들었다.

드반이 외쳤다.

「뭐하시는 겁니까?」

「떠나는 겁니다」

「왜 그러시죠?」

「당신 재산은 제자리에 있고 아르센 뤼팽은 이 근처에 없습니다. 제가 할 일은 없는 거지요」

「하지만 저는 선생의 도움이 절대적으로 필요합니다. 어제 일어난 일은 당장 내일이라도 다시 일어날 수 있어요. 우리는 아르센 뤼팽이 어떻게 들어왔다가 나갔는지, 왜 몇 시간 뒤에 원상 복구를 시켰는지, 가장 중요한 사실들을 모르고 있으니까요」

「아! 그걸 모르시는군요……」

밝혀낼 비밀이 있다는 사실에 숌즈의 태도가 부드러워졌다.

「그렇다면 조사해 봅시다. 하지만 서둘러야겠지요? 가능하면 우리끼리 말입니다」

그의 말은 도움을 바란다는 뜻임에 분명했다. 그 뜻을 이해한 드반은 영국인을 응접실로 안내했다. 숌즈는 극도로 절제된 미리 지어온 듯한 문장들을 무뚝뚝한 어조로 늘어놓으며, 그 전날 저녁의 일과 그 자리에 있던 사람들, 성에 자주 드나드는 사람들에 관해 질문을 던졌다. 그리고 나서 두 권의 연대기를 검토하고 지하 통로의 지도들을 비교하며 젤리스 신부가 지적한 인용구들을 곱씹었다.

그가 물었다.

「당신이 그 두 가지 인용구에 관해 처음으로 이야기한 것이 어제가 분명합니까?」

「어제가 맞습니다」

「그 이전에는 오라스 벨몽 씨에게 그 이야기를 한 적이 없지요?」

「그런 일 없습니다」

「좋아요. 당신 자동차를 대기시키십시오. 저는 한 시간 뒤에 떠나겠습니다」

「한 시간 뒤에요?」

「당신이 낸 문제는 아르센 뤼팽이 남김없이 모두 풀었으니까요」

「제가 그에게 문제를 냈다고요?」

「그렇습니다. 아르센 뤼팽과 벨몽은 같은 인물이오」

「내 그럴 줄 알았어……, 나쁜 놈!」

「당신이 어제 저녁 열시에 뤼팽에게 정보를 준 겁니다. 그가 몇 주 전부터 찾아 헤맸지만 알아낼 수 없었던 부분이지요. 어젯밤 그 사실을 알아차린 뤼팽은 일당들을 모아서 당신 집을 털 수가 있었습니다. 좀 서둘러야겠군요」

그는 골똘히 생각에 잠겨 방을 왔다갔다 하다가 자리에 앉아서 다리를 꼬며 눈을 감았다.

드반은 어안이 벙벙해서 그저 기다릴 뿐이었다.

〈자는 거야, 생각하는 거야?〉

어쨌든 그는 지시를 내리기 위해 밖으로 나갔다. 그가 돌아왔을 때 숌즈는 회랑 계단 아래에서 무릎을 꿇고 양탄자를 살피고 있었다.

「뭡니까?」

「보세요. 여기 이 촛농 자국들」

「정말이군요. 생긴 지 얼마 안 된 것들이에요……」

「층계 위에도 있습니다. 아르센 뤼팽이 자물쇠를 땄던 진열장 주위에는 더욱 더 많지요. 그는 여기서 골동품들을 꺼내서 이 안락의자 위에 내려놓았습니다」

「뭔가 결론이 납니까?」

「아니오. 이 모든 단서를 통해 그가 물건들을 되돌려준 까닭은 알아낼 수 있을 겁니다. 하지만 그 부분을 수사할 만한 시간적 여유가 제겐 없습니다. 중요한 것은 지하 통로로 들어가는 방법이지요」

「당신은……」

「그저 찾기를 바라는 게 아닙니다. 전 분명히 알아요. 이 성에서 대략 3백미터 되는 지점에 성당이 하나 있지 않습니까?」

「폐허가 된 성당이 있긴 합니다. 롤롱 공작의 무덤이 있는 곳이지요」

「당신 운전사에게 그 성당 옆에서 우리를 기다리라고 하십시오」

「제 운전사는 아직 돌아오지 않았어요. 오면 제게 알려줄 겁니다. 그보다도 당신은 지하 통로가 성당으로 이어진다고 여기는 것 같군요. 도대체 어떤 근거로……」

헐록 숌즈가 그의 말을 가로막았다.

「선생, 사다리와 등불을 좀 가져다주시겠습니까?」

「아! 등불과 사다리가 필요하십니까?」

「당연하지요. 그러니까 달라는 것 아닙니까」

드반은 당황하는 빛을 보이며 하인을 불러서 필요한 두 가지 물건을 가져오도록 했다.

연이어 군사 명령처럼 엄격하고 정확한 명령들이 내려졌다.

「사다리를 책꽂이에 걸치십시오. 티베르메닐(Thibermesnil)이라는 단어 바로 왼쪽에 말입니다」

드반이 사다리를 세우자 숌즈는 계속해서 말했다.

「좀더 왼쪽으로……, 오른쪽으로……, 그만! 올라가세요. 좋습니다……. 그 단어의 글자들이 모두 부조로 새겨진 것 아닙니까?」

「맞습니다」

「H자를 좀 살핍시다. 그게 어느 한쪽으로 돌아가지 않습니까?」

드반은 H자를 만지며 탄성을 내뱉었다.

「정말이군요! 돌아갑니다! 오른쪽으로 한 90도 정도요! 도대체 이걸 어떻게 알아냈죠?」

그의 질문을 무시하고 헐록 숌즈는 계속 말했다.

「당신이 있는 데서 R자까지 손이 닿습니까? 좋아요. 빗장을 벗길 때처럼 여러 번 밀고 당기면서 움직여보세요」

드반이 R자를 움직였다. 놀랍게도, 그 안쪽에서 걸쇠가 벗겨지는 소리가 났다.

헐록 숌즈가 말했다.

「좋아요. 이제 사다리를 반대쪽 끝으로 옮기기만 하면 됩니다. 다시 말해서 티베르메닐이란 단어의 끝으로 말입니다……. 좋습니다……. 내 생각이 틀리지 않았고 장치들이 제대로 작동한다면 이제 L자가 쪽문처럼 열릴 겁니다」

드반은 엄숙함마저 띠며 L자를 잡았다. 과연 L자가 열렸다. 그리고 드반이 사다리에서 굴러떨어졌다. 첫번째 글자와 마지막 글자 사이의 책꽂이 전체가 그 자체를 축으로 통째로 돌며 지하로 향하는 통로를 드러냈기 때문이다.

헐록 숌즈는 침착하게 말했다.

「다치지 않았습니까?」

드반이 몸을 일으키며 말했다.

「아니요. 안 다쳤어요. 하지만 영문을 모르겠군요. 글자들이 움직이니까……, 이 지하 통로가 나타났다는 것밖에는……」

「모두가 쉴리의 말 그대로이지 않습니까」

「어떻게 말입니까?」

「H가 돌고 R이 떨리니 L이 열린다.(불어에서 〈도끼hache〉와 〈H〉, 〈공기air〉와 R, 〈날개aile〉와 〈L〉은 발음이 같다——옮긴이) 그렇게 해서 앙리 4세는 탕카르빌 양을 남의 눈에 띄기 쉬운 그 시간에 성 안으로 맞아들일 수 있었던 겁니다」

「그렇다면 루이 16세는……?」

어안이 벙벙한 표정으로 드반이 물었다.

「루이 16세는 대단한 대장장이였고 솜씨 좋은 자물쇠공이었습니다. 그가 지은 것으로 알려진 『자물쇠 결합 개론』을 읽은 적이 있습니다. 티베르메닐로서는 왕에게 이 걸작을 보여주는 것이 좋은 신하가 되는 길이었겠지요. 왕은 기억을 돕기 위해서 2-6-12, 다시 말해서 티베르메닐의 두번째, 여섯번째, 열두번째 글자인 H, R, L을 적어놓은 겁니다」

「아! 그렇군요. 이제 조금 알겠어요, 이제야. 하지만 뤼팽이 이 방에서 어떻게 나갔는지는 알았다고 해도 어떻게 이곳에 침입했는지는 모르겠군요. 왜냐하면 이 점을 주의해야 하는데, 그자는 밖에서 들어왔으니까 말입니다」

헐록 숌즈는 등에 불을 밝히고 지하로 몇 발자국 나아갔다.

「이쪽에서 보면 이 장치의 구조는 괘종시계의 태엽처럼 분명하게 드러납니다. 글자들이 거꾸로 보인다는 점밖에 다르지 않지요. 그러니까 뤼팽은 칸막이 이쪽에서 장치들을 작동시키기만 하면 됐던 겁니다」

「증거가 있습니까?」

「증거가 있냐고요? 여기 고인 이 기름을 보십시오. 뤼팽은 기계 장치들에 기름을 칠 필요가 있으리라는 것까지 예측했던 겁니다」

숌즈는 감탄해 마지않으며 말했다.

「그렇다면 그자는 이 길이 어디로 통하는지도 알았나요?」

「제가 아는 것과 마찬가지지요. 절 따라오십시오」

「땅속으로요?」

「겁이 나십니까?」

「아닙니다. 하지만 길을 잃지 않을 자신이 있습니까?」

「눈감고도 갈 수 있습니다」

그들은 같은 형식의 열두 단짜리 계단을 세 차례 내려가야 했다. 이윽고 그들은 긴 통로로 들어섰는데, 벽돌로 이루어진 내벽에는 계속적으로 보수가 이루어진 흔적이 있었다. 군데군데 물이 스며나왔고 바닥은 축축했다.

「우리는 지금 연못 아래를 지나고 있군요」

드반이 불안에 떨며 말했다.

통로의 끝은 네 차례의 같은 계단이 이어졌다. 힘겹게 그 계단을 오른 그들은 바위를 깎아 만든 작은 공간에 이르렀다. 더 이상은 길이 없었다.

헐록 숌즈가 투덜거렸다.

「빌어먹을! 온통 바위뿐이군. 일이 어려워지는데……」

드반이 중얼거렸다.

「돌아가는 게 어떻습니까? 이제 더 이상은 알 필요가 없으니까 말입니다. 이제 다 알았습니다」

하지만 숌즈는 고개를 들어 위를 바라보고 안도의 한숨을 내쉬었다. 그들의 위편에는 입구와 마찬가지의 장치가 있었다. 세 글자만 조작하면 되었다. 현무암 바위가 움직이며 출구가 나왔다. 그 바깥은 〈티베르메닐(Thibermesnil)〉이라는 열두 글자가 돌을새김된 롤롱 공작의 묘석이었다. 숌즈가 예측한 것처럼 그들은 폐허가 된 작은 성당에 들어와 있었다.

그는 인용구의 마지막 부분을 설명했다.

「〈신에게 이르리라〉, 다시 말해서 성당에 이른다는 말입니다」

헐록 숌즈의 통찰력과 재빠른 두뇌 회전에 놀라 드반이 외쳤다.

「당신에게는 그렇게 작은 단서만 있어도 충분하다는 말입니까?」

「사실 그 단서조차도 필요 없었지요. 아시다시피 도서관에서 도난당한 책의 지도를 보면, 선의 왼편은 원으로 끝나고 오른편은 모르셨겠지만 작은 십자 모양으로 끝납니다. 하지만 아주 희미해서 돋보기로 봐야만 보이지요. 그 십자 모양은 분명히 우리가 있는 이 성당을 의미합니다」

드반은 그의 말이 곧이들리지 않았다.

「믿을 수 없군요. 놀라워요. 또 한편 어린아이도 알 수 있을 만큼 쉽군요! 그런데 어떻게 아무도 그 비밀을 알아채지 못했을까요?」

「이 서너 가지의 필요 조건들, 다시 말해서 두 권의 책과 인용구들을 연결시켜 생각한 사람이 아무도 없었기 때문입니다. 아르센 뤼팽과 저를 제외하고 말이죠」

드반이 이의를 표했다.

「하지만 저와 젤리스 신부님도 당신들만큼은 알고 있었어요」

숌즈는 미소를 지었다.

「드반 씨, 모든 사람이 수수께끼를 능숙하게 풀 수 있는 것은 아닙니다」

「그렇지만 제가 10년 동안 찾아온 것을 당신은 10분만에……」

「뭐, 매일 하는 일이니까요」

그들이 성당을 나왔을 때 숌즈가 외쳤다.

「아니! 자동차가 대기하고 있군요!」

「저건 제 차예요!」

「당신 차라고요? 하지만 운전사가 아직 돌아오지 않았던 걸로 기억하는데요」

「맞습니다. 모를 일이군요」

그들은 자동차를 향해 다가갔다. 드반이 운전사를 불렀다.

「에두아르, 누가 자네에게 여기로 가라고 했나?」

운전사가 대답했다.

「벨몽 씨입니다」

「벨몽 씨? 그렇다면 자네 그 사람을 만났나?」

「역 부근에서 그분이 제게 성당으로 가라고 했습니다」

「자네에게 성당으로 가라고 했다고! 무엇 때문에?」

「선생님과 선생님 친구 분을 기다리라고 했습니다」

드반과 헐록 숌즈는 서로를 바라보았다.

드반이 말했다.

「당신에게는 그 수수께끼가 장난이나 다름없다는 사실을 그자는 알았군요. 이건 존경을 표하는 배려고요」

탐정의 얇은 입술 위에 만족스러운 미소가 퍼졌다. 이 경의의 표시는 아주 마음에 들었다. 그는 고개를 설레설레 저으며 말했다.

「대단한 자군요. 사실, 보기만 해도 알 수 있었습니다」

「그자를 보셨단 말입니까?」

「아까 마주쳤지요」

「그자가 오라스 벨몽, 그러니까 아르센 뤼팽이라는 사실을 알았습니까?」

「아뇨. 하지만 그의 비꼬는 태도 때문에 곧 알아챌 수가 있었습니다」

「그렇다면 그가 도망가도록 내버려둔 겁니까?」

「물론입니다. 제게 유리한 상황이기는 했지요. 헌병들이 지나가고 있었으니까요」

「이런 젠장! 절호의 기회였지 않습니까……」

숌즈는 언성을 높여 말했다.

「바로 그겁니다, 선생. 이 헐록 숌즈는 아르센 뤼팽 같은 적수를 상대할 때 주어진 기회를 이용하지 않습니다. 직접 기회를 만들어야 하지요」

하지만 시간이 없었다. 자동차를 보내준 뤼팽의 친절을 즉시 이용해야 했다. 드반과 헐록 숌즈는 편안한 리무진에 깊숙이 앉았다. 에두아르가 시동을 걸었고 차는 출발했다. 들판과 나무들이 차를 스쳐 지났다. 코 지방의 풍경이 부드러운 물결처럼 그들 앞에 펼쳐졌다. 문득 자동차의 장갑 보관함에 든 작은 소포가 드반의 눈에 띄었다.

「저게 뭐죠? 소포군요! 도대체 누구에게 보낸 걸까요? 아, 당신 앞으로 왔습니다」

「제 앞으로요?」

「보십시오」

〈헐록 숌즈 씨에게, 아르센 뤼팽 드림〉

숌즈는 그 소포의 끈을 풀고 그것을 싼 두 장의 포장지를 벗겼다. 회중시계였다. 그가 화가 난 듯 내뱉었다.

「이런!」

드반이 말했다.

「이 회중시계는 혹시……?」

숌즈는 아무런 대답도 하지 않았다.

「맞군요! 당신 시계예요! 아르센 뤼팽이 당신에게 당신 시계를 보낸 거군요! 그가 이걸 보냈다면 이걸 훔쳤다는 말이고……. 그 자가 당신의 시계를 훔쳤군요! 이거 정말 굉장합니다. 헐록 숌즈가 아르센 뤼팽에게 시계를 도둑맞다! 세상에, 정말 대단해요. 그렇지 않습니까? 정말로……, 용서하십시오……. 하지만 저도 어쩔 수가 없네요」

그러고는 한참을 웃고 나서 확신에 찬 어조로 단언했다.

「아! 정말이지 대단한 자야」

숌즈는 아무런 감정의 변화도 보이지 않았다. 그는 디에프에 이를 때까지 한마디도 하지 않고 멀어져 가는 지평선만을 바라보았다. 그의 끔찍한 침묵은 한없이 깊었고 그 어떤 분노보다도 격렬했다. 승강장에 이르자, 이제 분노가 가라앉은 그는 강한 결의와 힘이 느껴지는 어조로 차분히 말했다.

「맞습니다. 대단한 자예요. 당신을 도운 바로 이 손으로 기꺼이 그 대단한 자를 붙잡을 날이 올 겁니다, 드반 씨. 두고보십시오. 아르센 뤼팽과 헐록 숌즈는 언젠가 다시 만날 겁니다. 그래요, 세상은 참 좁습니다. 그들은 마주치지 않을 수 없지요. 그리고 그날이 오면……」

옮긴이 | 심지원

서울대학교 불어불문학과 졸업 빛 동대학원 수료.
옮긴 책으로는 『베베르에게 마흔두번째 누이가 생긴다고요?』 등이 있다.

아르센 뤼팽 전집 1

괴도 신사 뤼팽

1판 1쇄 펴냄 2002년 4월 1일
1판 24쇄 펴냄 2021년 3월 25일

지은이 | 모리스 르블랑
옮긴이 | 심지원
발행인 | 박근섭
편집인 | 김준혁
펴낸곳 | 황금가지

출판등록 | 2009. 10. 8 (제2009-000273호)
주소 | 06027 서울 강남구 도산대로 1길 62 강남출판문화센터 5층
전화 | 영업부 515-2000 편집부 3446-8774 팩시밀리 515-2007
홈페이지 | www.goldenbough.co.kr

도서 파본 등의 이유로 반송이 필요할 경우에는 구매처에서 교환하시고
출판사 교환이 필요할 경우에는 아래 주소로 반송 사유를 적어 도서와 함께 보내주세요.
06027 서울 강남구 도산대로 1길 62 강남출판문화센터 6층 민음인 마케팅부

ⓒ 황금가지, 2002. Printed in Seoul, Korea

ISBN 978-89-8273-418-2 04860 (1권)
ISBN 978-89-8273-417-5 (set)

㈜민음인은 민음사 출판 그룹의 자회사입니다.
황금가지는 ㈜민음인의 픽션 전문 출간 브랜드입니다.